中公文庫

どくとるマンボウ医局記

新版

北　杜夫

中央公論新社

東京・新宿の斉藤神経科医院にて。1960年ごろ撮影
(提供/朝日新聞社)

目次

どくとるマンボウ医局記　新版

第一章　大遅刻と教授からしておかしいこと

昭和二十七年の春、私は仙台の東北大学医学部を卒業し、国家試験にも合格した。ろくすっぽ授業にも出ず、試験の日に初めてその課目の教授の顔を見ることなぞざらであった私には、双方とも奇蹟的なことであったと言ってよい。

医学部に入学したときから、すでにもの書きを志していた私にとっては、何年ぶりかで入浴したかのような、ホッとしてさっぱりした気分であった。

私はすぐにでも帰京して慶應病院神経科の入局試験を受けねばならぬ身ではあったが、五年間を過した仙台をそのまま去って、兄の家へ戻るのはいかにもありきたりで残念な気がした。できればどこかへ旅をしてみたかった。なぜなら、私は巨大な戦争のためもあって、松本高校を受験するとき信州へ旅したのが、生まれて初めての旅らしい旅であったからだ。仙台へ来るときは松高の仲間が三人いた。それゆえ、慶應の医局に入る前に、どこかへ孤独な一人旅をすべきだと、さながらヘティター人の碑文に刻まれたかのように私は胸に念じたのである。ヘティター人とは、紀元前二千年頃に小アジアに帝国を建てたインドゲルマン民族のことだが、その碑文に何とあったかは今は思いだすことができない。このように大学在学中、私は医学以外のさまざまなことを勉強したのだが、悲しいかな、今はその大部分を忘れ去っている。この読物もかくのごとく乱雑なものになるであろうことを、読者はあらかじめ予期して頂きたい。

仙台生活のあいだも、仲間とよく北海道旅行などの計画を立て、金を貯めだすのだったが、それを実行する前に酒を飲んで元の木阿弥になってしまうのだった。父はすでにその年の二月末に亡くなっていた。幸い、仙台を引揚げるには金がかかろうと、母が幾何(いくばく)かの金を送ってくれていた。かように情況が整えば、なんとしてでもいささかの旅をしてみたかった。医局に入ってしまえば、おそらく平凡なサラリーマン的生活が待っていることであろう。

私は地図を眺め、まず女川(おながわ)行きの汽車に乗った。ウミネコの住む小島がそのそばにあることが書いてあったからである。その夜、私は波止場の近くにある宿屋に泊った。生涯で二度目の一人旅は、私に甘美な、かつ、いがらっぽい孤独感を与えてくれた。人間というものは、たとえ齢をとっていかなる境遇になろうとも、しょせんは孤独な存在であることを、私は古びた畳の六畳間に座しながら胸に刻んだ。

夕食には、かような宿の特色であるトンカツが出た。私はトンカツというものは、和洋折衷の日本人の知恵が創造した見事な食品であると思っている。仙台での下宿生活中も、よく肉屋へ行って薄っぺらなトンカツを買って食べた。ほとんど肉身のない脂肪だらけの安トンカツは殊更にうまい。またトンカツに添えるキャベツのせん切りも世界に冠たるものだ。これは敗戦後の食糧難時代に雑草からアマガエル、後年になって日本でも有名であったポール・ボキューズの店よりずっとおいしいその近くのヴィエンヌにあるピラミッドの店で、フォアグラから海老料理、または、パリのトゥールダルジャンの鴨などを食べたこともある私が断言できることである。そしてまた、人間存在というものが、かような動植物を殺戮して食わねばならぬ悲しい野蛮性を他の生物の何層倍も持たねば成り立たぬ宿命を有していることをも、その夜、一皿のトンカツをほおばった私の脳裡に浮んできた。医学部五年間で学んだこと以上の痛ましい認識を、孤独な旅は早くも告げてくれたのである。

翌早朝、私は波止場へ行った。海は、油を浮べながらおだやかにうねっていた。金華山への観光船が出発するというので、大変な喧騒である。拡声器から、美空ひばりの「りんごの花びらが、風に散ったよな」という歌声が大きく流れてくる。そのとき私はその声を美しいと思ったし、「りんご追分（おいわけ）」の歌は今でも好きである。しかし、やがて私はひばりという女が大嫌いになった。いくら二卵性親子とはいえ、その母親が彼女を「お嬢」と呼ばせたのは、無知な親馬鹿としてまだ許せる。だが、「お嬢」と呼ばれることをそのままに受けいれていたひばりの感覚は許せない。私は大学時代の夏の休暇を、箱根の山小屋でほとんど父と二人きりで過した。炊事洗濯掃除の一切をやった。そして八月十六日の強羅（ごうら）の祭りである大文字焼きの夜に、まだ無名の幼いひばりが、仮舞台の上で川田晴久に付添われて、笠置（かさぎ）シヅ子の「東京ブギウギ」の物真似を器用にやってのけるのを見た。そのときから才能のある少女だと思っていたが、このとき聞いた「りんご追分」はまさしくその開花だとも思われた。しかし、人間というものは女王だとか天皇だとか称せられ、そしてそれを自分でも許容するようになると必ず堕落する。黒澤明が良い例である。ましてひばりは浅はかな女だ。女というものを私は決して軽蔑しているわけではない。今では女性は子宮があるなしでなく、頭の構造からして男性とは幾分異なっていることが判明しているが、果たしてどちらがすぐれているかまでは分かっていない。だが、この世に浅はかな——愚かなとは言わない。愚鈍というものはエラスムスが礼讃したごとく人類の栄光にもつながるものだからだ——女がゴマン、いや、五億といることは確かなことであろう。私はとうに『どくとるマンボウ航海記』にこう書いている。「女というものは男よりいくぶん小さい点が唯一の取柄なのであって、大きければゴリラと変りがない」と。

私は人類の栄光とはつながりそうもない客で満員の金華山行きの観光船に乗らなかったことを神に謝した。といって、現在の私は神も仏も信じていない。彼らはか弱い人間が作りだした幻想に過ぎない。むろん宗教は多くの人びとを救ってはきた。だが、それ以上の多くの殺戮と迷妄をこの世にもたらした。むろん無神論というのも一種の宗教かも知れぬ。私とても、カゲロウよりもか弱い人間の一人である。それゆえ、理性的には神仏を否定はするものの、困ったことがあると神のみならず、タヌキやムジナにまで助けを求める。そういえば、やがて私はタヌキやムジナの憑いた分裂病者と過すことにもなるのだが、それはのちの話となる。ともあれ高校時代に始まり、還暦をとうに越して未だに残っている私の口癖は、「神よ！」「助けてくれ！」「愛している！」の三つなのである。これを人前も顧みずかなりの声で口走る。それゆえ、そもそもの始まりから、私が精神科医よりも患者にふさわしい人間であることが分かるであろう。

かなり遅れて、私は江ノ島行きの小さなポンポン船に乗った。女川の波止場から、すでに白い羽を優雅にひろげたウミネコが幾羽も空中を滑走していた。しかし、江ノ島へ行って、なかんずく彼らの産卵地である近くの足島で、無数のウミネコの乱舞を眺め、かつ斑らのあるその卵が辺り一面に産みつけられているのを私はしみじみと見た。私は中学生の頃から昆虫マニアであったから、虫たちのさまざまな形態、その色とりどりの斑点や翅紋の微妙さ、ビロウドツリアブの羽の繊細さや、ハナカミキリの翅鞘の麗美さについてはかなり知っていた。しかし、私はこのとき、昆虫以外の他の生物、ウミネコの充実した弾力に満ちたその身体、その柔かさ、そのしなやかさ、その力強さを目の前で見て魅了された。「自然を忘れた思想を私は偏ったものと考える」と、かつて『どくとるマンボウ昆虫記』の中で書いたが、少年の頃から漠として抱いていた乳臭い感覚が、このときおぼろな思考となって私の内部にかもしだされたと言ってよい。

更にかつてなかった強い潮の香を嗅ぎ、目の下の岩塊にくだけて白い泡となって散っている波、つまり太平洋の巨大さを私は感じた。海はすべての生物の母体である。だが残念なのは、このときの私には天文学や考古学の知識が少年読物の域から脱せられぬほど乏しかったことだ。

現在では地球の誕生はほぼ四十五、六億年前と推定されている。そして、原始の海に炭素が生じ、それが酸素に変じ、バクテリヤからミドリムシのごとき分裂動物の誕生、やがてホヤのたぐい、そして魚類が姿を現わし、それらの水生動物はやがて陸上へと進出する。そして、どういう訳の訳柄か、人類のごときけったいな生物が生まれてくるのだ。そして、その一員である私という存在が、潮騒とウミネコの啼声の中に、ロビンソン・クルソーのごとき孤独な身であることを感覚として胸一杯に感じながら、海風に身をさらして立っていたのだ。

それは確たる思想とはいえなかった。単なる感傷でもなかった。しかし、それはやがて私の生を支える霧のごとく曖昧な思念として、終生つきまとってゆくものの土台になったはずである。

「感傷性とは、残虐性のうえに構築された上部構造である。無感情とは、それに反撥する態度であり、やはり同じ欠陥を持つことは避けられぬ」（ユング）

しかし、私は常に感情は持っていた。おそらくは他の人間よりは多く。その過度の感情は、私を成長もさせたし、また堕落もさせたのだ。

ともあれ、いかにも怠け者らしいウミネコの島への旅は、なまじっか神経科の医局に早く入ることより、ずっと多くのことを私にもたらしてくれたように思う。

人は、旅をせねばならぬ。何よりも旅は自己、ひいては人間について何ものかを見つけさせてくれるものだ。何も現実の旅行のみではない、心の中の旅に於ても常に……。

私は江ノ島へ行く前に、父の故郷の近くにある上山へも行っていたので、ウミネコの島への旅は五月に入ってからであった。こうしてのんびりと、五月十三日になって私は東京に帰ってきた。慶應病院のごく近く、新宿の大京町に兄は神経科の医院を開業していた。

私がこのようにゆうゆうとしていたのは、兄が慶應神経科の先輩であり、かつ私の生まれぬ前から、祖父が作った青山脳病院は、その看板に慶應の教授の名前が名目だけ記されていた由だし、また若い医者をずっと慶應の医局から派遣して貰ったという歴史があったからだ。それゆえ、入局試験は四月の初めだろうが、たとえ大遅刻してのそのそと現われようとも、私を入局させてくれるであろうと考えられたからである。

神経科、元は精神科の医局は、昔からクラインファッハ（小医局）な存在であった。世人は精神病者に危険な異常者という偏見を抱いている。昔は家族に精神病者が出たりしたならその家の恥辱とし、座敷牢などに閉じこめ、なかなか病院へ連れてこなかったものだ。この偏見は、未だに続いている。医者の中でさえこの偏見から脱れられぬ者がいるのだ。従って、昔は大病院でなければ経営が成立たなかった。それは私の入局後二年ほどたってからだが、ジャーナリズムがノイローゼという用語を使用しだしてから、ノイローゼなら恥ずかしくないと思って、単なる頭痛や不眠症の人たちが、内科でなく神経科の医院を訪れるようになったのだ。

兄の頃は、精神科への入局者は二年に一、二人に過ぎなかったそうだ。いずれも親が精神病院の持主であるか、或いは変人な医者である。それゆえ、神経科の医局員でまともな者はほとんどいない。そういうことを、私は兄から聞き知っていた。

ところが、その年に新しく教授となったM教授は、そうした人員も少ない医局を拡張しようと意図していた。そのため、ふつうは慶應医学部の卒業生から医局員をとるのに、その年は他の大学からもかなり入局させた。そのため、遅ればせに五月十九日に行なわれた第二次入局試験に現われたのは、私を含めて三名もいたのだ。その年の入局員は十名で、これは慶應神経科医局にとって画期的なことであった。

私は東北大医学部でまったく勉強しなかったものの、精神科の授業には人並みに出たし、インターンも欠席せずに出席していた。なにより私は、子供の頃から家の病院の精神病者と遊んできた。そのため入局試験には自信があったが、念のため国家試験用の小冊子を前日に読み、悠然と医局に乗りこんだ。

試験は教授室で行なわれた。M教授、SHI助教授、M講師、その他に二人くらいの医師がいたと覚えている。

小男のM教授は、まず分裂病の分類について質問した。そんなものは、かつてのドイツ精神医学の分類法に従えば、私にとって、いや誰にとっても小学生なみの問題である。私はごく簡略にそれを答えた。次に肥満したM講師が、少しむずかしい病名を言った。私はそのすべての症状を、みんなドイツ語で答えてやった。もっとも下手糞な訳の日本語のほうがかえって七面倒なのである。三番目の質問はもう忘れてしまったが、とにかく八十点から九十点は取れたであろうと私は思った。しかし、たとえどんなに出来なかろうとも、M教授は医局員をふやし医局の勢力を拡大しようと、みんな合格させてしまったことがやがて分かった。

　向こうは私を試験したつもりであったろうが、その二十分間で、私はM教授の人柄をたちまちにして見抜いてしまっていた。この小柄な男はかなりお人好しで活動家でオッチョコチョイの反面、当時の教授のほとんどがそうであったように、その何層倍も威張りたがる、お殿様で勝手気ままな人物であると。

　彼はその年の教授の候補者の一人であったが、他に有力者がずっと多くいた。彼自身、教授にはなれっこないと諦めていたらしい。それが、どういう風の吹きまわしか、教授に当選してしまったのだ。当時の医学部は「白い巨塔」か「黒い小家屋」であったようだ。

　それで有頂天になったのだが、さすがに自分でも少しはそれを僥倖（ぎょうこう）と思ったのか、私が入局する前までは、このM教授の回診はすこぶる丁寧で、言葉つきもおだやかであったという。

　彼は入院している患者（本当の私の気持からは患者さんと書きたいが、文章が冗長になるのでそう統一する）の足の裏を、反射を調べる小さなハンマーの柄でぐいとこする。すると、患者の拇指がぴくりと動く。これは脳溢血や脳腫瘍などの病気に現われる異常反射である。すると、彼は若造の医局員を見まわして、気味のわるいほど優しい声を出す。

「これがバビンスキー反射です。お分かりになりましたか？」

だが、この調子は一カ月と続かなかった。私が入局した頃は、教授のすべての権限を笠に着た、恐ろしく短気な教授さまに成長してしまっていた。彼は次のように怒鳴るのだ。

「おい、君。なんでこんなことが分からんのだ！」

M教授は、箱根の舞台で可憐なブギウギの真似をした少女であった美空ひばりから、すでに慶應神経科御殿に君臨するM天皇に変身していたのだ。小人物が権力を持つことほど怖ろしいことはない。

正直に言って、むかしの医学部の教授の多くが、前近代的、封建主義的そのものであった。万一教授の機嫌を損ねれば、その助手は永久に博士になれないし、どこか地方の病院に追放されてしまう。

M教授が、多分に躁的な性格であることは、入局してすぐに私には分かっていた。躁鬱病は私の専売特許のように言われるが、精神科医のあいだではよく、「分裂病は青年の病い。躁鬱病は中年の病い」と諺（ことわざ）のように言われる。むろん統計上の数ではあるが、かなりの真実を含んでいる言葉だ。　私の躁鬱病も中年になってから始まったものである。医局時代は元気ではあったが、それはあくまでも若さの賜物で、まあマンボウ調であったと言うのが当っているのであろう。

しかし私は医局時代、M教授のことを、せいぜい軽躁病(ヒポマニー)くらいに考えていた。M教授は、教授室にSHI助教授と同居していた。SHI助教授は長身痩軀で、人柄も優しくいつも慈愛に満ちた顔をしていた。ところが、M教授はSHI助教授と相性がわるいというか、とにかく嫌いで嫌いでならなかったらしい。温厚すぎるところさえ気に喰わなかったようだ。その嫌いな男と、このおれさまがなんで一つの部屋にいなきゃならんのだ。なにぶん神経科の医局は狭くて、教授室、助教授室と分かれておらず、あとは三名ほどの講師がいる講師室があるばかりであった。この物理的条件が、やむを得ずSHI助教授を教授室に同居させることになっていたのである。

しかし、およそ半年も経った頃だったか、M教授はどういう名目によってか、ついにSHI助教授を教授室から追いだしてしまった。かくして、気の毒なSHI助教授は、ただでさえ狭い講師室に、他の講師たちと並んで小さな机を前にして坐っていなければならぬ運命となった。おそらくM教授の言い分は、ここは教授室なのだから教授のおれさまだけが鎮座する場所なのだという横暴勝手なものであったにちがいない。

私が入局して二年目、医局では教授秘書を雇うことになった。その頃は私は医局長の下っ端で、まあ医局の小使いのような役をやらされていた。しかし、小使いというものはおよそ何でもやる。教授秘書には、八名の女性が応募してきたが、その選考委員の一員の役をも私は務めた。私たちは、口頭試問をしたが、なによりもいちばん可愛い若い女性を選んだのはもちろんのことである。

教授秘書というからには教授室にいてもよかったろうが、彼女はいつもその隣りの狭い図書室の椅子に坐っていた。そしてその机の上で、私がいつも本を読んでいたのだ。むろん医学書ではない、小説本かその頃評判だったアダムスキーの『空飛ぶ円盤』などの本である。生まれつき面妖なことが好きな私は、当時、一瞬、空飛ぶ円盤を信じかけたものだ。しかし、考えてみればいかに科学力が発達しているにせよ、人間が宇宙人に連れられて金星に行って生きて帰れるはずはない。未だにＵＦＯはテレビなどで特別番組を組んでいるが、その信奉者の言うことの九十何パーセントは正真正銘のインチキであり誤りであろう。また大宇宙の規模の大きさから、そしてアインシュタインの法則から、他遊星の知的生物と地球人との直接のコンタクトは、百パーセントあり得ないと私は思っている。あるとしたなら、電波によるコンタクトのみだ。

ところで、可愛い教授秘書は、しょっちゅう図書室で私のそばにいた。そして何より弱ったのは、教授が彼女に何か用を言いつける際、呼鈴でも押して呼びつければよいものを、気短な教授のほうがヒョコヒョコと教授室をとびだして図書室へやってくることであった。そのたびに医学書ならぬ妖しげな本を読んでいる私は、慌てて本を伏せねばならなかった。

私がM教授のことを、軽躁病(ヒポマニー)と診断したのは、かかる情況が頻発したからである。軽躁病とは、いつも常人より三、四オクターブ高く、躁鬱病と違って鬱に陥ることがない。従って大量の仕事や多方面の趣味を持ち得る、言わば得な人間である。立派な仕事をしたヒポマニーには、故中島健蔵氏や遠藤周作氏がおり、ずっと落ちるが斎藤茂太氏にもその傾向がある。しかし、駄目なヒポマニーは、あっちこっちに手を出し、どの分野でも大成しない。これは躁病(マニー)にも当てはまることだが、マニーのほうがオクターブが高くなるから、それだけ出来不出来の差も大きい。もっとも偉大な躁鬱病者はゲーテで、必ずしも正確ではないが「ゲーテ躁病七年周期説」というのがある。マニーになると二年間もつづき、その間迸(ほとばし)る泉のごとく仕事をすると共に多くの恋愛をした。鬱の期間はよく調べられていないが、ずっと短く、温泉などへ行ってじっとしていた。八十二歳の最後の躁病のときには、少女に恋をし、『ファウスト二部』と『詩と真実』を完成させ、その起伏に富んだ生涯に大団円をつけた。また漱石も加賀乙彦氏がくわしく研究されたように躁鬱病でもあった。世間ではよく、漱石は日本を背負って留学したから神経衰弱になったと言われるが、神経衰弱（ノイラステニー）とは試験勉強のやりすぎなどで、二、三回も騒いでいれば治ってしまう単純なものを言う。これに反して心の内部に葛藤があり、それを除かねば治らぬノイローゼは精神衰弱（プシカステニー）と呼ばれる。漱石は一時被害妄想も強かった。ほとんどの文学者は分裂気質を持つが、漱石の場合はこれがごく強く、分裂病の境界線上の一時期もあった。また躁鬱病にしても非定型のもので、強いて病名をつければ混合精神病（ミッシュ・プシコーゼ）と呼んでもよかったろう。いや、こうした偉人の場合は「漱石病」としておくのがいちばん正しかろう。

M教授はせいぜいヒポマニーくらいに私は考えていたが、やはり立派な躁鬱病者であることがのちになって判明した。

なにしろ彼は威張っていて、私が医局にいた頃は、鬱の気配を露ほども見せなかったから、つい私は正確な診断をあやまったのだ。

教授のところには、いろいろと貢物（みつぎもの）が送られる。貧乏な助手でも缶詰くらいは送る。ところがM教授はかような発言をした由だ。

「また缶詰なんぞ寄こしやがって。家じゅう缶詰だらけだ。子供がけつまずいて困るじゃないか」

一方、私が見ぬいたとおり、好々爺（こうこうや）的なところもかなりあった。

彼はフランスに留学して、フランス精神医学、なかんずく脊髄学の大家であった。たまに彼は主だった医局員を自宅に招待して、ヴィアベースなどを御馳走してくれたりもした。

また医局の会などで酒に酔って機嫌がよくなった頃を見はからって、

「先生、一本か二本洋酒を……」

と催促すると、たいてい鷹揚に教授室に隠してあるスコッチを持ってきてもよいとうなずくのだった。

私たち助手、なかんずくフレッシュマン当時は、入院患者を克明に診察し治療してあげても、患者が退院するとき貰うものはたいていトリスが一本であった。私はトリスばかり貰ったので、芥川賞を貰ったあともまだトリスが余り、編集者が来てもそれを出していた。すると、『航海記』を作ってくれた本造りの名人、宮脇俊三氏がやってきて、

「北さん、もう少し上等な酒を飲まれたらどうですか？　身体にわるいですよ」

などと言ったことがある。昔は出版社の人たちはよく作家をバーに連れて行って、当然洋酒を飲んでいたから、酒に関しては贅沢だったのである。

私は医局時代を通じ、患者から貰ったものはトリスばかりで、他の物と言えばネクタイ一本だけであった。それもごく安物のネクタイで、しかし私は他にネクタイを一本しか持っていなかったから、喜んでそれをしめていた。背広はすべて兄のお古であった。兄はおしゃれだから服もきちんと着る。それゆえ私に下げ渡してくれるときには、その背広は一

見ちゃんとしている。ところが、私はたいへんだらしなく服を着るので、私が身につけるとせっかくの背広も見るまにぐずぐずに貧相になってしまうのだった。教授は週に一遍患者を診てまわるだけなのだが、貰い物はトリスではなく、当時ではまだ貴重なスコッチであった。医局の会に一、二本寄付したとて、教授室にはまだどっさりストックがあった。

一度、私の同僚の白衣があまりに汚いので、患者が気の毒がって新調の白衣をくれたことがあった。私はその話を聞き、自分も白衣を貰いたいと思って、できるだけ汚い白衣を着ていたことがある。しかし、白衣のみならず、身体全体が汚かったせいか、ついに誰も新しい白衣をプレゼントしてはくれなかった。

白衣は初め、自分で買って名前を書きこみ、宿直室の釘にかけておく。ところが、そのうち早く出勤してきた者が、いい白衣を着て行ってしまい、あとには誰のものかも分からぬ汚れた白衣だけが残っている。従って、朝に弱い私はいつもうす汚れほころびかけた白衣ばっかりを着ていた。

小医局である神経科が与えられる研究費は、当然のこと少なかった。そのためであろう、わが慶應病院神経科の医局は、或る種のインチキ行為を行なっていた。つまり、その頃には癲癇（てんかん）にもいろいろと新薬が出ていたが、外来で軽症の癲癇患者がくると、昔ながらの或る睡眠剤系統の薬を与える。この薬は現在もなお使用されており、ちゃんと癲癇の発作を抑えるのである。ところが、この安い薬のほうは薬局に処方箋を出さず、直接に神経科医局が金をとって患者に与えていたのだ。これは私の兄時代からの伝統であったという。当時は外来の診察が終ると、看護婦さんたちが総動員で、その薬を薬包紙で包みこんでいたものだ。この詐欺的な行為によって、慶應病院にではなく、神経科医局に金が入ってきた。それは研究費にも当てられたが、またそれによって野球のグローブ、ユニフォーム、はてはスパイクまで購入したものだ。

入局して二年目くらいには、私は医局長の完全な子分として、医局の会計までとりしきっていた。そして、この薬の密売による金を預金した郵便局の預金通帳をもあずかっていた。

医局の幹部たちの前で、私は預金はいくらいくらになったと報告する。それは医局長、講師以上の医者しか入れぬ秘密の会合なのだが、会計係をしている私もそこに入ることが許されたのだ。そして、その秘密預金の数字が増えてゆくことを報告するときほど、教授がニコニコと満面の相好をくずすときはないのであった。

ところが、私が医局を辞める前、この薬の密売行為がついに病院当局にばれ、それ以来この行為は禁じられてしまった。しかし、その後、神経科医局も人数がふえ、小医局から中医局くらいに発展していることだから、闇取引きをせずともやっていけたことだろう。

もっとも、M教授の悪口ばかりを書くつもりはない。軽躁病患者の特徴として、ごく精力的に、彼は慶應神経科の勢力範囲を拡げて行った。他の大学の教授、助教授などのポジションは、やはり東大が大きく占めていたから、主に各地の精神病院と関係を深めようとした。なにしろ軽躁病の勢いでてきぱきと実行するため、これはかなりの成功を収めた。その代り、慶應神経科の若い助手は、入局して二、三年も経つと、遠方の九州の病院などに赴任させられる運命となった。これは本人の意志や希望とはまったく関わりなく、医局の懇談会と呼ばれた秘密会議、主としてM教授の意図として決められてしまうので、泣いてもわめいても無駄なことであった。私たちは自分らを「売られた花嫁」と称したが、決して金襴緞子（きんらんどんす）の花嫁なんぞではなく、まあ売春婦と呼んだほうがふさわしかったであろう。けれども、こうして各地の病院とコネをつけておくことは、将来医局員の働き場所を確保する意味で、やはりM教授の功績と言ってよかった。彼はヒョコヒョコと精力的に、各地の病院を飛びまわった。その代り、宴会をひらかせ、土産物を貰って引きあげてきた。

もう一つM教授の手柄は、アメリカに行ったときに、ちょうど発行されていたジーボルグの『精神医学の歴史』という名著を持ち帰ったことであろう。『楡家の人びと』の中で徹吉が精神医学史を書くが、私はドイツの本も参考にしたけれど、大部分はこの書物を利用した。こういう新しいすぐれた本を素早く発見する才は、やはり常人にはない閃（ひらめ）きと言ってよい。

この「医局記」は、実に二十年前に、中央公論社のM嬢から依頼を受けたものだ。ところが、兄の医院や病院は、慶應の医局から医者を派遣して貰っている。当時の医局を語りだすには、M教授の悪口を書かねば面白くない。と言って、さような文章を教授が読んでその逆鱗(げきりん)に触れれば、彼は兄のところに助手を寄こさなくなる可能性は大いにある。

そう思って、私はM嬢に、

「教授が死ぬか、ボケてしまってから」

と言って延ばし延ばしにしていたものだ。

そうして様子を窺っていると、M教授も停年で慶應の教授をやめ、某大学の名誉教授になったが、一向に死ぬ気配を見せぬ。ボケたという噂が伝わってくると、不死鳥のごとくまた甦(よみがえ)る。やはり正常人とは違うのである。

のみならず、私が医局にいた頃は軽躁病(ヒポマニー)くらいに考えていたのが、立派な躁鬱病患者であったことも判明してきた。医局をやめてから一度もそこを訪れず、ましてM教授に会いに行ったこともない私がどうしてそういうことが分かるかというと、いやしくも私はマンボウ・マブゼ国の主席である。単に一家の主人ではなく、微小なりとはいえ一国をあずかる身である。当然、日本のみならず世界の各国にまでスパイを放っているからだ。

M教授が躁鬱病であることは、さすが教授だけあって、躁のときでもかすかな自覚があって、次の教授になったHO先生にひそかに相談していたらしいのだ。HO教授は、私のいた頃はまだ講師であったが、私がこれまでに知りあった精神科医の中で、もっとも尊敬する人物と言ってよい。物凄くガクがあるのに実に謙虚であり、サイダーで酔っぱらうという特技まで有していた。みんなから慕われ、ホウさんと呼ばれていた。

M教授も、やがて助教授になったホウ先生を信頼し、内心では頭があがらなかったのかも知れぬ。ホウさんには自分の病気のことを打明けていたのだ。

M教授は躁のときは大きな顔をして学会に出席し、滔々(とうとう)と弁じたて、

「今度こそ東大の奴らをコテンパンにやっつけてやった」

などと威張っていたが、内心では一抹の不安を感じ、ホウさんをひそかに呼んで、

「HO君。ぼくはマニーじゃないのかね。やはり薬を飲んだほうがいいかな」

鬱になると、めっきり気弱になってしまい、またホウさんを呼び、

「HO君、ぼくは確かにデプレッションだ。どんな薬を飲んだらよいかね」

などと相談し、ホウさんの指示にはおとなしく従っていたようだ。

一般の人は、鬱のときは病識（自分が病気であるという自覚）が多すぎるが、たとえ精

神科医であっても、躁がひどくなると往々にして病識を失ってしまうものだ。いささか手遅れとはいえ、M教授がわずかながらも病識を有していたことは、やはり教授と呼ばれるべき人物だったのであろう。

私はM教授のことを書くに当たり一方的にならぬよう、二、三の仲間の話を聞いた。すると、私は懇談会の一員だったからお宅でヴィアベースなどを御馳走になったが、もっと下の助手とキャバレーに行ったときなど一度も奢(おご)ってやることがなかったという。唯一の例外は、NA医師で、もう一人の仲間と教授と飲んだとき、まだ教授が飲み終らぬうちに席を立ってサッサと店の外へ出てしまった。あとに残った教授はさすがに支払わなければならなかったことだろう。

四年ほど前、私がもっとも信頼している一人のスパイから報告があった。

「M教授はもう完全にボケた。もう主席が何を書こうとも、読む危険はないし、たとえ読んでも理解することは不可能であろう」

とにかく有能なスパイは私にそう報告してきた。

かくなったからには、私は十六年前からのM嬢との約束をもっと早く果たすべきであった。

ところが、医局をやめてかなり経ち、中年になってから、今度は私が躁鬱病になった。

初めは躁鬱症と言った程度だったが、年と共にこれが悪化し、今やゲーテや漱石には及ばぬが、M教授など比較にもならぬ威風堂々たる大躁鬱病患者である。

鬱のときは死人のごとく一日に十四、五時間も寝、ほとんど口もきかない。まして仕事は月産七枚といった具合になる。月産ゼロという記録もあった。ところが躁になると、意気軒昂とし、これに父の悪い遺伝子が加わって、矢鱈滅法（やたらめっぽう）怒りっぽくなる。中央公論社とは大喧嘩をやらかし、その後鬱になっておとなしくしていたが、またもや躁になって、今度は国交断絶どころか開戦一歩前まで行った。私は中公のさる人に電話をし、

「もうニイタカヤマノボレとわが機動部隊に打電したぞ」

などとのたまわれたのである。

このようにして、またもや四年の歳月が流れてしまった。

だが、一個人とは違い、国家ともなると、その政策も複雑怪奇である。君子と同じく豹変しなければ、とてもこのただならぬ世界情勢の中にあって、わが国の存続はむずかしい。

かくして、依頼を受けてから丸二十年を経て、私はようやくこの「医局記」を書き始めることになったのである。

第二章　医局員のほとんどが変っていること

私が入局早々のことを抜きにして、Ｍ教授の悪口を長々と書いたのは、なにも個人をけなすわけではない。

Ｍ教授の後任として、ガクがありユーモアもある人徳稀れなＨＯ先生が教授となった。私はその実際を見たわけではないが、慶應病院神経科にとってはおそらくソ連の民主化のごとき変革であったろう。

しかし、世界の共産主義国家の崩壊によって、資本主義国家、世界全体が良くなるという保証はない。むしろ悪しき資本主義、悪しき民主主義が横行する恐れが多分にある。医学部はかつて恐るべき前近代的、封建的社会であった。私はＭ教授のことを取りあげることによって、その再燃を防ぐわずかな土壌を作りたかったのだ。

ＨＯ教授も停年となり、昨年に慶應病院を引退された。ここにその人柄を書くことができるのは、かつて慶應神経科教室の一員であった私にとって誇りでもある。

精神病患者に危険な者はごく少ないことはいくら強調されても足りないが、むろん例外もある。なかんずく分裂病の一つの型、緊張病（カタトニー）には、衝動的行為と言って、やにわに乱暴を働く者はかなりいる。精神科医とても、患者から暴行を受けることもときたまはある。

私の在局中、私の知るかぎり患者から暴行を受けた医者はなく、ただ一人、殴られたり追いかけられたりして被害を受けたのは、ＨＯ先生、ホウさんが唯一人だと聞いた。つまり、あまりにホウさんが優しいので、患者のほうでもついこの相手与（くみ）し易しと思ったのかも知れない。

にもかかわらず、ホウさんはみんなからひそかに尊敬されていた。表にこそ出さないが、物凄くガクがあり、それこそ何でも知っているというもっぱらの噂であった。

入局してしばらく経って、たまたま図書室にいたホウさんに向かって、私は――今はその言葉を忘れてしまっているが――或るドイツ語について尋ねてみた。それは精神医学用語であると共に、文学用語でもあったからである。他の先生に訊いたとて、満足する答は得られそうもない、むろん教科書などには載っていない難解な用語であった。

するとホウさんはこう答えた。

「さあ、ぼくは知らないが、ひょっとするとこの本に載っているかも知れないから、調べてごらん」

そして、本棚の中のぶ厚い一冊の本を指さした。私がそのドイツ語の本を開いてみると、果たしてくわしい説明が記されていた。

むろんのこと、初めからホウさんは知っていたのである。だが、あくまで謙虚なそのお心が、「さあ、ぼくは知らないが」と言わせたのだ。単に学問がある先生なら私も幾人も知っている。だが、慶應神経科の歴史を通じておそらくもっともガクがあったであろうホウさんのこの優しい謙虚さ。このような方と一時なりとも一緒にいられたことは、私の人生の幸せと言える。HO教授が退職されるときに同窓会報に載せられた一見随筆のようなユーモアに富んだ小論文は、医学のほかは大して知識とてない日本の医者たちへの模範文とも言えるであろう。日本の学者は確かに優秀ではあるが、学問バカ、専門家バカばかりがこの世に溢れているようだ。

そこへ行くと、外国の医学者の論文の中には、医学だけではなく、歴史、文学、美学などに造詣の深い、読んでいて教えられるものが沢山ある。

私のもっとも好きな本は、精神薄弱者の研究者、ドイツの故ホルスト・ガイヤー博士の『馬鹿について』であろう。原書のほうは、ラテン語やギリシャ語が多方面にわたってちりばめられていて、私の読みこなせるものではない。末尾に、ユーモアに満ちた警句や逸話が並んでおり、これまでも書いたことがあるが、あえてもう一度引用しておこう。

「勤勉は馬鹿の助けにはならない。勤勉な馬鹿ほど、はた迷惑なものはない」

また、誰でもその名は知っている有名なクレッチマーの大著『体格と性格』は、まずシェイクスピアの『ジュリアス・シーザー』からの引用文があり、こう書きだされている。

「普通人びとは悪魔といえばたいてい痩せていて、細い顎に尖り髭をうすく生やしていると考えるのだが、一方肥っちょはどこか気立ての良い愚かさを備えていることになっている。陰謀をめぐらす者は傴僂(せむし)で軽い咳ばらいをする。齢とった魔女は干乾びた顔つきをしている。朗らかで淫らな雰囲気の場所では、でっぷりとした騎士ファルシュタフが鼻を赤くし禿頭をぴかぴかさせながら姿を現わす。常識あるおかみさんは、ずんぐりしてまんまるな姿で手を腰にあて、腕を張っている。聖者たちはひょろりとした姿で、手足は長く、眼光は鋭く、顔色は蒼ざめゴート人のような厳かな物腰だ」

手短にいえば、節操高い人と悪魔とは尖り鼻で、ユーモアがわかる人は太い鼻をしていなければならぬということだ。これはどういう意味であろうか？　さしあたって、これだけのことは言えるであろう。つまり、民衆の空想が幾世紀にもわたって語りつがれながら結晶化したところのものは、客観性をもった民族心理学的記録であり、おそらくは研究者にとっても多少注意を払うくらいの値打ちのある大衆観念の沈澱物であるかもしれない」

どうですか、皆さん。医学書としては文学的ではなかろうか。

クレッチマーはこの本の中で、人間の体型を大きく三つに分類した。一つは細長型、一つは闘士型、そしてもう一つは肥満型である。そして細長型は分裂気質、闘士型は癲癇気質、肥満型は循環気質と結びつけた。気質と病気とは違うが、まあ平たく言って、その気質、性格が高ずると、それぞれ分裂病、癲癇、躁鬱病につながることがある。

この学説は、日本の精神医学の教科書——私の頃はほとんどがドイツの教科書の翻案であったが——にそのあらましが載っている。

これを読んだとき、私は初めこう思った。これはごく大ざっぱな理論だ。むろん芥川龍之介の晩年のあの幽鬼のような顔立ちは、まさしく細長型の典型と言えよう。だが、例外が多過ぎる。高名なクレッチマーの大著は、せいぜい統計学の初歩の段階の理論に過ぎぬ、と。

だが、「マンボウ航海」で初めてヨーロッパに渡ったとき、この私の観念は変った。日本人は痩せていようが肥っていようが、しょせんたかが知れている。しかし、ヨーロッパに来て行きかう人びとを眺めていると、それこそ典型的な細長型、闘士型、肥満型を無数に見つけることができるのだ。なるほど、こういう人種の中にあってこそ、クレッチマーのような学説が大手をふってまかりとおるのだな、と私は反省した。今の日本人は肉を多く食べることによって、少なくとも昔の日本人よりはクレッチマーの学説に近くなりつつある。

ホウさんは先に述べたとおり、医局の会などでも一切アルコールはたしなまなかった。その代り、サイダーを飲んで酔っぱらった。少なくともふだんより大笑いをしたり、ふざけたりしたものだ。初め私は彼は特殊体質の持主なのかと思ったが、今になって考えれば、あれは人を愉しませるための演技であったと思われる。温厚で優しいホウさんは、ただのサイダーで酔っぱらいの真似をしていたのだ。それにしても、あれはアカデミー賞なみの大した演技であった。

アルコールといえば、私は入局早々男をあげた。私が医局に入って何日も経たぬうち、新入局員、フレッシュマン歓迎のコンパが、渋谷の道玄坂にあった屋外ビアホールで行なわれた。私はもともと飲ん兵衛である。なかんずく仙台での五年間で鍛えられてきた。私が大ジョッキを二、三杯飲み干した頃、誰かがビールの早飲み競争を提案した。もちろん私は受けて立った。最初のジョッキで大部分の者が落伍した。ついに残ったのは、どこかの精神病院に勤めている、私より二、三年先輩の妙に浅黒い顔をした小男と私の二人だけになった。二人はもう何杯目かの大ジョッキを手にして向かいあった。合図と共に、私は一度も呼吸せず、八秒きっかりで大ジョッキをたちまちにして飲み干してしまった。相手は口惜しがって、もう一度挑戦してきた。私はまたもやゴクゴクと、いとも簡単に一気にビールを飲み干した。相手のジョッキには、まだ三分の一もビールが残っていた。

すると、その浅黒い、いや今や赤黒くなった痩せた小男の先輩は、やにわに怒りだした。

「お前、フレッシュマンのくせに生意気だ。いやしくも先輩のおれに勝つなんて生意気だ！」

冗談ではなく、その初めて会う先輩は本気で、腹の底から立腹したのだ。その口元からは唾かビールの泡か知らないが、とにかく真白な液体が本当に吹きでていた。

「たかがビールの飲み比べに負けたくらいで、こんなに本気になって怒るなんて、やっぱり精神科の医者という奴は変っているなあ」

と、私は胸のうちでつぶやいた。そのとき私は、自分自身がホウさんと逆の意味で、慶應神経科の歴史に残る大変人になろうとは夢にも考えていなかったからだ。

医局に入ってしばらくすると、フレッシュマンはそれぞれの立場から、病理とか心理とかに自ら入るか、或いは配属される。私だけはどこへも入ろうとしなかった。毎日、患者の診察が済めば、小さな図書室の机の上で小説や空飛ぶ円盤の本ばかりを読んでいた。それを妨害するのは、当時はまだ軽躁病でしょっちゅう教授室からヒョコヒョコとびだしてくる小男のM教授だけであった。今から思うと、彼があのように活動家であったのは、軽躁病のうえにナポレオン・コンプレックスも多分に加わっていたのではないかと思う。ナポレオンは小男で、軍人として風采があがらなかった。それゆえにこそ努力して、ついに皇帝ともなったのだ。このように、インフェリオリティ・コンプレックスをうまく活用すれば、その人物を高めることができる。三島由紀夫氏も背が低かった。氏がボディ・ビルをやって肉体を強め、剣道からボクシングまでをやったのも、一種のナポレオン・コンプレックスからであろう。三島氏の文学が世界文学となったのは、そのコンプレックスによる努力によってだともいえる。

そんなふうにおよそ勉強をしないでいた私を、見るに見かねて心理室に入れたのは、ひょろりと背が高く優しいSHI助教授の親切心であったろう。しかし、正直に言ってしまえば、そこでも私は何もやりはしなかった。心理テストにも種々ある。いちばん簡単な質問形式のテストから、ロールシャッハ・テスト、クレペリン・テスト、MMPIテストなどである。だが、人間の性格がこれらのテストによって正確に浮きぼりにできるものではない。各種のテストを組合せて、辛うじておぼろげにその人の性格が浮びあがってくるくらいのものだ。どんな平凡な人間にせよ、それだけの複雑性を有しているからだ。また、ロールシャッハ・テストにしろ、その技術を習得するには時間がかかるし、テストする側の個人によって微妙に差が出てくる。よく有名作家の病歴などといってロールシャッハが用いられるが、その半分は当っていないと言っても過言ではなかろう。

いちばんいいのは、やはりその患者と長く接し、長く会話を交わすことである。これ以上の性格テストは、いかに医学が発達しても現われぬであろう。私は心理室に入って、わずか二、三日にしてこの真理を見抜いてしまった。それゆえそこにずっといたとはいえ、何ひとつ心理テストについて研究はしなかった。ただ、ゾンディ・テストというものが初めて日本に入ってきたときは、ちょっとだけ興味を惹かれた。これは、ロールシャッハが意味のない図形を示すのに対し、十名ほどの人物の写真を見せて、その印象が良いか悪いかを言わせるのである。精神科医という者は、患者の顔つきを一目見て、或る程度の推量をくださねばならぬ。しかし、作家とてそれは同様である。小説こそ売れなかったが、その修業なら十年以上も私はしてきた。従って、たかが十名くらいの顔写真によるゾンディ・テストのくだらなさもたちまち見抜き、SHI助教授の意に反して、なんの研究とてしなかった。

しかし、心理室には、正式な助手ではないが、女性の研究員が二、三人いた。年と共にその数はふえ、中にはなかなかおもしろくかつ美人の助手もいたから、私は彼女らと無駄話をし、そこを去る気は起こさなかった。

もうひとつ、便利なことに、心理室にはカーテンでへだてられる小さな個室が三つほどあったからである。そこでは他人に知られずに患者の心の葛藤を話させることもできたし、精神分析療法もそこで行なわれた。

精神分析学は、そもそもの発祥地であるオーストリアでもドイツでも、フロイトの理論はほとんど認められなかった。ナチスの台頭は、更にそれに拍車を掛け、フロイトはロンドンに逃れる。昔から私の時代まで、日本精神医学はほとんどドイツのそれを学んできた。それゆえ、わが国でも分析学は無視され、或いは迫害されてきたものだ。

私が東北大学で精神科のインターンをやっていたとき聞いた話だが、そのときの教授の前任者が珍しく分析派であった。ところが、その教授がやめたあと、後任の教授は教室の図書室からすべての分析学の本を追放したのである。今でこそ精神分析医はふえているが、当時はそんな風潮の中であった。

その中にあって、慶應神経科の中で、一人孤独に、精神分析をやっていた老先生がいた。その名をA先生という。みんなは多少の軽蔑を含めた愛称で、アベちゃんと呼んでいた。

アベちゃんは精神分析に於ては、おそらく慶應最初の一人ではなかったか。私が入局したときにはもう看護婦たちも分析学というものを知ってはいたが、その以前はアベちゃんは彼女らの噂の種となっていたらしい。

なぜならA先生は、心理室の個室の中に女性患者を連れこんで、いつまでも出てこない。その女性患者と何をしているか分からないという噂が立ち、A先生は変態性だという評判が専ら(もっぱら)だったという。

ついでながら、精神分析についてひとこと触れておこう。

私は大学三年の頃、当時のフロイト全集をすべて読んだ。そして、心の中で膝を叩いたのであった。精神病患者の治療はこれでなければならぬ、と。薬や電気ショックなどでなく、心の病いは心で癒(なお)さねばならぬ、と。

そして、入局してすぐに、自分流の精神分析をひそかに行なったこともあった。フロイトの自由連想法では時間がかかりすぎる。要するにそれは、自由連想を簡略化して、患者にできるだけ多くを語らせるという方法であった。これは今でも精神療法として立派に通用するやり方である。

だが、同時に私は、フロイトについての新しい本、またかつて夢中で読みふけったフロイト自身の本を読み返してみた。そして、すぐ次のような結論に達した。フロイトの理論は、あまりに自分自身の体験に影響されすぎている。その理論は文学者をこそ愉しませるが、おそろしく独断と偏見に満ちたものだということを。しかし、独断と偏見のほうが、この世ではときにより客観的に正しい意見よりも力強い影響力を持つものだ。またフロイトは初め個人をあつかったが、晩年には社会的、民族的にもその分析方法を用いたのはやはり偉大であると言ってよかろう。

だが、ぜひ言っておきたいのは、フロイト自身がノイローゼであったことだ。それで自分で工夫して自分のノイローゼを治し、その方法を拡げて分析学を創立したのである。

ユングにしろそうである。彼もまたノイローゼであり、晩年にはオカルト的になってしまった。彼の父も母もオカルト的要素を多分に持っていたから、その遺伝であろう。しかし、ユングの或る説は極めて美しい。文学的に美しい。ただ、治療の面から言えばあまり役に立たぬと思う。有体（ありてい）に言って私は、広義の精神療法は別として精神分析（アナリーゼ）というものをほとんど信用していない。

精神分析が本当に定着したのは、欧米に流れて行ったいわゆるフロイト左派と呼ばれる人たちの功績である。私は分析学を否定する者ではないが、その治療法はあまりに悠長である。分裂病を分析療法で治した例もあるが、ヤスパースも薬物との混合治療が望ましいと述べている。クロールプロマジンなどの卓効ある新薬が登場した今となっては、これはやはりノイローゼなどを主にする療法であろう。ただ患者とよく話しあうこと、広義の精神療法は、病気の種類にもよるが、何と言ってもいちばん大切なことだ。

分析医たちがやはりどこかおかしいのは、仲良く共同研究していた者が、かなりの頻度で対立して別れてゆくことからも分かる。フロイトの後継者でもあるアドラーは、フロイトとユングが初め仲が良すぎたので、嫉妬の念からフロイトと別れたし、やがてユングもフロイトから離れてゆく。ハンガリーのヘレンチは、フロイトが患者を診るにも分別を守り、たとえば一週間に一度しか診察室で会ってはならぬことを強調したのに対し（つまりフロイトはアベちゃんではないが、女患者とのスキャンダルを恐れたのである）、患者を家に招いたり共同生活をしてもよいと主張し、フロイトの同意が得られずこれまた訣別した。

フロイトの弟子ジョーンズは、フロイトがロンドンに逃れる助けをし、また師のアメリカ講演旅行の準備をしたり、精神分析を英語圏に拡めた功のあった人である。しかし、彼はあまりに分析学を自分の手で独占しようとした。進化論と同様、或る思想なり理論が生まれるときは、一人の個人の力だけではなく、社会一般にその風潮がひろがっているものだ。アメリカでは、マーガレット・ミードなど社会学、民族学の学者が分析学を取り入れた。

忘れてならぬ分析医に、アメリカのサリバン、デンマークのエリクソン、フランスのラカンなどがいる。わが国では私の入局当時かなりの訳著が出たフロムやメニンガー（メニンジャーと訳されている）などを世間の人が読んだものだが、前者は私の参考になったが、後者から得たものはほとんどないと言ってよかろう。

わが国の分析医たちも、ほとんどが大なり小なりノイローゼであった。そして分析療法を受け、その結果分析学を覚え、やがて分析医になるのである。まともな者はごく少ない。

しかし、私はまともでないことを悪いと言っているのではない。大宇宙は曖昧で矛盾に満ちている。そこから生まれた人間にせよ、それに似た生物である。それに、正常（ノーマル）というものほど、この世で平凡で退屈でつまらぬものもないのではあるまいか。

こう記すと、世の人びとの中には不満に思う者もいるであろうから、有史上もっとも賢人であったと思われるソクラテスの言葉を記しておこう。ソクラテスは一冊の本も残さなかった。従ってプラトンの『パイドラス』からの引用。

「われわれの身に起こる数々の善きものの中でも、そのもっとも偉大なものは、狂気を通じて生まれてくるのである。むろんその狂気とは、神から授かって与えられる狂気でなければならないけれども。（注・時代的に神が出てくるが、現代人は他の意味に置きかえて頂きたい。）まことに、デルポイの巫女も、ドドネの聖女たちも、その心の狂ったときにこそ、ギリシャの国々のためにも、ギリシャ人のひとりびとりのためにも、実に数多くの立派なことをなしとげたのであった。だが、正気のときには、彼女たちはほんのわずかなことしか為さなかったし、或いはぜんぜん何もしなかったと言ってよいのである」

とにかく精神分析は、アメリカで大きく開花した。近頃はやや衰えているが、一時は分析医にかかることがインテリの証とも言われるようになったのである。

私が初めてアメリカ本土に行ったとき、日本で知りあった日本文学研究者の家に招かれて一晩泊ったが、翌朝、彼が「ちょっと出かけてくる」と言うので行先を問うと、「精神分析(サイコ・セラピー)」という返事であった。

みんながごく手軽に分析医へ通うので、「美容院療法」と俗に言われたものだ。これは反対論者の皮肉をこめた言葉でもある。つまり女性がいくら美容院へ通っても、ちっとも美しくならないという意がこめられている。

ひとつの挿話を語っておこう。私が入局して二年ほど経った頃、後輩の医者に変り者がいた。快活な性格で、今は立派な病院長になっているが、その当時ヤクザとのつきあいもあった。その彼がエロ映画と男女の本番の話を医局に持ちこんできた。そのエロ業者は、一般の会社などにエロ・ショーを売りこんでいたのだが、警察の取締りがきびしくなり、ついに大学の医学部で商売を始めていたのである。医者というものは忙しいときは滅法忙しいが、私の存在が示すとおり、閑(ひま)なときは閑である。

そのヤクザとつきあいのある医者の手引きにより、わが神経科の医局にもエロ・ショーの話が持ちこまれてきた。だが、まさか病院の中でそんなものをやらせるわけにいかぬ。

それで、或る日曜日、休日中の某銀行の一室において、この滅多に見られぬ映画ならびに本番の実演の観賞会が行なわれることになった。およそ二十名くらいの医者がそこに集まった。まさしく閑人である。

さて、まずエロ映画の映写からその集会は始まった。裸の男女の姿が映しだされた。すると、いやしくも慶應病院神経科で分析医の草分けともあろうA先生が、たちまち顔色を変え、あたふたと席を立って出て行ってしまった。フロイトの理論は多くのものをセックスと結びつける。あまりに性と結びつけすぎることがその欠点なのだが、その信奉者である分析医が、本番の実演ならぬたかがエロ映画に恐れおののいて逃げて行ってしまうとは、と私もさすがに呆れはてたのであった。

また私の入局の頃の医局長SO先生の奥さんがたいへんなヒステリーであった。本当はヒステリーとヒステリー性格とは違い、その後者であったろう。真のヒステリー患者は千様の症状を起こすもので、たとえば卵巣痛、乳房痛、視力減退、時には盲目、耳鳴から聾、起立歩行不能、また癲癇とそっくりの大発作、小発作など肉体的の病気と間違えられるものがある。よく言われるヒステリー球とは疼痛ではなく、胃や食道の筋収縮によるものだが、患者は球状の異物が胃から上ってきて喉につまると訴える。教科書に書いてある後弓反張は弓のように身体をのけぞらせるものだが、これは欧米人によく見られるもので、私はまだ日本でそれを見たことがない。また欧米人でも現代ではごく稀れになっている。癲癇とヒステリーの大発作の違いは、前者が数分でまったく人事不省になるのに比べ、後者は三十分から一時間もつづくが、時々意識があることであり、瞳孔反応はちゃんとある。また倒れても舌を嚙まぬし、倒れても怪我はしない。要するに、ヒステリーは、無意識の芝居なのである。もとよりこの戯文は医学の教科書ではないから、要点を除いてこれからもくわしく解説することはないだろう。

とにかくSO医局長はよく奥さんにひっかかれたらしく、顔に蚯蚓(みみず)脹れを作って出勤してきた。体裁がわるいので、彼はそれを猫にひっかかれたのだと称していた。だが、どんな猫だか知らぬが、飼主をそんなにしょっちゅうひっかく猫もいないだろう。この法螺(ほら)話をすぐ見抜いたのは、仲間の医者よりもむしろ看護婦であった。看護婦さんもベテランになるとヒヨッコ医者よりも物事に通じてくる。また医者よりも患者に接する機会も多いから、或る場合は医者よりも重要な役割を果たす。

看護婦長は温厚な人だったが、時により教授よりこわい。これは外国とて例外ではない。SEさんという小柄で可愛い看護婦さんがいた。ところが彼女は気が強く、私たち医者はしょっちゅう叱られてばかりいた。宿直室のベッドで昼寝をしていては叱られ、また疲れるのでブドウ糖にいろんなビタミンをまぜ静脈注射をしてくれと頼むと、突っけんどんにこう言ったものだ。

「先生、こんなに出鱈目（でたらめ）にビタミンを入れたって、効きやしませんよ」

ＳＯ医局長が、なぜ奥さんのヒステリーを治せなかったかというと、大体性格というものは成人になってしまうと治すのは困難なものなのだ。ヒステリー性格の女は（ヒステリーの男女の比率はおよそ一対八で、やはり圧倒的に女性に多い）、満足しているときはなんでもないのだが、いったん欲求不満が生ずるとすぐぶり返す。

それに精神科医のみならず、医者は自分や家族は治せないという諺がある。どうしても情が移るからである。従って定評のある外科医が、自分の家族の手術を他の医者に頼むことは極めて多い。ＳＯ医局長は快活で豪放な人だったが、自分の奥さんを治せなかったからといって、決して精神科医として劣っていた訳ではない。

このように、私の時代の先輩、同僚、後輩は、大なり小なりみんな変っていた。近頃はまともな精神科医もふえているようだが、あまりまともではとても精神異常者たちの忠実な僕（しもべ）にはなれぬであろうと私は危惧するのである。

第三章　フレッシュマンの生活とイカモノ食いのこと

さて、入局した新人（フレッシュマン）はどのような日常を送るのであろうか。

まず朝、医局に出勤して宿直室にかけてある白衣を着る。この白衣というものは、良くも悪しくも、まさしく医者の象徴であろう。ふだんどんなことをしている人間にせよ、これを着れば医者に変ずる。いや、少なくとも医者としてあつかわれる。インターン生も白衣を着れば、はたからはひとかどの医者と見られる。言いかえれば、白衣は一種の隠れ蓑と称してもよいであろう。

白衣を着れば、他人から先生と呼ばれる。この呼称も私が大嫌いなものだが、先生と呼ばないと患者が信用しないから、患者の前ではたとえインターン生でも先生と呼ぶ。というわけで、医者の世界ほど先生を連発する所もない。

もっとも、作家もよく先生と呼ばれる。これはそう呼ばないと怒る大物作家や、「ようやく先生と呼ばれる身となった」などというバカな新人作家がどっさりいるからである。もっとも中国では先生とは、年長者に対する敬称で、まあ「様」に当るから、これならまだ許せる。

慶應の医局でも、患者の前ではお互いに先生と呼びあったが、親しくなるとたいてい「さん」づけで呼ばれた。私は斎藤という苗字が多いことから、「宗吉さん」または「宗吉」と呼ばれた。私が子分役をやらされたSOさんの次の医局長ススムさんは、「宗吉ツァン」と言った。これは小学校、中学校を通じてずっとそうだったが、ソウキチという発音はどうしてもコミカルに聞える。おまけに何ひとつ研究をしないときている。私は学会に出たことは一度もない。ただ唯一の例外として、慶應大学神経科で学会が開かれたとき、誰かの研究発表のときに図表を差出すプラカード係であった。従って、私の医局時代を通じて、「ソウキチ」「ソウキッツァン」は愛称というより、蔑称の意が常にこめられていたと思う。私はなにかにつけ医局の中で、いわばオミソあつかいを受けていた。ただスポーツに於ては、医局の重鎮であった時代はあるが、これは後に述べたい。今では後輩がとうに助教授どころか、教授にもなっている。もし私がずっと医局に残っていたとしても、なにせ論文ひとつ書かぬから、未だに講師にもなれなかったのではあるまいか。

さて、入局早々のフレッシュマンの仕事とは、そもそもいかなるものであろうか。
神経科の医局は北里講堂の近くにあって、これは空襲から焼け残ったが、それだけ建物も各部屋も古びていた。その他の慶應病院は全焼したがすでに新築されていて、現在のそれと比べれば遥かに貧弱とはいえ、まだしも立派であり、その中に神経科の外来もあった。外来患者の診察が始まるのは九時からである。

それまでにフレッシュマンは医局に出勤し、まず宿直室にかけられている白衣を着る。それも先に記したように、最初の一カ月くらいは自分のネーム入りの白衣を着るが、やがて早く行った者が綺麗な白衣を勝手に着て行ってしまう。昔から私は夜型であった。ほとんど夜半過ぎまで売れない小説を書いていたから朝はどうしても寝坊をする。

当時、私は新宿大京町の兄の医院に居候（いそうろう）をしていた。そこから医局までは、歩いてわずか五、六分の距離である。だが、なぜか医局に着くのはビリのほうになってしまう。すると、新調したはずの私の白衣はとうになく、誰の物とも知れぬ、薬品でしみがつき、ほころびかけた白衣しか残っていない。さらに歳月が経つと、白いというよりどす黒い白衣しか見当らぬ。しかし、それを着なければ医者としてあつかわれぬのである。

白衣は権威の象徴である。そして多くの病人はこの権威によって安心もする。しかし、幼児などは注射などをされてこの白衣を恐れるようにもなる。神経科の場合も、患者によっては白衣をつけぬほうがいいとも私は考える。医者が権威であってはならぬケースもあるからだ。

しかし、フレッシュマンはなんといってもヒヨッコ医者であるから、すべて常識に従わなくてはならぬ。

入院患者は内科的にも、血液、尿などをすべて調べられる。つまり耳たぶから血をとって、白血球、赤血球、血小板を調べる。精神病患者にも内科的、外科的疾患があることもあるからこれは当然のことだ。梅毒からくる進行性麻痺は唯一の脳細胞変化が判明している精神病である。その血液はワッセルマン反応がプラスになる。その他、場合によっては白血球の数などが大切なことはむろんある。だが、大多数は、いちいち顕微鏡で白血球の数をかぞえても無駄と言ってもよい。ところが大学病院は権威の象徴だから、万一ということを考えてなんでも調べさせられるのだ。

これはかなりの時間がかかる。こうした慎重さによって発見される病気もあるであろう。しかし、最近は私の時代には想像もつかなかったCTスキャンなどの機械が発達してきて、患者は検査ばかりされていて、肝腎の病気の治療がずっと遅れるということは否定できない。

それゆえ、入局してから半年も経たぬうち、私は少数の例外を除いて、白血球のプレパラートを顕微鏡でなく、肉眼だけで見てその数をカルテに記入したものだ。つまり、あてずっぽの平均値を書いたのである。他の検査もほとんど同様であった。それをきちんとしない分の時間を患者の治療、なかんずく会話に当てたほうがより早く患者を治せるのである。このインチキによって、他の病気を見のがして失敗した例は、ただの一度もなかった。たとえば盲腸炎などの炎症には白血球がふえる。だから、腹痛を訴える患者にそれを行なえばよいわけである。ただ、一万人に一人というような稀有な疾患があるから、この方法をすべてのフレッシュマンに勧めるわけではない。

フレッシュマンには、オーベンといって上役の指導医がつく。フレッシュマンはネーベンと呼ばれる。

私のオーベンはN先生といって、これはあまり変り者ではなかった。病理研究室に属し、物凄い勉強家で、一日の大半をそこで過していた。深夜になっても滅多に帰宅せず、宿直室のベッドで寝ていた。

宿直医は一人、それがフレッシュマンである場合は古株の助手がもう一人くらいいる制度であった。ところがN先生のような勉強家がかなりいたことと、それに加えて新宿辺りに飲みに出かけて帰宅せず、宿直室にころがりこんでくる者もどっさりいた。

宿直室には狭いシングルベッドが二つ並べてある。たいていここに四人寝ていた。五人となると、端の者はあやうくベッドからころがり落ちそうになる。

かくて慶應神経科は宿直体制にかけては万全だと私は思っていたが、のちになって更に多くの医者が寝泊りしていたことがわかった。一つは電気ショック療法を受けた患者を寝かしておく大部屋に数人、心理室のベッドに一人。かくのごとく多くの医者が常に存在した医局もあまりないのではあるまいか。

ただこの宿直室は、あまりといえば不潔すぎた。片隅に小さな洗面台があったが、朝、そこで顔を洗う者はまずいなかった。なぜなら、トイレが階下の、それもいちばんはずれにあったからである。夜中に起きてそこまで行くのはたいへんに遠い。そのため宿直室で寝ていた者は、用を足すときたいていその洗面台を代用していたからであった。

宿直室についてのもう一つの思い出は、どういう訳か、そこにドイツ語のぶ厚い性医学の本があったことである。宿直室に泊る私たちは、寝つく前、つれづれのままにその本を開く。なにしろ表紙のすぐあとに、檻の中の巨大なゴリラが檻の外にいる女を抱きかかえ、うしろから交合している色彩つきの絵があったからである。そのほかにも多種の絵やら写真がはいっていた。熱心な者は、宿直のたびにこの本を読んだし、そうでない者にしろ、煽情的な図版の解説文くらいは読む。

ところが、私が入局してから二年目、この本が宿直室から忽然として消えてしまった。

宿直室のみならず、医局全体から消え失せてしまった。熱心な性医学研究者が自宅に持ち帰ったままにしていたのか、或いはもっと悪質な者が古本屋に売りとばしたか、事件の真相はまったくの謎に包まれている。以来、慶應神経科医局員のドイツ語の能力が頓に減退したとまことしやかに伝えられたものだ。

オーベンのN先生が研究熱心なことは先に述べた。そのため、初めのうちは受持の患者を私と一緒に診察して指導してくれたのが、次第に私が慣れてくると、滅多にそれをやらなくなってしまった。一時、私はN先生をややうらんだことは事実である。

しかし、N先生は立派な医者であった。一体いつやるのかその現場を見たことはないが、いつの間にか私が書いたカルテのドイツ語の語尾変化の誤りを赤インクで訂正してくれていた。また私の知らぬうちに患者を診察したらしく、カルテに私の記さなかった文字が書きつけられていた。N先生をオーベンに待ったことは私の幸せだったと言ってよい。

フレッシュマンはオーベンの医師と共に、幾人かの入院患者を受け持たされるが、入局していくらも経たぬうちに私が担当して忘れがたい患者が二、三人いる。

一人は私が化け蝦蟇と名づけた女性の患者である。いささか気の毒な渾名であるが、その体軀からして大きい。児雷也が乗る蝦蟇を連想させた。そのくせキンキラキンの衣裳をつけている。当時はネグリジェなど着る患者は少なかったが、万事につけけばけばしい。

それに加えて唇には毒々しくルージュを塗っている。白粉（おしろい）をつける。すべてに兇々（まがまが）しい妖気が漂っている。

診察に行くと、なかなか医者を離さない。見舞いに持ちこまれた果物などを食べて行けとしきりに勧める。こちらもバナナくらいを一本貰って食べる。なにしろ不気味なその御面相の前から一刻も早く引きあげたいが、向こうはなかなかそれを許してくれぬ。この患者はおそらくヒステリー性格で、夫が弱りきって無理に入院させたのだろうが、四度くらい、ごくざっと言葉を交わしただけだからはっきりしたことは分からない。とにかく彼女は言う。

「先生、もう一ついかがです。このネーブルは？　パイナップルもありますよ」

もっと別な患者なら私は喜んでそれらを食べていたことだろう。しかしなにせ気味の悪い御面相だから、そのくらいにして帰ってしまう。

一度彼女の病室の戸を開くと、夫がベッドの脇に跪（ひざまず）くようにして、しきりに何事かを囁いていた。おそらく我慢をしておとなしく入院していてくれとでも頼んでいたのであろう。

化け蝦蟇は一度だけ教授回診を受けたことがある。教授回診は週に一度だけだから、それしか病院にはいなかったわけだ。M教授は彼女のどぎつく化粧された御面相や常ならぬ

衣裳を一目見るや、

「ベルーフは？」

と私に尋ねた。つまり単なる妻ではなく、水商売か何かの女性だと思ったのであろう。Beruf は職業の意である。

ところが私は大学時代から、あまりといえばトーマス・マンの『トニオ・クレーゲル』を読み過ぎてきた。クレーゲルが女友達リザヴェータと交わす会話にこんなところがある。

「Die Literatur ist überhaupt kein Beruf, sondern ein Fluch.（文学とは決して天職ではなくて呪いなんですよ）」

このベルーフを、実吉捷郎（さねよしはやお）氏が「天職」と見事な訳をされ、その後の翻訳者もみんなこれを踏襲していたと思う。それゆえ私はつい「ベルーフ」といえば「天職」のことだと頭に焼きついていた。そのため、おかしな質問だと思って黙っていると、教授はそんな言葉が分からんのかと言わんばかりの見幕で、せっかちに、

「ベルーフ！　ベルーフ！」

と繰り返した。その時になってようやく私は自分の錯覚に気がつき、

「ないです」

と答え、さらに念のため、

「フラウ（主婦）です」

とつけ加えた。とにかく教授の目から見ても異様な女性だと映ったにちがいない。

この化け蝦蟇という渾名は他の医者のみならず、看護婦たちにも普及した。私と一緒に晩（おそ）い入局試験を受けた女医は清水崑描くところの河童によく似ていた。ドイツ語では in を単語の語尾につけると女性名詞になる。そこで私は語呂の点も考え、彼女のことをカッパリンと称した。この渾名も好評でかなりの普及率を有していたと思う。

ちょうど化け蝦蟇が入院していた頃のことである。当時分裂病者に特効のあるクロールプロマジンなどの薬はまだ開発されておらず、電気ショックかインシュリン・ショック療法だけであった。インシュリン療法とは患者にインシュリンを注射すると血糖値が下り、昏睡状態に陥る。時間をおいて葡萄糖液を注射すると患者は覚醒し、そのあと食事を食べさせると血糖値も元に戻る。この昏睡が深いほど妄想などが良くとれる場合がある。といって、あまり時間を遅らせると遷延ショックといっていくら葡萄糖を射っても覚醒しないことがある。私の受持ちの女性患者がこの遷延ショックを起こしてしまった。入局してさして日が経たぬ頃であったから、さすがに私は狼狽し、オーベンのN先生を呼んでもらった。N先生はすぐに輸血を命じた。幸いにしてその患者はやがて目覚めたが、一時はどうなることかと私は周章したのである。看護婦も三人ほど駆けつけていた。あたかもそのと

き、もう一人の看護婦が部屋に駆け込んでくるなり、

「先生、化け蝦蟇が逃げました！」

と告げた。私の狼狽はその極に達した。しかし、さすがにN先生である。間髪を入れず、

「逃がせ！」

と叫んだ。まことに適切な言葉であり態度であったと今でも思う。慶應病院にはツェレ（独房）がなく、個室のドアにも鍵は掛からない。逃げようと思えばいつでも逃げられるのである。もし化け蝦蟇を追いかけさせたりしたなら、それだけ人手を取られてしまう。化け蝦蟇が逃走したとて、困却するのは彼女の夫くらいなのである。一方、こちらは生きるか死ぬかの患者なのだ。だが、いささか経験を積まないと、こうした場合とっさに、

「逃がせ！」

の一言がなかなか発せられないものなのである。


もう一人、入局したてのフレッシュマンの私にとって忘れがたいのは、やはり分裂病の男の患者であった。分裂病にもいろいろな型（タイプ）がある。当時のドイツ医学では緊張病（カタトニー）、妄想型、破瓜型（ヘベフレニー）の三つに分類されていた。この中でいちばん危険とされ、暴れたり人に危害を加える恐れがあるのが緊張病である。私はその患者を一度しか診ていなかった。いずれは電気ショックなりの治療をすべき患者であることは一目瞭然であったが、まだその指示を

受けていなかった。

私が受持ち患者を一巡して医局の部屋に戻ってしばらくすると、早くもその患者が脱走したという知らせである。それも病院から外へ逃げたのではなく、屋上に逃げ、あまつさえ煙突に攀じ登ってしまったという。私はしばらく席を動かずにいた。すぐ屋上に行って患者に呼びかけるにせよ、分裂病者はもともと自分が病気だという自覚がない。いくら巧妙になだめすかしても、そのままおとなしく下りてくる可能性は少ない。とうに看護婦たちは煙突の周りに集まって説得していることであろう。そこに男の私が出ていったりしたなら、いっそう患者の心をこわばらせないとも限らない。なにか妙案はないかと私はじっと考えに耽っていた。

だが、この場合は案ずるより産むが易かったのである。患者は煙突の天辺まではたどりつけず、さすがに力尽きたのかそのままずるずるとずり落ちてきて、無事に保護されたのであった。その報告を聞いたとき、私は実は気が遠くなるほどホッとした。こういう心情もまたフレッシュマンならではのものであったろう。

だが、この患者を保護室もない慶應病院に入院させておくのは困難である。かなり遠方の精神病院に送ることとなった。もちろん言い聞かせても分かる相手ではなかったから、栄養剤と誤魔化して眠剤を静脈注射し、電気ショックをかけ、私と一人の看護婦とが車に同乗して彼を送ることになった。眠剤の静脈注射や電気ショックによる昏睡はふつう三十分位は続く。ところが病院はもっと遠いのである。しかもその患者は大男で、もし目覚めてしまったなら、私と看護婦の二人がかりでも押さえられそうもない。のみならず、十五分も経つと早くも患者に覚醒の徴が見えてきた。

本来なら患者が眼を覚まし身体を動かしだしてから処置を取れば十分間に合うのである。だが、そこがフレッシュマンの悲しさ、まして一度しか診察していないから、その患者がいかような症状を持っているかよく分からない。とにかく緊張病は幻聴や妄想にあやつられて衝動的に暴行を働くことも稀れではない。そういう知識だけがあるから、私は小心翼々としていた。とどのつまり病院を出て二十分ほども経った頃、私は車を止めさせ、彼の静脈にもう一度眠剤を注射した。その眠剤は二本くらい射ったとて身体に害があるわけではないが、あとから考えればいささか慌て過ぎたことは確かである。このようにヒヨッコ医者というものは、学問より体験が必要なものである。なまじっか本を読むより、いろいろな患者に接して、初めて半人前の医者になるものなのだ。

さて、医局員には変人が多いと書いたが、日が経つにつれ、ますます奇人がゴロゴロしていることが分かってきた。

第一に、飲ん兵衛が矢鱈にいたことである。ほとんどの助手は無給だ。週に二日ほどあちこちの病院にアルバイトに行って、月二万円くらいの報酬が当時の相場であった。勢い飲むにしても、粗悪な酒である。食べるにしてもごく安いものである。

当時の新宿は、東口も西口も安っぽい屋台がずらりと並んでいた。まだ戦後そのままという感じであった。

私は仙台時代から「文藝首都」という同人雑誌に投稿し、初めて北杜夫の筆名で活字になってから、休暇で東京に帰るたびにその集会に出ていた。やがて同人になってからは、もっと頻繁に主宰者の保高徳蔵（やすたか）先生のお宅に出入りしていた。

「文藝首都」は貧乏で、合評会や同人会の酒にしろ焼酎が主流であった。女性は焼酎をサイダーで割って飲んでいた。保高先生のお宅は参宮橋にあったから、そのあと飲みにくり出すにしても、新宿の西口か東口の屋台であった。

つくづくとあの貧相な、薄汚い、うらぶれた雰囲気が懐かしい。私などの目には輝かしく見える戦後派の作家たちが、そういう安っぽい屋台で飲んでいたからである。或る時は梅崎春生（はるお）氏の姿を見つけ、私もその屋台に入り、青年と気さくに話している氏の顔を憧れに満ちて眺めていたこともある。もちろん一言も口をきく勇気はなかった。この東口では野間宏氏が野糞をたれたと伝えられていた。

慶應神経科の医局員にしても、金がないため、もっぱらそういう場所で安酒を飲んでいた。焼酎にしてもいわゆるカストリである。カストリにも種々あって、もっともひどいものはバクダンと称せられていた。これは悪臭がして鼻をつまんで飲まなければならぬ。その臭いを消すため安葡萄酒を入れるのを梅割りと称した。もちろんコップ酒である。親爺さんがコップに注いで受け皿に溢れたものは、すなわちオマケであった。まず受け皿にこぼれたバクダンを飲み、それからコップをあおる。一杯十円であった。

まともでない医者どもが、このような粗悪な酒を飲むものだから、その言動はますます異常になる。或る助手は友人宅で飲んでいて、ちょびっと吐血をした。おそらく軽い胃潰瘍か胃の糜爛（びらん）があったのであろう。胃からの出血は冷水を飲むと治まると言われる。ところがその医者は、水ではなく冷えたビールを飲んだ。いずれにしても、無茶苦茶な飲み方をしていた連中が多かったのである。

食物にしても同様である。西口の屋台街には各種の食物が売られていた。たとえば進駐軍の残飯から作ったドロリとしたスープがドラム缶に入れられていた。丼一杯やはり十円であったが、得体の知れぬ野菜や肉が入っているのはともかく、煙草の吸いさしが混じっていることもあった。

慶應病院の医者たちがよく通った店に「シュムッツ」がある。もちろん渾名で、シュムッツとは汚いという意味である。文字通りこの店は汚かった。その代り安かった。しばらく前の十円寿司より時代を考えればもっと安かったと思う。その代り、いかなる魚の切り身にしろ、実に薄かった。白身の魚など、おおげさに言うならば、覗けば透けて向こうが見えてしまうほどであった。しかし、シュムッツで食べるのは、一番マシなほうだったとも言える。

医局長のSO先生、ソネさんがイカモノ食いの名人であった。彼は実験に使う蟇蛙(ひきがえる)、兎、猫、犬などなんでも食べ、またそれを自慢にしていた。或るとき、まだ若かったホウさんの犬を彼は持って行き、やがてホウさんのところになにやら肉がはいった丼を持ってきたが、ホウさんは気味が悪いのでそれを食べなかった。あとになってその肉片は自分の愛犬であったことを知らされた。もちろんホウさんは人格者である。決してそのことを誰にも言わなかった。教授になってからかなり経って、ソネさんもとうに亡くなっていたので噂を聞きつけた医局員が問うたところ、初めて愛犬を食べられてしまったと告白し、涙を浮べたという。

私が入局して二年目、ゲテモノ食いがもう二人はいってきた。NA医師とYA医師である。先輩のソネさんは得意になって、おまえら、これこれを食ったことがあるか、と尋ねた。ところが、この二人はそのすべてを食べていた。NAさんに至っては、猫や犬の耳や舌まで食べていた。

　するとソネさんはおそらく口惜しかったのであろう、そんなことではまだまだゲテモノ食いとは言えん、浅草の「フクちゃん」という店へ行ってみろ、と教示した。そこで二人は出かけて行った。店に入ってさすがに驚いた。調理場と客席のあいだに、簾のように生きた蛇が吊るされていたからである。親爺さんは「どれにする?」と尋ねる。さすがに気味が悪かったが、なあに蛇くらいと思って言われるままに注文した。蛇の肉は鰻の蒲焼きのようで、べつにどうということはなかった。しかし、初めに親爺が蛇の生の心臓をコップに入れて出してきたときにはギクリとした。しかし、親爺はそこに赤葡萄酒を注ぎ、こうすれば臭いがなくなると無造作に言った。すなわちスッポンの生血と同じ道理であろう。

　二人とも心臓だけは気味悪かったが、それを食べないとソネさんに馬鹿にされると思い、最後にゴクリと呑みこんだ。すると、果たして胸がムカムカしてくる。吐気さえしてきた。そこでなにか刺激の強いものを食べれば治まると考え、別の店でカレーライスを食べた。やはり口惜しかったので、店を出るとき十五、六センチのムカデの干物を買って帰った。そのムカデをソネさんにやったところ、彼は、

「これはスープにすると凄くうまい」

　と言ったそうだが、それはソネさんの強がりであったろうと、NA医師は私に語っている。

私は学生時代、蟇蛙の肉はヒーターで焙って食べたことがあるが、それ以上ゲテモノ食いはしなかった。兄の家に居候していたから、べつに猫や犬を食べる必要はなかったからである。のみならず、毎日弁当を持って出掛けた。牛肉やウインナソーセージなどが入っている。

他の医局員で、弁当を持ってくる者はごく少なかった。ほとんどが近くの信濃町にある中華料理屋から、ラーメンをとって食べていた。少し奮発するときはチャーハンをとった。そのチャーハンは百五十円でスープまでついていた。私のほうがいくらか御馳走を食べていたわけになるが、人間というものは他人のものを欲しがるという習癖がある。事実、ラーメンやチャーハンを食べたくて仕方がなかったが、それには金がかかる。私の収入といえば入局して半年頃から兄の医院で週二回アルバイトをして貰う二万円に過ぎなかったのだ。それを貰うようになったとき、兄の医院は他にも慶應の医局から医師を派遣して貰っているのだから、彼らが気持よく来てくれるように、何人かに酒を奢ってやったことがある。私は身内なのだから、相場のアルバイト代より余計に貰えるのではないかと思ったからである。ところが、兄はやはり二万円しかくれないので、それから私は奢ることを止めた。

兄の医院は大京町にあったから、新宿の飲み屋街にごく近い。そのため、そこで飲んでいる医者仲間から電話がかかってくる。更に「文藝首都」の文学仲間からも電話がかかってくる。つまり、人の二倍誘われたわけである。私はゲテモノ食いこそしなかったけれど、酒を飲むことについては人後に落ちなかった。そこで、電話のかかるたびに、お人好しにもノコノコと勇んで出かけて行ったものである。いくらバクダンを飲んだとて、とにかく金が足りなくてピイピイしていた。

「文藝首都」では、私はとうに同人、編集委員にもなっていた。保高先生は早稲田リアリズム派の作家で、もとより私の文学理論とは違っていたけれど、人格円満な方であった。そのお宅で酒宴が始まると、なにせ安焼酎が主だから、中には酔っぱらって組み打ちを始めたり、反吐(へど)を吐く者もざらであった。保高先生もまた飲ん兵衛であったが、さすがにお強く、酔われたところを見たのは一度もない。そればかりか、或るとき二人の若者が組み打ちを始めたところ、さすがに見かねたらしく、両者の膝の辺りに手を入れて二人ともひっくらかえしたことがある。先生は若い頃から酒豪だったそうで、おそらく喧嘩もされたにちがいなく、あれはなにかしらの秘術であったろう。

一方、私は生意気者として知られていた。まだ仙台時代、学生服姿で合評会に出席し、そのあと酒宴になると人の二倍飲んだものだ。シラフの時は、私の言動は、慇懃(いんぎん)無礼と呼ばれていた。ところが酔っぱらうと絶対無礼と思われる言葉を発した。流派にかかわらず文学というものは、年寄りと若者の意見は大きく異なる。そこで、頭の禿げた老人から古

めかしい文学理論を吹っかけられたりすると、私はまともに返事をせず、

「何言ってんだい、この子」

なぞと放言したりした。すると、その老人は本気になって怒りだし、

「なにを！　わしはおまえなんか孫くらいに見える年齢なんだぞ」

と唾を飛ばしたりしたものだ。

当然のこと、私は若い者同士で徒党を組み、古手の同人たちに対抗をした。佐藤愛子さんは私より一年先に「文藝首都」に入っていたが、なにしろ美貌なのとみずみずしい秀作を書くので、保高先生からもっとも可愛がられていた。その他に後に彼女の夫となる田畑麦彦、故日沼倫太郎、なだいなだ、原子朗、のちになって森禮子(れいこ)などともっぱらつきあっていた。

一度、銘酒の酒蔵元の高校時代の友人と特級酒の一升瓶を下げて、二人で保高先生の家を訪れたことがある。むろん酒宴となった。三人では一升では足らず、追加したように覚えている。ふだんの焼酎ではなく日本酒であったから、みんなしたたかに飲んだ。まず友人が吐き、ついで高校時代一度だけしか吐いたことのない私も吐いた。結局、夫人に座敷に新聞紙を敷いて貰い、二人とも酔いつぶれたが、先生だけは泰然としていた。私はさすがに羞恥を覚えたので、翌日帰宅してから、

「ぼくはまだ牛乳くらいを飲むべき人間です」

というような葉書を出したこともあった。

このように、医者仲間、文学仲間の双方と飲むため、月に二万円の給料ではとても足りなかった。

なだいなだ君は私より一年後に入局したが、はじめは二人とも相手が文学なぞをやる男だとは夢にも考えていなかった。「文藝首都」では、なだ君は「じゃ、北さんとおんなじね」と言われ、私は「なださんと同じ医局なのね」と言われたが、二人ともペンネームを使っていたので、医局で本名を覚えてもそれとは分からなかったのである。

或る日の昼、私は例によって医局の食堂で弁当を食べていた。すると向かい側に座った童顔の男が、隣の男になにやらサマセット・モームの話をしている。しかも、なかなかの雄弁である。私は覚えていないが、なだ君によると、

「けしからん、けしからん」

と口走ったそうである。

作家志望者というものはウヌボレが強いから、おそらく「いやしくもこのおれさまの前で、医者のくせに文学の話をするなどとはけしくりからん」とでも思ったのであろう。

けれども、こうした事情から、なだ君とも友達になった。私がラーメンやチャーハンを

食べたがると同様、なだ君は牛肉など入った私の弁当を食べたがった。それで、ときどき二人はお互いの食べ物を交換し合ったものである。

なだ君は童顔ではあるが、ガクもあり、なによりも口達者だった。後輩のくせに、どうもでかい顔をしていた。ところが、或るときそんな彼が、妙に恥ずかしそうな顔をして、私に一冊の小さな手帳を手渡した。それを開くと彼が作った詩で、極めてセンスとエスプリに富んだものであった。以来、私は彼の文学的才能も尊敬し、親しくつき合うようになったのである。

ただ、彼のためにひどい目にあったことがある。私が入局した頃は、上級の医者たちはふつうの夏休みの半分、フレッシュマンは四分の一の休暇が取れる制度であった。ところが、フレッシュマンの幾人かが、自分たちも同様にしろと医局長のところに談合にきた。その頃私はススム医局長の子分役だったから、二人して彼らの要求をはねのけようとした。つまり、おれたちもフレッシュマンのときはそうだったのだから、君たちもそうすべきだと説得しようとしたのだ。

当時の私は「文藝首都」で鍛えられて、けっこう口が立った。ふつうの相手だったら、むろん私は彼等を言いくるめてしまったことであろう。ところが、フレッシュマンたちの先頭に立っていたのがなだ君である。ほとんどを彼がしゃべった。こちらがひとこと言うと、三言くらいが返ってくる。こちらが三言しゃべると、向こうは十くらいの理由を述べてくる。さすがの私も彼に言い負かされるというか、言いくるめられてしまった。なだ君のおかげで、以来フレッシュマンも夏休みを半分取れるようになった。しかし、私にしてみれば、人にやりこめられるというような屈辱は、かなりの長さの医局時代を通じてこの時くらいのものだったのである。

私の小説はまだ売れる気配もなく、月に二万円ではとても飲み代に足りなかった。もう一つの収入源は母からの小遣いであったが、母にしろ理由がなくては滅多に金をくれなかった。ただ、私が結婚をしようとする気配もないので、あちこちから見合写真を持ってきて私に見せた。そして、見合をすると言えばなにがしかの金をくれるのであった。

私は入局してほどもなく、すぐに恋人ができていた。それで、結婚する気は全然ないのに、金欲しさのためばかりに幾回も見合をした。相手のお嬢さん方には、ここで平身低頭して謝罪しておく。

一度は、佐藤愛子の紹介で、相手方の立派な邸宅に招かれた。見合の席であるから、当時にしては貴重な洋酒が出る。私が患者から貰うウイスキーはトリスばかりであったと先に書いた。そこへ高級なスコッチなどが出される。ひょっとすると、そんな高級スコッチを飲んだのはそのときが生まれてはじめてだったかも知れぬ。そのうまい芳醇な液体を飲むと、見合とは案外悪くないものだと思われてくるのであった。

あまつさえ、私は酒を飲むと暴言を吐く癖がある。はじめのうちこそおとなしくしていたが、気をきかして彼女の父母が席を立ち、お嬢さんとそのお姉さんと佐藤愛子だけが残った頃には、もうかなり酩酊していて、お姉さんに向かい、

「あなたは少しお肥りになっているようだから、美容体操をなさったらいかがですか」

などと放言したものだ。それに加えてもっと酔っぱらってくると、火をつけた煙草の灰を灰皿ならぬ所に落とすのは愚か、見事な絨緞に立派な焼け焦げを作ってしまう始末であった。もう覚えていないが、おそらく突拍子もない暴言ばかりをしゃべり散らしていたことと思う。それでどうせ断わられるだろうと思っていると、そのお嬢さんもそんな変てこりんな男性に会ったのは初めてだったに違いなく、私は逆に気に入られてしまった様子なのであった。

私は彼女と会ったのは一回だけだと思っていたが、のちになって佐藤愛子に訊くと、何とそのあと三、四回もどこかで会ったという。いずれにしても、金めあてのことであったに違いないが、愛子さまはカンカンに怒(いか)っていた。

また、別のお嬢さんとホテルのロビーで見合をしたこともある。このときもそのお姉さ

んがついてきた。見ると、そのお姉さんの方がはるかに美人であった。そこで私は、お姉さんと乗馬の話などばかりし、肝腎の見合相手のお嬢さんとはほとんど口をきかなかったと思う。もちろんこの見合も断わった。

もっとひどいのは、ダンスホールで二人だけで見合をし、相手は結構愛くるしい女性であったが、またあとで断わるのも悪いと思い、

「実は僕はまだ結婚をする気はありません。ただ、おふくろが金をくれましたから、今日はまあ踊ったり、何か飲んだりして、別れましょう」

と即座に言った。

彼女にとってはひどい侮辱であったろう。しかし、見合をしないことには余分な金が入らなかったし、医者仲間や文学仲間と安酒も飲めなかったのである。

私は「文藝首都」に入るとき、もちろん父の子であるということを隠していた。有体に言って、「文藝首都」は歴史こそ古いが、当時は同人誌というより投稿誌の色彩が強く、載せられる小説の水準は決して高くなかった。だが、「三田文學」などに入るのは紹介者も必要であろうし、すぐ父の子であることがバレると思って、あえて「文藝首都」（仲間はみんながあまり酒ばかり飲んでいるので、これじゃあ「文藝酒徒」だな、などと言っていた）に入会したのである。

「文藝首都」の同人や会員はみんな貧乏であった。会費を払わない者もざらにいた。そのためいつも赤字で、印刷代にも困るというのが実情であった。いちばん弱ったことは、やがて私が茂吉の子であるということが分かると、それならばきっと金があるにちがいないと思われたことだ。だしぬけに保高先生が私が居候をしている兄の医院を訪れ、

「実は今月の印刷費がどうしても二万円足りない。何とかなりませんか」

と言われることがあった。二万円といえば兄から与えられる私の月給の額である。泣く泣くそれを渡すと、もっと見合をしなければ、酒も飲めなくなる。そのため私は、他の病院にアルバイトに行っている医者が休むとき、頼まれてその代役を務め、いくらかの金をもらったりした。

しかし、のちになって考えてみると、あの頃ほど愉しかった時代もなかったのではあるまいか。なだいなだが「晩まきの青春」と当時を回顧しているが、まさしくその通りであった。また同人雑誌時代は、小説を書くことが実に愉しかった。これが商売となると、愉悦よりも苦渋のほうがずっと多くなるものである。

あるとき、私は酔っぱらって、もう結婚していた佐藤愛子と田畑麦彦の家に、深夜泊めてもらおうと訪れたことがある。その頃、彼女らは参宮橋の近くに二人だけで住んでいた。もちろん、戸は閉っている。私は大声で、

「おーい、麦彦、愛ちゃん、起きてくれ！　戸を開けないと火をつけるぞ」

と叫んだ。

しかし二人が起きあがってくる気配はない。そこで私は、

「戸を開けんと、ほんとうに火をつけるぞ。そら、もうマッチをスッたぞ！」

とわめき、そのマッチの火で門前の木にほんとうに火をつけようとした。しかし、それが針葉樹であったため、残念ながら火はつかなかった。もっとも、木が燃えあがったりしたら、私は放火犯として逮捕されてしまったであろう。

だが、そのおかげでようやく二人は戸を開けてくれた。一応布団を敷いてくれたと憶えている。私はそのまま寝込み、朝目ざめてみると、佐藤愛子が朝食を出してくれた。ところが、それは菜っ葉がちょっぴり入っている実に薄い雑炊であった。この二人は仲間のなかでもっとも金持だったはずである。

のちになって、愛ちゃんにそのことを詰(なじ)ると、彼女は平然として、

「あたしの雑炊はおいしいので評判なのよ」

と、すましていた。この時代、私は愛子からその雑炊以外のものを食べさせてもらった記憶はない。

ともあれ、医局の初期の頃、私はかくのごとき日常を送っているのである。

第四章　朝寝坊の万年おじさんのこと

フレッシュマンの生活は入院患者を診てまわるだけでは済まない。

外来の初診患者は、教授、助教授、講師が交替で診るが、この診察ぶりを見学して勉強する。いや、その前に診察室の前の小部屋でインターンたちが患者の予診をする。本人や家族の話を聞いて用紙に書きこみ、最後に自分が考えた病名を書きこむ。この紙は前もって教授らのところにまわされてきて、余分の質問はせずに済むことになるのだが、なにせインターン生のことだから大切なことを聞き忘れたり、ましてとんでもない病名を書きこんだりしている。初診患者が少ないときには、四人ほどのインターンが一人の患者をかこんでその話を聞き、さてその四人が鳩首会議をしてようやく病名を書く。それがあまりに出鱈目な場合は気の毒だから或る程度教えてやる。

もっとも私が東北大学でインターンをやった頃も、判然とした病気なら分かるが、曖昧な境界線上の病気には、なんと名づけてよいものかよく迷ったものだ。また病名は大学によって癖があり、使用する教科書によっていくらかの差がある。

ノイローゼ一つを取ってみても、不安神経症、心臓神経症、強迫神経症など訴えが大きい場合はそう名づけるが、漠然としたものには慶應病院では精神衰弱（プシカステニー）とつけることが多かった。ノイローゼの一種である恐怖症（フォビア）の場合も同様である。

また治療方法も大学により、その教授、助教授の得意とする分野によって、やはり差が出てくる。

東北大学でインターンをやっていた頃、その助教授は前頭葉手術（ロボトミー）の権威であった。確かに昂奮する分裂病者にはロボトミーはよく効き、おとなしくなる。それゆえその助教授は分裂病患者に軒並みロボトミーをやらかしていた。しかし、ロボトミーは当時流行し、その発明者はノーベル賞を得ているが、これは患者の昂奮を抑えるけれど、動くことも、口をきくこともない植物状態にしてしまう。それゆえ、とうにロボトミーは過去の遺物となっている。

かつては肺の手術の跡にピンポン玉くらいのプラスチックを詰めるのが普通であったが、これまたかえって害があることが分かり、とうの昔に廃止された。このように新式療法というものは、時が経ってみないと本当に良いものか逆に悪いものか定かでないことが屡々ある。ところが、医者も患者も新しいものにはすぐとびつきたがるものなのだ。新薬とても同様である。

教授などが診察する場合、その横に筆記係が一人つく。この役は教授が一々口にしなくても、自分でその患者を見て、顔貌から始まり各種の反射などを手際よく書く必要があるから、助手の中でも古手がやる。更にそのわきにフレッシュマンもつくが、これはせいぜい処方箋を書くくらいだ。

更に外来には再来患者を診る場所が二つか三つあった。これもいくらか経験ある助手がやるが、これにもフレッシュマンは筆記係としてつかされることがある。月日が経つにつれ、フレッシュマン自身も再来患者を診ることになる。

更にフレッシュマンには種々の雑用が課せられる。たとえば講義に出て行って上役の医者が黒板に白墨で書く文字を消す役などはもっともくだらない。しかし、私は一時黒板ふきをやらされたのだ。またフレッシュマンの終り頃には、再来の患者を受けもたされた。

やってくる患者も千様であるが、それを診る医者も変り者ぞろいである。その診察ぶりも一人一人異なっている。

『マンボウ航海記』の冒頭に出てくる、硝子細工で水煙草の装置を作った医者はマッつぁんと呼ばれる変り者であったが、研究熱心で医師としても優秀な男であった。ところが彼は言葉遣いがいかにも悪かった。

良家の奥さんらしい身なり物腰の女性が来ても、

「おばちゃん、今日の具合はどうかね」

などと言うので、その夫人は怒ってしまい、他の医者を選ぶようになる。

マッつぁんは、病理学が専攻であった。病理室（化学室）のボスはTSU先生で、梅毒からくる進行麻痺は脳細胞の変化が古くから判明している唯一の精神病だが、その脳細胞の新しい染色法を発明した碩学であった。

また文士とも交際があり、尾崎一雄氏や芹沢光治良氏と親しかった。なかんずく芹沢氏の『グレシャムの法則』はTSU先生のことを描いた小説であり、また共産党の野坂参三氏の自伝にも先生のことが出てくる。おれのことを書くと有名になると威張っていた。のちの話になるが、私の『夜と霧の隅で』にも日本人留学生がドイツ人医師にツジヤマ法という染色技術を教えるくだりが出てくる。

「シュムッツ」にもしきりに通われた。その店の安さと主人の人柄が気にいって、その暖簾はTSU先生が贈ったものであった。しかし、あまりに汚らしいので、弟子の誰かが「赤痢菌さえよりつかない」と悪態をついたことが、私の同僚のK医師の書いたものに出ている。それによると、デパートによく寄り、隅から隅まで見て歩いて、文房具だろうがカメラだろうが台所用品だろうが衝動買いをする。そしてその「掘り出しもの」の性能やデザインの卓越性を弟子どもに論ずるときだけが、いかにも愉しげであったという。

TSU先生はふだんは温厚な人であったが、酒を飲むと後輩を説教する癖があった。私は病理室とは縁がなかったからやられたことはないが、人伝(ひとづ)てに聞くところによると、これが並々ならぬものであったらしい。

もっとも、先述したとおり飲ん兵衛の医者が多かったから、からむ者、喧嘩する者はあとを絶たなかった。

私が助手をやめたあと、医局の同窓会報に、M教授と同じ姓であるM医師が医局の奇人について記しており、私の知らぬことや忘れていたこともあるので少しつけ足しておこう。

M医師は私より確か二年下であったと思うが、なにせ同姓のため彼あての電話がかなり教授室にかかってきたらしい。そういうとき、M教授はお人好しぶりを発揮して、自分の机の電話で彼に話させたという。そして女性からの電話であった場合、教授室から出たり入ったりセカセカしていたという。しかし、あまりに間違い電話がかかると、さすがに堪えかね、

「おれは六十歳代のMだ」

と言った由だ。

シンカイ講師は私の兄時代の仲間で、当時から医局三奇人の一人と言われていた。カソリックの信者なのだが、言葉の悪いマッつぁんも「あいつは日本刀を持って脅しに来る」と敬遠したほどだ。常々日本アルプスの白馬岳のてっぺんにマリア像を建てるのだと素面でわめいていたものである。

そのシンカイ先生と、私の一年先輩の夕先生とが喧嘩をおっ始めた。夕とは名が多であるためそう呼ばれていたのである。夕医師は活発な性格で、そのため入局早々小憎らしい印象を与えたらしい。シンカイ講師は年甲斐もなく、

「お前と決闘する」

と、大時代がかった台詞を吐いた。ところが夕さんも熱血漢であるから、

「お前みたいな馬鹿とは喧嘩はしない」

と応じた。

こうして、決闘する、いや喧嘩はしないという言い争いが続いていたところへ、仲裁に入ったのがイカモノ食いのソネさんである。彼は野山を歩いていても、あれは食べられるか食べられぬか、食べるとすればいかなる料理となすかと考える、地球上のものなべてを食欲によって判定する人物である。むろんのこと飲ん兵衛でもあり、まずいことにこのと

き彼は酩酊していた。そのため、せっかく言い争いを中止する役を買って出たのだが、果たしてどちらの言い分が正しいか、食物のように正しく判断することができなかった。とどのつまりは、今度はシンカイさんとソネさんとの間で、「この野郎！」「やってやる！」ということになってしまった。

ソネさんはいきなり、傍らにあったバケツの水を相手にぶっかけた。大奇人であるシンカイさんもそのとき素面であり、喧嘩というものは酔っぱらいのほうが有利である。さすがのシンカイさんも酒乱には敵わぬと逃げだしたところ、ソネさんは次には消火器の弁をはずして白い泡を放射しながら敵を追いかけた。医局のある二階を私たちは中央二階と呼んでいたが、そこから慶應病院を通り越して信濃町の駅まで、白い消火液が点々と道ばたに続いたという。しかし、これは少しオーバーで、まあ伝説と言ってよかろう。

とにかく、やはり一年先輩の山さんという温厚な人まで、「山パット」と呼ばれた。パットはプシコパティ（精神病質、性格異常）からきた呼名である。また、よく「あいつはデゲだ」と言い言いしたものだが、これはデゲネラチオン（変質者）の略である。かように医局にはパットやらデゲやらが満ち満ちていたので、みんなは入局すると、「患者を診なくても、この医局にはあらゆる変人・奇人がすべて揃っている」と驚かされたのである。かく申す私も立派に頭がおかしくなってしまったが。

おとなしい山さんがなぜ山パットと呼ばれるようになったかは、M医師によると、ときどきタイミングが人よりずれるため、人に奇異な感じを抱かせたのだそうだ。これは私には関係ないが、青医連運動で教室が荒れた時期があった。臨床講堂に現役の医局員からOBまでが集まったが、怒号と罵声の応酬で場内は騒然としていた。だが、急に人々が発言をやめ静かになった瞬間、山さんが「無礼者！」と大音声を発したのだ。実は山さんはこんな騒擾の中では、何を怒鳴ろうが誰が言ったか分からぬだろうと思って、「無礼者」と叫ぼうとしていたところ、不意にみんなが静かになってしまった。やめようと思ったが口のほうが止ってくれず、かくて一人だけの咆哮となり、いつもにこやかだった山さんも山パットにされてしまったのである。

かくのごとく、私が入局した頃の医者にはまともな人間はほとんどいなかった。もっとも、性格異常については或るドイツの学者は四十八種にも分類したから、気の強く怒りっぽい者、逆に気の弱くびくびくしている者すらもすべてこの項目に入ってしまう。世人はたいてい自分のことを正常者と思い、異常者はごく少ないと考えがちだが、精神病学を広義に厳密に解釈すれば、完璧な正常者という者は一人もいないことにもなってしまう。

フレッシュマンの生活は、これまでに述べてきたように外来患者、入院患者を診るのみならず、黒板ふきのような雑用もあり、それに加えて一般人類より変人である先輩同輩の医者どもとつきあわなければならぬのだから、なかなかに大変であることが分かるであろう。

外来は九時から始まるが、患者たちはもっと早くから来る。従って、インターン生をも監督する熱心なフレッシュマンは八時半頃には医局に出勤してくる。

ところが私は、学生時代から夜型であった。医学部にいる身でありながら、妖しげな小説や日記をよく徹夜して書いていた。これが習慣となり、もちろん無給ながらサラリーマン的生活を送らねばならなくなっても、朝なかなか起きられなかった。

居候している兄の医院には、子供が四人いた。一人だけ女の子、あとは悪戯（いたずら）盛りの男の子である。彼らにとっては私はおじさんである。兄嫁まで「おじちゃま」と呼んだ。部屋の掃除も滅多にせぬこの困ったおじさんは、昭和二十八年からようやく現在の自宅へ移る昭和三十六年まで居候を続けたのだから、言わば万年おじさんであり、おじさんのベテランであった。

しかもこのおじさんはもう大人のくせに金が無く、子供マンガに熱中するおかしな男であった。ちょうど手塚治虫氏の「鉄腕アトム」が全盛の頃で、それを読みたがるのみならず、他の子供マンガ雑誌も見たがった。当時はまだ週刊ではなく、月刊誌であったが、そうした雑誌が少なくとも四種は出ていた。大判の雑誌にフロクの小冊子が五、六冊もついて四十円であった。年と共にマンガ誌の数も増えてゆく。

するると、この万年おじさんはすべての雑誌を買う金がないため、幼い子供たちにむかって、

「おい、『少年〇〇』が出たぞ。おじちゃんが三十円出すから、お前たち十円出せ」

とか、

「今度は『冒険少年』が出た。おじちゃんが二十円出すから、お前ら何とか二十円を出せ。みんな読みたいだろうからな」

などと言うのであった。

これでは自分自身ではいくらウヌボレが強い未来の大作家志望者であっても、どうしても甥姪たちに馬鹿にされてしまう。

それで朝、私が二階の六畳の間でぐっすり寝入っていると、子供たちが攻めてくる。

「やーい、お寝坊のおじちゃーん」

「そろそろ起きろ、寝ぼすけゴーロゴロ」

私が居候になりたての頃は、まだなじみが薄いから、

「こら！」

と一喝すれば彼らは逃げ去った。

しかし、私が万年おじさんになるにつれ、彼らの襲撃は執拗になってきた。やがて私がオーベンとなりネーベンがつくようになると、外来再診の日以外は無理に九時に医局に行く必要もない。前の晩におそくまで書いていて、朝に起こされることは辛いし腹立たしい。しかも、敵はとうにこの万年おじさんを嘗めてしまっていて、叱りつけたくらいでは逃げていかぬ。殊に日曜日などはよい慰みとして波状攻撃をかけてくる。

そこで私も一計を案出した。子供らはまったく威厳のない私をこわがらないが、お化けならまだ怖がる年頃である。

私は少年時代の夏休みを、祖父の時代からあった箱根強羅の山荘で過した。兄は大人の部類だったが、姉や妹や同じ年齢の従兄弟が二人いたから、祝祭にも似た最高に愉しい日々であった。

私たち子供は八畳の間にみんな床を並べて寝るのだったが、ちょっと気味の悪い足長グモ、正確にはメクラグモの他に、もっとおっかないものが一つあった。それは床の間に置いてある陶器の布袋（ほてい）さまなのだが、誰からともなくそれをドデヤと呼ぶようになっていた。ドデヤの語源は分からぬが、とにかくお化けの一種なのである。ドデヤは昼間は何のこともない布袋さまの姿をしているが、丑（うし）三つ時を過ぎると本来のドデヤに変身し、宙に浮くばかりか素早く空中を飛行するのである。まだ幼かった頃は、夜目覚めると、ごく弱い光の中で私はそっとドデヤのほうを窺う。ドデヤはまだ布袋さまの姿で何喰わぬ顔をして蹲(うずくま)っているが、そのうちどんなおどろおどろしい姿に変じて宙に舞いあがるかと、それこそ真実こわかったものだ。

そこで私は夜、子供たちを集めてドデヤの話をしてやった。いちばん上の男の子はもう幼子ではないからさして効果がないようだったが、下の子たちはけっこう怖ろしがっていたようだ。なにしろ作り話ではなく、私の実際の体験談なのだから、迫真の戦慄が伝わったのだと思う。

それから彼らが朝に攻撃してくると、私は、

「そら、ドデヤが来るぞう！」

と威嚇することにした。

これは単に叱りつけるより遥かに効果があり、憎らしい敵軍も算を乱して逃走した。私は悦に入って、夜にしばしば彼らにドデヤの話をした。真珠湾攻撃の唯一の失敗は、第二次攻撃隊を発進させず、港湾施設を叩かなかったことだ。それゆえ、私は第三次、第四次攻撃隊を出撃させて、敵軍をより恐慌に陥れようと企んだのだ。

ところが、これが度重なるうち、いちばん下の男の子が言った。

「ドデヤが来たら、ぼく、自動車に乗って逃げちゃうから平気だ」

私は自信満々で言った。

「馬鹿を言え。ドデヤはなにしろお化けなんだぞ。車なんぞよりずっと早いさ」

すると、下の子は言い返してきた。

「それならジェット機に乗ったら？　ドデヤはジェット機より早い？」

私がなまじっか科学者のはしくれであることがまずかった。私は大人になってもお化け妖怪が好きで、そうした古本のたぐいもかなり集めたし、現に岩波新書『マンボウ雑学記』では、「お化けについて」の章がもっとも長いのである。そして、そういう知識に照らしあわせてみても、ドデヤがいかな魔性のものとはいえ、ジェット機より早いとはちと言いかねた。そういう点が万年おじさんの間抜けなところであったろう、私はつい、

「うーん、ジェット機のほうが少し早いかな」

と言ってしまったのだ。

いちばん下の子は、

「そんならぼく、ドデヤが来たらジェット機に乗って逃げちゃうから大丈夫だ」

と、ずいぶんとホッとしたようであった。

それからというもの、一時は猛威を逞しくしていたドデヤの威力もとみに減少してしまった。子供たちはゼロ戦を怖れなくなった新鋭のグラマンやヴォート・シコルスキー４Ｆ

艦上戦闘機のごとく、沈みかけた私という空母を前にもまして襲ってくるようになった。

だが、私も忘れていたことだが、このドデヤは一刻は本当に初期のゼロ戦のごとく強かったのである。先年、兄の一家の新築祝いに行ったところ、もうとうに結婚して子までいる次男や三男が、

「ドデヤはこわかったよ。だって、おじちゃまはこうやって手を拡げて、ドデヤーっておどかすんだもの」

とか回想したものである。

ともあれ、朝寝坊の私がもっとも参るのは、外来再来患者の診察日に遅刻することであった。

私は自分が精神医学をあまり勉強せず、ヤブ医者であることを自覚していたから、せめて患者には親切にしたつもりだ。言葉も丁寧であった。マッつぁんの乱暴な口調とは異なり、

「奥さま、今日のお加減はいかがですか?」

という具合にやった。

そのため、マッつぁん式の医者を敬遠した患者が、私の診察を選ぶようになり、うっかり九時十五分頃あたふたと駈けつけると、すでに行列ができている。当時の外来には患者

が坐る椅子もなかったのだ。

そして、その廊下に仁王立ちになっているのが看護婦長なのである。彼女はふだんは実に優しい女性であったが、医者の遅刻にはだんぜん厳しかった。苦虫を嚙みつぶしたような顔でこう言う。

「斎藤先生、今、何時だと思っているんです？　先週も遅刻してあれほど注意をしたのに……」

こうした場合に限り、看護婦長はドデヤよりもこわかった。

そして、前の教授時代からいるこの看護婦長は、医局のある中央二階に伝わる怪談を聞かせてくれたことがある。

中央二階は建物からして古びていた。そして、その四階は外科か何かだったが、階下からそこまでそれこそ錆びた実に旧式の扉も柵になっているエレベーターが通じていた。

或るとき、四階の部屋に評判になるほど極めつきの美女が入院していた。無事に病気が全快し、退院と決まり、夫が迎えに来た。これまたすこぶる美男子であった。その妻は看護婦につきそわれてエレベーターに乗り、夫は先に階段を降りて玄関口で彼女を迎えることになった。ところが、このエレベーターが墜落し、美女は看護婦と共に惨死をとげた。

それ以来というもの、修理されたこのエレベーターは、夜半、人が乗ってもいないのに上ったり下ったりするというのだ。その異常現象を目撃した看護婦は数知れない。

　これはむろん作り話にちがいなかった。

　けれどもその怪談を聞いてから、私は宿直の夜などトイレへ行こうとして階段を降りようとすると、どうしてもそのエレベーターのわきを通る。そして、ガーッという音がしてエレベーターが動いているとき、なかんずく階上でガシャリと扉の開く音がするときなど、どうしても恐ろしくなるのであった。いやしくももう大人で医者でもある者が、そんな子供だましの怪談を怖がるのはおかしいと思われようが、なにしろそのエレベーターはそれほど前世紀めいて古風で錆びついていたからである。古風な布袋さまのドデヤと同様、その実物を見れば誰だって不気味になったことであろう。


　正月になれば、医局もそれなりに祝賀の宴をやる。

　まず、朝から外来診察所か看護部屋に集まるが、他の病院に勤めている医師もやってくるから、かなりの人数になる。この日ばかりは、日本酒の一升瓶が何本も置かれている。スルメなどを齧り、茶碗酒を酌み交わす。

　そのうちに、北里講堂で慶應病院全体の新年会が始まるから、一同ぞろぞろとそこへ行く。ずらりと並べられた机の上に、やはり一升瓶と少々のツマミが置いてある。学長がつまらぬ演説をする。そのあと、各医局の先輩格が、スピーチをしたり時には歌を唄ったりする。

だが、その中でもっとも目立つのは、ナチの帽子をかぶり、チョビ髭を生やした男がヒットラーの演説をやることであった。それもチャップリンの「独裁者」のヒンケルの演説と同様、本物のドイツ語はちょっぴりで、あとはいかにもドイツ語らしく聞えるエセ・ドイツ語である。それでも彼は得意満面、胸をはり腕をふりあげて、やたらRの音を強調して堂々と演説する。昔の医者はほとんどドイツ語教育で育ったから、本物のドイツ語とインチキ・ドイツ語の区別がつき、そのおかしさが分かり、この男は拍手喝采を受ける。

この人物が、弱ったことに戸籍上は私の兄に当る斎藤茂太氏なのである。

私は少年時代から、ボール紙でナチの軍帽を作るのを手伝わされた思い出がある。その当時こそヒットラーは栄光に包まれていた。しかし、ドイツも日本もみじめに戦争に敗れ、ヒットラーの威風もすっかり地に堕ち、悪名ばかり高まった戦後の時代になっても、この人物はなおかつその真似を得意になってやらかすのだ。しかも、それは新年会の名物になっているらしく、満座の人々は喝采するのである。

私はさすがに恥ずかしくて、最初の正月のみこの演説を聞きはしたが、以来北里講堂には行かないことにした。

それからどれほどの歳月が経ったことか。つい先年のこと、私は兄にこう尋ねてみた。

「お兄さまのヒットラーは何時頃までやったのですか？」

すると、あきれたことに兄はこう澄まして答えたのだ。

「なに、まだやっているよ」

と。

北里講堂の宴が終る頃には、みんないい加減酔っぱらっている。だが、これで終らなかったのは、当時の医者がよほど飲ん兵衛であったか、タダ酒を飲むことに飢えていたために違いない。

医局の幹部クラスの連中は、教授の家へ行って飲む。また先輩格の医者の家へ行って飲む。とうに夜になっている。それでも足りずに、またぞろ○○先生のところへ行こうやということになる。その先輩の医者の家はとうに戸を閉ざしている。だが、その戸を叩かれ大声で呼ばれると、嫌でも後輩に一杯飲まさねばならぬのだ。

かくして、飲めぬ者は別として、医局員の正月は、朝から夜半まで飲み暮すことになる。現在は、いくらなんでもあんなだらしのない風潮は廃れてもいようが、よくもまあ当時の医局員がみんなアル中になって精神病院に入院させられなかったものだ。

ちなみにアル中と一口に言っても、これには種々のものがある。

急性中毒は、いわゆるイッキ飲みをして伸びてしまう単純なものだ。精神医学的にあつかうよりも毒物学的なものである。単純酩酊という呼名もある。

これに対し病的酩酊というのは、アルコールに対して脳が異常な反応を呈するものだ。酒量にはあまり関係なく、初めから一定の素質がある者に起こる。前任の植松教授の書いた教科書には次のような記述がある。

「病的酩酊は、異常な興奮と意識溷濁（いしきこんだく）（朦朧状態、時に幻覚あり）を伴う重篤なる精神症状を呈し、素面の時に全くないような狂暴性を示すこと、酩酊時間の異常に長いこと、後に追想脱落（全健忘、部分健忘）の遺ること等がその主なる特徴であるが、発作中往々犯罪行為に陥り易いため、精神鑑定の対象となる事が多い。病的酩酊の治療法には特殊なものはない。鎮静剤等は殆ど無効である。更に飲酒することを止めると共に、自他に危害のないような手段を講ずる（例えば縛りあげる）ほか仕方がない。予防法は禁酒であるが、嗜癖或いは渇酒症の素地に発することが多いから、之はいうべくして行われ難い」

これを読むと、読者の中にはこれはおれのことだと心配される人も多かろうが、大丈夫、この私もちゃんと病的酩酊を起こしている。その件についてはのちに述べる。

ただ、この渇酒症というのはさすがの私も起こしたことはない。ふだんは何でもない人が、いったん飲みだすと、昼夜を問わず、それどころか何日間も飲み続けるのだ。完全に身体が参ってしまうまでやめることがない。

世間一般のアル中という呼称は、嗜癖、今で言うアルコール依存症がもっとも多い。急性中毒に対し慢性中毒の項に分類される。

映画「失われた週末」で、アル中の主人公がコウモリやネズミの幻影を見るところを覚えている人も多いだろう。あのような症状を起こすのは震顫譫妄（デリリウム・トレメンス）と言って、もっとも重症なアル中と言ってよい。たいていは長年多量の飲酒を続けた中年以上の者が発病する。これは幻視の他にも、幻臭、幻味、幻触、運動幻覚なども起こすため、精神科医にとってはいちばん興味を抱かせられるものだ。幻視の内容は多数のものが動きまわるというのが多く、それもほとんどが実物より小さく、時には無色に見える。半メートルくらいの象を見る例もある。また、暗示によっても幻視が生じ易いのが特徴だ。それも「そら、そこに虫がいる」と直接に言っては駄目で、「どうもこの部屋には南京虫が多くて……」というふうに語りかけると本当にそれが見えてくる。

今は日本人もウィスキー、ワイン（これがもっとも排泄が悪い）などの強い酒を飲むようになったから、震顫譫妄も増えてきたようだが、私の時代にはむしろ稀れであった。私は受持の患者では、壁に小さな虫が無数に蠢くという例しか診ていない。なだいなだ君も、二年間の医局時代、人間の姿が現われるので、その頭を叩くと消えてしまうという幻視、また蜘蛛の糸が身体にからまるという症例くらいしか診ていない。

　その代り、彼はのちに久里浜病院に勤めるようになった。ここはアル中専門の国立病院だから、さまざまな震顫譫妄患者をあつかった。いちばん変った患者は、壁にブルー・フィルムが映るのだと言う。「君はそんなエロ映画をロハで見られていいな」と医者たちはからかったそうだが、本人はそのブルー・フィルムは自分を馬鹿にしている業者が映写しているのだと信じこみ、そいつを見つけて叩き殺してやるといきまいていたそうだ。

　なだ君が立派なのは、昔はいくらか酒を嗜んだが、久里浜病院に勤務してからはぴたりと酒をやめたことである。近頃、禁煙を説く医者が自らも煙草をやめるのと同じである。

　私が「マンボウ航海」でまだ黒かったパリに寄ったとき、サン・ターヌ精神病院を見学したが、たまたま昼食の用意のできた医師用の食堂へ行ってみたら、赤ワインがずらりと並んでいた。そのため医師たちは午後にはほとんど酔っぱらってしまい、まともな研究も治療もできぬと聞いた。もちろん入院患者も半分がアル中なのである。

　このとき、私を案内してくれた日本人留学生が、不思議な縁というか、加賀乙彦氏であった。もちろん私はその医者が、作家志望者であることは露知らなかった。私が帰国していくらか経った頃、「犀」とかいう同人誌の会合に出たところ、その中に「ぼくは二千枚の長篇を書く」と断言した男がいた。それが加賀さんであったのだ。

更にのちになって、彼は私にこういう話をした。留学生は言葉ができるため、日本大使館からいろんなことを頼まれる。或るとき、フランスに寄る日本船で盲腸患者が出たが、その船医は外科医でないのみならず、外国語がまったくできぬ。それゆえ何とか日本語の外科の教科書を捜してくれというのである。そのため加賀さんはパスツール研究所までを訪れ、ようやくのことで大正時代の古めかしい教科書を発見し、大使館員に渡した。

そこで彼が私に言うには、

「その船医というのは、君じゃあなかったのかね?」

加賀氏は文学者としても精神医学者としても秀でている。だが、これはいくら何でもひどすぎはしまいか。私は確かに劣等生ではあったが、ドイツ語くらいはちょびっとは読めたのである。

第五章　宇宙精神医学研究室のこと

私は初め図書室で医学書ならぬ本を読むことが多かったが、短気のためヒョコヒョコとやってくるM教授にあまりにも妨げられたため、心理室に属してからはカーテンで仕切られた個室の中で読書をすることにした。

この狭い個室は三つあったが、分析療法をはじめ広義の精神療法、或いは麻酔分析(ナルコ・インタヴュー)をやる場所であった。

麻酔分析とは、イソミタールという睡眠薬を静脈注射し、半酔のうちに患者に話させる方法である。誰でも恥ずかしいこと、秘密にしていることは語りたがらない。もっとも患者にしても、医者と長く接し、次第に親しくなり信頼するようになると、これらのことを打明けだすものだ。これを患者とラポルト（信頼関係）がつくと称する。フランス語のラポールをドイツ語読みしたもので、原義は感情転移の意だ。

だが、それには時間がかかるし、またあくまでも秘密にしたがる事柄もある。そういうとき、麻酔分析は意外な効果をあげることが少なくない。この方法は眠剤をゆっくりと静脈注射していって、ふつう十から逆に数字を数えさせる。その声がとぎれがちになり、不明瞭になったとき注射をやめる。こういう半酔の状態では心の抑制がとれ、本来なら話したがらぬこともしゃべるわけだ。ケースにもよるが、問答が終ったら、残りの眠剤を注射して本当に眠らしてしまう。たいてい目覚めたあとは本人はしゃべったことを忘れている。

麻酔分析でいちばん効果があったのは、まだフレッシュマンの頃、外来の初診に精神衰弱と診断された女性患者がきた。何か心の葛藤があるに違いないが、本人も付添ってきた夫も家庭内には問題はないと言う。しかし、大勢の医者や看護婦の前で、初めから心の内部を打明けられるはずはない。何か悩みを持っているということは間違いなかった。ラポルトがつくまで通院させては時間がかかりすぎる。それで私の独断で彼女を心理室の個室へ連れてゆき、麻酔分析をやった。果たして姑との仲がまずかったのである。おとなしい彼女はそのことを夫にも訴えられずにいたのだ。だが、いったん打明けてしまうと、涙を流しながらとめどなくしゃべり、それだけで鬱積していた不満は大半取れてしまった。ものの言わざるは腹ふくるる業なりの言葉どおりである。最後に私がはげましの言葉をかけると微笑を洩らしさえした。私は夫にそのことを告げ、彼女の再来診察を受け持ったが、その後の経過も大変に良く、ほどもなく「もう来なくてもよい」と告げることができた。当時は嫁姑の問題は昔より遥かに少なくなっていたが、まだまだこのようなケースはあったのである。現在は日ましに若い女が強くなり、嫁も強くなっているから、今度は姑のノイローゼが増えるのではないだろうか。

しかし、麻酔分析はむろん全能ではない。犯罪などの裁判で麻酔分析の結果は認められていない。

私もこんな経験がある。

ＳＨＩ助教授はときどき精神鑑定を頼まれ、その下請けを命じられたことが四回ほどあった。ＳＨＩ先生の精神鑑定はすこぶる完璧を期したもので、あまり関係のないと思われる自律神経失調の有無も調べさせられたものだ。おそらく心理室の女性たちは種々の心理テストをやらされたことだろう。

入局して二年目か三年目、受け持たされた男は殺人犯であった。四谷警察署の警官が三人ほどで護送してきた。

私は殺人犯という者に接するのは初めてであった。おまけにでかい男で、正直のところ怖かった。彼は早朝に妻を絞め殺し、逃走していたところを逮捕されたのだ。むろん部屋の外には警官が立番をしているものの、飲酒テストのときはびくついたものだ。これは病的酩酊をするかどうかの検査である。もしこの大男にその傾向があったなら、警官を呼ぶ前に殴られるか首を絞められるかとも思ったからだ。幸い彼は日本酒六合を飲み干してもケロリとしていた。

日を更めて、彼に麻酔分析を行なった。半酔の状態で、どのようにして、また何ゆえに妻を殺したのかを語らせた。詳細はもう忘れたが、その夜、妻と性交したかどうかを尋ねると、彼は夢うつつの中でも得意げに、

「やったよ。三回も四回もやったぞ」

と答えた。

しかし、警察がその妻の屍体解剖をやった結果では、ザーメンはまったく検出されなかったのだ。

このように、いかにも便利なように思える麻酔分析とて、あまり信用すると失敗することがある。また、何回もそれを繰返してやると、話す内容が異なるケースも少なくない。とにかく心理室の個室はいろいろに利用されていた。

そこで、私は読書の邪魔をされぬよう、一つの個室の前に、「宇宙精神医学研究室」というボール紙を貼り、自らその主任と称し、他人から妨害されぬよう企んだのである。

私はそこで面妖な本ばかりを読んでいた。アダムスキーは信じなかったが、『黒衣を着る男』とかいう本には深刻に考えこんだ。これは地球にはとうに宇宙人が来ており、その存在を知ったり調べたりする人間のところには、必ず黒衣の男が現われ危害を加えたりするというのである。これも私は信じたわけではないが興味津々として読み耽った。

その当時から私は奇怪なことが好きで、新聞の海外トピックスというような欄を切り抜いていた。その中には世界蛙とび競争とか、世界一の大男が死んだ時その身体を持ちあげるのに起重機を使ったとか、とにかくそういう馬鹿げた話を収集していた。フランスの田舎町に火星人が現われたというので、住民たちが猟銃、鍬(くわ)、鋤(すき)などを持って退治に行ったところ、火星人は霜よけのため藁をかぶせたサボテンに変じてしまったという記事もあった。

またロバート・レロイ・リプレーの『信じようと信じまいと』という本が『世界奇談集』という題で訳されていて、これはいかにも法螺のようで実は真実という話を集めたものである。のちにアメリカへ行ったとき、ロサンゼルスかサンフランシスコで、その博物館を見学したことがある。本当だという証拠の品物などが陳列されていた。

こうした虚実さまざまな記事やら本やらを私は読み、創作に利用した。もっとのちになるが、笹の実が生(な)ったため鼠が大発生したという新聞記事もちゃんと切り抜いて、いずれ短篇でも書くつもりであった。開高健氏の『パニック』はあの記事がヒントになったに違いあるまい。私が書いたとしても、とてもあれだけの作品にはならなかったと思う。

また私は宇宙、地球の生物の誕生、人類の誕生などに興味を抱いた。太陽系は二千億個の星のある銀河の中にある。そういう銀河が無数にあるという。子供の頃、私は宇宙に涯(はて)が無いと聞いて大いに悩んだものだ。無限という概念も分からなかったし、もしどこかに涯があるとして壁か何かが立っているとする。しかし、その壁の向こうにはやはり何かがありそうで、それを毎日考えていると神経衰弱になりそうであった。だが、こういう子供の夢想はもっとも大切なものだ。

地球上にいかにして生物が誕生したかもまだ解明されてはいない。四十六億年前に地球ができた頃、隕石が無数に降りそそいだ。アフリカの堆積岩を調べると、三十五億年前はそこが海であったことが分かる。鉄分に珪素が化合して微細物が生まれた。その他にも酸素を出した微生物の痕跡も見つかった。ハワイ島の火山の噴火口には岩から硫黄をとって生きているもっとも原始的なバクテリアがいる。アメリカ海軍のバチスカーフは三千メートルの深海に温泉(ブラックスモーカー)を発見した。この中にもバクテリアがいると考えられている。

すべての生物は一つの細胞から生まれる。だが、生命の元になる物質があったはずである。それは地球上に自然に生じたものか、隕石や彗星が運んだのかも定説はない。隕石の中の塵に紫外線を当てると有機物が残る。有機物は生命を作る素なのである。いずれにせよ、地球の歴史に比べ、人類の歴史はごく短いのだ。

恐龍たちは実に一億八千万年も生存していた。最後の巨龍トリキェラトプスは脳の重さが一キロもある。彼らがこんな長い間になぜ大きな進化をしなかったのか。恐龍の滅んだ原因は各種あり、今では隕石説が有力視されているが、地球が長期間寒くなったのは事実であろう。爬虫類は自ら体温調節を為すことができぬ。そして多量の食物を必要とした。これらの要因が積重なったのであろう。しかし水中の鰐（わに）などは生き残った。現在もっとも大きな爬虫類であるナイルワニは陸上に卵を産むが、それが孵（かえ）りそうになると卵の中の仔の鳴声で母親はそれと知り、水中の安全な場所に移す。父鰐もやはり仔の鳴声を聞きわけ、危険から守ってやる。或る程度の知能、本能を持っていることが分かる。それにしても、巨大な脳を持った恐龍たちは何を考えたか、それとも思考と呼ばれるものはなかったのであろうか。

最後に哺乳類の誕生、猿人、原人、現生人類と進む変化。ホモ・サピエンスが出現したのは、およそ十五万年前なのだ。従って人類の歴史は宇宙の歴史の十万分の一に過ぎぬ。また最近になって、人体の構成物質が調べられだしているが、その測定技術が進歩してゆけば、人間の体の中に宇宙に存在するすべての元素が見出せるものと推測されている。つまり人間は小宇宙であり、宇宙の法則と人体に働く法則は同一だと考えられるのである。

私がこのように心理室の個室に「宇宙精神医学研究室」なる看板をかかげ、精神医学と関係なさそうな本を読み、夢想に耽っていられたのは残念ながらわずかな期間であった。けしからぬことに、この個室を占拠されていることを面白く思わなかった誰かが、この神聖な看板をはぎとってしまったのである。かくして私はまだそこも使用していたが、先に占領されてしまったときは、あたかも浮浪者のごとく、或いは図書室、或いは食事をとる医局（正確な呼名ではない）、或いは看護室などをうろうろしなければならなかった。

もっとも、ぜんぜん精神医学を勉強しなかった訳ではない。自分に大切そうな本は他の医者の何分の一かは読んだ。また先輩の話も聞いた。けれども決してそれらを鵜呑（うのみ）にはしなかった。或る程度の知識を持つと、それに自己流の夢想を加えた。

フレッシュマンの終り頃には、私はすでに分裂病は単一疾患ではないのではないかと言うようになった。ドイツ医学の三つのタイプに分ける分類法を叩きこまれていたが、あまりにもその病態が多様であるからである。果たして今はアメリカでは分裂病圏という曖昧な用語を使っているようだ。

現在では、当時は考えもできなかったＣＴスキャン、電子顕微鏡などの発達により、私たちはテレビなどで簡単にその色づけされた構造を見ることができる。また脳についての解説本も多い。そのため世間の人々は、人間の脳もほとんど解明されたと思っているようだが、私に言わせればまだ古代の世界地図の域を脱していないのだ。

分裂病の脳細胞、また脳内物質の変化についてはかなりの仮説があるが、最近ではもっと脳全体を多角的に考えるようになっているようだ。

私は物を書いていることを知られてから、やがてススム医局長時代、同窓会報の編集を命じられてしまった。同窓会報は昭和三十年に復刊第一号が出たが、初めはガリ版刷りの粗末なものであった。が、やがてタイプ印刷となった。

ずっとのちの同窓会報に、或る医師が、

「HO教授のクルズスで、恐る恐る『分裂病とはどんな病気でしょうか』と、お尋ねしたことがある。氏は珍しく言下に、『原因が不明の変性疾患でしょうね』と言われた。後年、クライストの分類で分裂病が変性疾患に扱われていることを知ったが、フレッシュマンの時に受けた氏のこの一言が、その後の私の分裂病概念に決定的な影響を与えているようである」

と、たいそう感激したように書いているが、ホウさんの答えは、ごく簡単に言ってしまえば、要するにぜんぜん分からぬ病気であるという意味なのだ。そして、おそらくは三、四世紀経とうとも、この返答はまだ正しかろうと私は考えている。

先にM教授の悪口を書きすぎたので、やはり同窓会報でなだいなだ君が記している一部を抜いてみよう。なだ君はインターン時代文学青年的生活をしていたが、不意にフランス留学試験に応募しようとして、M先生を訪ねる。

「この私の唐突で浅墓な策略はたちまちのうちに微塵に粉砕される結果となった。先生の理由は至極もっともなものであったが、医学を勉強しに行く気のない人間が医学専攻で留学する矛盾を指摘し、かつ秩序の精神を基礎とするフランス文化の思想とは、全く相容れない考え方だと、容赦なく宣言された。もとより、私に一言もあるはずもない。

ところが、私にとって意外なことに、またより重大なことだったが、先生は何を思ってか、いきなり私を相手に、ドイツ思想を実に鋭く攻撃されはじめたのであった。それは、攻撃というよりは、むしろ弾劾というべき性格の論調であった。

ドイツ思想――すなわち観念論的思潮は、いかにも体系的であり、純粋であり、美しい。が、しかし――

この突如たる猛烈な口調は、なかば私を呆気にとらせ、この小柄で精力的な人物は、全くナンという好戦的な人柄なのだろうと、半ば途方にくれて、黙って聞いていた。一体、この私自身が、そのドイツ思想なるものの凝り固りと見られたのだろうか、と」

だが彼は次第にその鋭利な熱弁に引きずりこまれてゆく。

「――そのドイツ思想の純粋性、美しさ、至高性というものこそ、実は、この地上では、『人間を裏切るものなのだ』と。これほど、実は『虚ろなもの』はないのだ。しかも、その思想の所有者は、自分が他の人間を裏切ることを『何とも思っていない』。気づいてさえいないらしい。それだけに実に尊大で権威を好む、と。

誰だって、あの甘美で純粋なロマンティスティックでイデアリスティックな思想に、一時は感激する。確かに、これ以上ないほど美しいには違いないのだから。『だが、イヤですねえ！』と、この時M先生は、全くあけすけな言葉で嫌悪感をぶちまける。

あの観念論的な思想は、実は根元はフランスのデカルトが種子をまいたのであり、それがドイツに移植されてしまったのだ。これを、人呼んで『アンジェリスム』というのだ、と。この耳慣れない言葉には、私は度胆を抜かれる思いで質問し返した。いわく、『天使主義』。

天使というものは、天上にいる限りは、美しいし善なるものだ。が、一たびそれが地上に下りた時、天使は悪魔になる。M先生は少し顔をそむけるようになさって、述懐の口調で言った。

『本当に、この世の中には、そういう人もいるんでね』

——この言葉を聞いて、何か大変に重大な、とても大事な考え方にふれた思いが、その時私の内心に湧き起った。そうであった。私はどこまで理解できたか今もって不明だが、自分なりに、ある私的な事情から、天使主義という実に痛烈きわまりない弾劾の言葉がよく分かる、と思った。天使が地上におり立った時、悪をなす——必然的に。私は、それまでの私の人生を通して知った限りで、その悪のもたらす悲惨さを自分も知っているのだ、と思った」

同窓会報であるから教授を褒めねばならないが、正直なただ君にこうした文章を書かせるだけ、M教授は単に脊髄学の大家だけではなく、教授となり得る資格者だったのであろう。

私は二年目になった頃は、「精神医学は人文科学だ」と放浪する部屋部屋で公言していた。この言葉は他の医者たちにはよく理解されなかっただけ噂の種ともなったらしく、M教授にもこれが伝わり、或るときまたヒョコヒョコと教授室からとびだしてきて私を見つけ、

「精神医学は人文科学だって？」

と言ってニヤリと笑ったことがあった。

それ以上何も言わなかったから、彼がこの言葉をどう判断したかは分からない。

先述したように分裂病がおそろしく不明な疾患であることは確かだが、私の時代からその治癒率はだんぜん高くなっている。いや、一見良くなるのだが、再発するケースも多いので、治癒でなく寛解という言葉を使用する。

その治療法は、初めに記したインシュリン療法のほか、電気衝撃（エレクトリック・ショック）療法があったが、私が入局して二年目にメスの要らぬロボトミーと称せられた革命的な新薬クロールプロマジンが出現した。

私が東北大学でインターンをしていた時、このエレクトリック・ショック療法（医者はこれを略語で言うが、ここに書くと患者に分かってしまうので）をナマでかけていた。当時は健康保険の制度が行きとどかなかったため、費用がかからぬようにしたのかも知れないが、患者を河岸にあげられたマグロのように並べておいて、片端から電気ショックをかけたものだ。すると人間は癲癇の大発作そっくりの痙攣を起こし意識を失う。しかし、隣に横になっている人はちゃんと意識があるのである。あれでは徒（いたず）らに患者に恐怖心を起こさせるだろうとひそかに憤慨したものである。

その点、慶應ではすべての患者を一人ずつ治療室に連れてきて、眠剤を静脈注射して眠らせたうえで電気ショックをかけた。そのあと昏睡している患者は、係りの職員が布団がずらりと敷いてある大部屋へ運び、目覚めるまで寝かしておく。それゆえ、いかにも怖そうな電気ショックをやられたことに気づかぬ者が多い。ただ、うまくやらないとこめかみに跡がついてばれてしまうこともある。

この電気ショックの機械が初めて日本にもたらされたとき、多くの学者が集まって実験をした。ところが、いくらスイッチを入れても電流が通じない。こめかみに当てる導子の先の綿を食塩水にひたすのを忘れていたからであった。学者さまも初めはこのように試行錯誤をする。インシュリン療法は手間がかかるから、電気ショック療法が主流となった。

かつて朝日新聞の記者が患者をよそおって、精神病院に入院し、いろいろとその欠点を告発した記事を書いた。その中に、看護人が言うことをきかぬ患者を懲らすため、必要もないのにナマの電気ショックをかけるというのがあった。そのため患者たちは電気ショックをデンパチと呼んで、非常に恐れたという。

確かにそういう悪質の看護人もいたことだろう。しかし、精神病院の実態は半年やそこら入院していたとて正確に把握できるものではない。私自身、やがて山梨の県立精神病院に一年間、強制的に赴任させられたが、半年目くらいからようやくその機構が分かってくることもあったし、これはもう症状がないから退院させようとした患者が、六カ月目になって初めて異常な状態を呈したのを見たこともある。

また私はもともと家が精神病院で、青山の分院や世田谷の本院によく遊びに行ったものだ。それゆえ幼い頃から精神病者の姿を見て育った。青山の病院には兇暴性を持つ患者は稀れで、患者さんがよい遊び相手であった。世田谷の病院では患者たちの出演する慰安会や運動会はごく楽しい思い出であった。

　そうした子供の頃、精神病者をこわいと思ったのはただの一度しかない。それはいつもふぬけたようにヘラヘラ笑っているNさんという女性であった。のちに考えれば分裂病の破瓜型（ヘベフレニー）であったろう。この破瓜型というのは、特に際立った妄想や幻聴や昂奮もなく、なんだか怠け者くらいに思われているうち、末期になると無為茫乎たる能なし人間になってしまう。私の時代の精神医学の教科書（レールブーフ）はほとんどがドイツのそれの翻案であった。ただ一冊、お目にかかったことはないがひそかに尊敬していた西丸四方氏が独自なものを書かれた。ただ読者はその教科書の破瓜型のところは読まぬほうがいいと思う。なぜならごく平易な文章であれこれの例をあげてあるので、それを読むと誰でもおれはこの病気にかかっていると信じてしまうだろうからだ。本当は分裂病というものは病識（自分が病気であるという自覚）が無くなるものなのだが。

　私はそのNさんとしょっちゅう遊んでいた。或るとき玉突き台の置いてある娯楽室で、私は彼女の頭髪からピンを一本抜きとった。彼女はヘラヘラ笑いながら追ってくる。こちらは鬼ごっこのつもりで面白がって逃げていた。玉突き台はその上に板をかぶせてピンポンもやるので、そのときピンポンのバットが置いてあった。私がその台のまわりを三周もした頃だったか、突然Nさんの形相が変った。そしてバットを摑むや否や、力まかせに私に投げつけたのである。バットは命中はしなかったものの、あのときは正直のところ怖かった。だが、かなりの歳月、多くの患者と接していて、恐ろしかったのはその時だけである。もちろん緊張病（カタトニー）のような昂奮しがちな病者は本院の保護室に隔離されていたであろうが。

私が自分の躁鬱病を必要以上に宣伝するのは、なんとかして世間の人の精神病者に対する偏見を除きたかったからである。みんなが考えているほど精神病者はこわいものではない。また稀れに精神病者が犯罪を起こしたりすると、そういう危険な患者をなぜ開放病棟に入れていたのかと非難の声があがる。だが、閉鎖病棟に入れられて鍵をかけられれば、逃げたくなるのは人情というものだ。逆にいつでも逃げられる開放病棟では、これは危ないかなと思う患者まであんがい脱走しないものなのである。

また精神病者は犯罪をよく起こすと考えがちだが、実際に統計をとってみるといわゆる正常者のほうが遥かにその比率が高いのだ。この問題については加賀乙彦氏がくわしく研究している。

だが私の意図に反し、次のような手紙がときどき来るのだ。

「ぼくは北さんのファンなのですが、クラスの者に薦めても、あんな奴の本を読むとキ印になると言って、誰も相手にしてくれません」

かくして私の本はますます売れなくなったから、指の痛いのを我慢し、気息奄々（きそくえんえん）、意識朦朧、こうしてはかない文字をセッセと書き続けねばならない。

さて、画期的な新薬であるクロールプロマジンの登場について記そう。

これはなだ君に教わったことだが、この薬はフランスで開発され、初めは手術の麻酔を助ける薬として液体を注射したものだ。たまたまフランスのベトナム戦争の折、手術を必要とする負傷兵が出た。そのとき隊にいた軍医は外科医でなかったので、もしかすると効くかも知れぬとクロールプロマジンを注射した。患者は助かった。その後、その医者は他の分野の病気にも効果があるのではないかと思い、友人の医者たちに試して貰った。そしてついに精神病にも使って効があることが判明した。最初のうちは冬眠療法と併用するのがよいとされ、患者を裸にし氷塊と共に置いていたものである。すると或るとき、製氷会社がストライキを起こし、氷が入手できなくなってしまった。仕方なしに氷なしでクロールプロマジンを与えていたところ、それでも立派に有効であることが判明した。この精神科医は立派な業績をあげたわけだが、研究発表に最初の医者のことを記さなかった。ダーウィンにしても『種の起原』に、その進化論ともっとも似ている学者の先著の名をあげていない。学者というものは、往々にして功名争いをするものだ。

入局して二年目、私は病棟の一室のドアを開けて仰天した。七、八名の患者がパンツ一枚で氷塊の中にごろごろ寝ていたのである。誰かが冬眠療法の文献を読み、さっそく実験にかかったのであろう。しかし肝腎なクロールプロマジンはまだ入手していなかった。そのため他の薬品を使用したが、まったく効がなかった。それゆえ気の毒な氷づけの患者たちをその後は二度と見ずに済むことができた。フランスに留学をして実例を知っていたな だ君が帰国して入局したのは、そのすぐあとだったのである。

クロールプロマジンはやがて錠剤になった。注射よりもよほど便利であった。この系統の薬はそれぞれ製薬会社によって名が違うが、だんぜん他の治療法を駆逐して行った。

分裂病や躁病に効くのである。ただ製薬会社の初期の広告を読むと、効のある病気を並べている中に、躁病、鬱病と記されている。この薬は躁にはよいが、鬱のときは逆に病状を高じさせてしまうものだ。このように薬の広告というものは、なるたけ多くの病気に効くように書かれがちなものであるから、世人は注意したほうがよい。かつては暴れる緊張病（カタトニー）の患者は保護室に監禁し、電気ショックをかけるにも、医者と看護人で押さえつけねばならなかった。そのため一人前の精神科医になるには柔道が必要だなどと言われた。

しかし、クロールプロマジンは確かに革命的な薬であった。以前なら長いこと保護室へ入れておかねばならなかった患者でも、これを多量に与えれば一週間足らずでおとなしくなり、一般病棟へ移すことができる。

私も躁病のときはこの薬を飲んでいる。本当はオクタープが高いほうが仕事がすすむから、大切な躁病は治したくないのだけれど、この薬を飲まないと眠れないので致し方なしに飲んでいる。

第一、そもそも躁鬱症も始まらなかった医局時代から、私はこの薬を飲んだのだ。それは講師の肥満したM先生が、クロールプロマジンは持続睡眠によいと教えてくれたからである。大学生時代から私は不眠症の気があり、ときどき眠剤を飲んでいた。先輩の言だからそれを試してみたのだが、M講師はやがて訪れる私の躁鬱病を予想していたのであろうか？　それくらいならM教授に飲ませたほうが遥かに医局のためになったと思うのだが。

このM講師は馬術もやり、またジャズ評論家としても一家を成すほど多趣味な人だったが、完全なヒステリー性格であった。

欲求不満がないときはごく円満である。ところが、たかがラーメン一つのためにとてつもない金切り声を発するのだ。

昼食にみんながもっともよく取るのはラーメンである。病院前の中華料理店の配達人は、いい加減に医局の机の上に置いて帰ってしまう。或るときM講師はラーメンを注文したのだが、届いたそれを自分のものと勘違いして誰かが食べてしまった。いつまで経ってもラーメンが来ないので、激怒したM講師が電話口で怒鳴っているのをたまたま私は目撃したのである。

「おれはMだ。分かったか！　すぐ届けないと、以後お前の店からは何も取らんからな！」

そうかと思うと、アメリカへ一年ほど行って小児分裂病について習得してきたのはよかったが、帰国後彼の日本語は変になってしまった。いや、日本語化した英語を本場流に発音するのだ。しかし、日本人の間でラジオのことをレディオなどと言うのはキザなものである。

マッつぁんもまたアメリカに留学した。だが、帰ってきてもラジオのことをラジオウと言ったりした。当時はアメリカが全盛の時期である。マッつぁんの属する病理室では、実際に脳細胞を染色したり顕微鏡を覗いたりする時間より、試験管を洗ったりする雑用のほうが多かったのだ。ところがアメリカの病院では、使用済みの試験管をベルトコンベアに載せて流してやれば、たちまち綺麗に洗浄されて戻ってくるという。

「あれじゃゃ、とてもかなわん」

と、さすがのマッつぁんも慨嘆していた。

今は日本は金持になったから、やがて日本医学は世界に冠たるものになることだろう。

なぜなら、私のオーベンのN先生やマッつぁんやNA医師が研究していた当時の病理室は、まるでバタ屋小屋同然だったのだ。

机の上には、生の脳髄がそのままに置かれている。その前の棚にずらりと並んだ薬品の瓶の中には何と青酸カリの瓶もあった。のみならず、その恐ろしい毒薬を溶いた水溶液の瓶のわきで、研究者はラーメンをすすっているのだ。青酸カリは脳細胞の染色に必要なのである。よくぞまあ慶應神経科医局で殺人事件が続出しなかったものだと思う。

そのような汚らしい部屋で、彼らは研究し、前述したツジヤマ法のごとく新しい染色法を生みだしたのである。

第六章　精神科医一刀斎のこと

私は同窓会報の編集をやらされたとき、その小冊子で少しは悪戯をしてやろうと考えた。なぜならそれまでの雑誌は、教授などの挨拶文、誰それの研究報告、各病院の紹介文、フレッシュマンの自己紹介文、医局の記録だけで、まったく面白くなかったからである。当時は五味康祐の伊藤一刀斎が世を風靡していた。そこで私は毎号筆者交替で「精神科医一刀斎」なる妖しげな小説の連載を企画したのだ。

第一回はもちろん私が書いた。みんなを愉しませるため、能うかぎりくだらぬものにした。私が同人雑誌で物を書いていることを知っていた同期のS医師が、「君、あんなものを書いていては駄目だよ」と忠告してくれたほどのものである。

しかし、話の都合上、恥ずかしいが昭和三十二年十二月の第七号に掲載されたその原文をあげてみよう。時代が時代であるから、不適切な表現があっても御容赦頂きたい。

筆者交替連載小説

精神科医一刀斎（第一回）

まえがき

まずは表題のごとき妖しげなる物語を始めるに当って、次々の執筆者にその心がまえを述べる。第一に非芸術的でなければならぬ。文章は地球語と判読し得ればそれでよい。勝手気ままなるをもってムネとすべきである。諸子の夢を時間的空間的にいかようにも展開できるように、私は舞台を未来にとったが、どのくらいの未来なるやは自分でもわからぬ。とにかく我が慶應神経科は大々的に発展し、医局は数十の研究室と数千名の助手をかかえていると心されたい。M教授は総カントク教授に就任され、テレビで指示すれば用が済むものを、昔の癖で部屋からとびだしては秘書を呼ばれる。SHI先生もよくヘリコプターで研究会に顔を出される。現在の講師連中が教授になっているはもとより、中堅などと云われていた連中まで助教授とか講師となっている。なにしろ大医局であるから一軍教授、二軍助教授などと、そのシステムもプロ野球なみなのである。フレッシュマンは毎年五十名にかぎり入局を許可されるが、その試験には世界各国から数百名が押しかけ、バタフライ一つの裸体写真からプノイモグラフィ、ゾンディテストからヒィプノーゼ（催眠術）にまでかけられて調べられる。まことに我が医局の繁栄、「あをによし奈良の都は……」というがごとき景観と申さねばならない。かくのごとき舞台を与えられれば、諸子は無限大にその空想をのばし、或いは学問的に、或いはエログロ的に、白昼夢とカタルシスにふけることが可能であろう。さて仮想主人公の一刀斎なる人物は、しばらく前世間に物議をかもしたスポーツマン一刀斎なる男の子孫と推察されたい。かような人物を登場させるのも、あまり実名小説的になって泥試合を演じたり、あまりに無味サクバクとならぬためのアクセサリーにすぎない。願わくは諸子の心されて、わが医局や関係病院と共に、この阿呆らしき物語のすこやかな発展に寄与されんことを！

一、医局コン話会のこと

それは一九××年四月中頃のことで、慶應神経科医局の前の廊下は入局志望のヒヨッコ医者でゴッタ返しをしていた。その中に一風変った人物が目につくのである。年の頃は三十くらいにも見えたが、いやしくも大切な入局試験に紺ガスリの着物にヨウカン色のハカマ、チョンマゲに冷飯草履というイデタチであるから衆目を集めるのが当然であった。
彼は廊下の長椅子に静座し、じっと眼を閉ざしている。ときどきモゾモゾと首すじのあたりをかくのは、シラミかなんぞがいるのかも知れぬ。それで他の連中は横目で恐る恐るこの男を眺めるほか、誰も傍に近寄ろうとはしなかった。きっと臨床講義に出されるクランケ（患者）であろうと考えたのである。

さて、部屋の中では、医局のオエラ方が集まり、コンワ会なるものが開かれていた。

「それで、火星のフォボス病院の件ですが」と医局長が云った。医局長と云っても我々の知っている人物ではなく、昭和三十二年頃はまだ医学生にもなっていなかった若造であると御承知されたい。「誰を派遣するかという問題ですが……」

「いやあ出張問題もとうとう火星までになったかねえ」と、M総カントク教授が、老来益々元気な声をだされた。「火星ってからには、やはり相当古い人でないといかんだろうねえ。ソネ君はどうかね。創設はあれにかぎる」

「しかし当分は妻子を連れて行かれませんから」と医局長が云った。「募集要項にも独身者を求めております」

「と云っても」と、トモサブロウ教授が云った。彼は一見小言幸兵衛、一見好々爺といった印象のお爺ちゃんになっていた。「アベ君やススム君という訳にもいかんだろうな」

「それはムリだ」とＭ教授が云った。彼はおもむろにパイプをくわえて椅子から身を起そうとしたが、近来あまりにもデップリしてしまったので身動きもすることができなかった。それで仕方なくもう一度パイプを吸ってから、「第一、火星語ができなくちゃ分析もクソもないでしょう」

「それにもっと腕力もあるのがいいな。フロンティアなのだから」

「そう、そうですとも」とＭ総カントク教授が云った。

「Ｎ先生は当分アメリカにしばられていますし」

「マッつぁんはどうかね」とＴＳＵ教授が、洞穴の中を風の吹きぬけるような声で口をだした。

「彼は今どこにいるんだったかね？」

「いや、私もマッ先生がよかろうと思いましたので」と医局長はヘドモドと云った。「それに彼は今食いつめているはずで……」

「食いつめた？」

「いや、それが、マッ先生は例の金水病院でなにかトラブルを起しまして、それからアフリカに渡りました」

「ふむ、それは分かっとる」

「それから外人部隊にはいられまして、ここで数々の武勇伝を発揮、クンショウを授与されました」

「ほほう」

「ところが、そこでもついに重営倉に入れられまして。なんでもリャクダツがすぎたということで」

「なんだ、リャクダツだ？」

「いえ、それは誤解でして。なんでも彼は学問的情熱に駆られて、やたらと死体の脳を持ってきたもんで、それをリャクダツと思われまして」

「それでまだ重営倉にはいっているのか」

「いえ、脱走しましたので。それからどこかの蛮人の村に行きましたところ、忽ちアガメられて酋長にさせられたそうで。Phallus 崇拝の種族だったのでしょう」

「ほう、すると今、酋長かね」

「いえ、それが部族の妻をめとりまして。これが前の酋長の娘で村一番の美人だそうで。マツ先生はいたくこの妻を愛されたそうですが、それがポックリ死にました。ところがマツ先生は学問的情熱のため、またもや脳ミソをとりだしたんで、これが部族の者どもを激怒させまして、火アブリにされることになりました」

「すると今、彼は火アブリになっているのか」

「いえ、又もやうまく脱走しましたので。今はチベットに居ります。昨日便りがきまして、なんでもチベット大学神経科教室に招かれまして、当然教授になるつもりで行ったところ、なにぶん言葉が通じませんもんで、EX係にさせられてしまったそうです」

「すると、今はEXをかけてるのだね」

「はあ、手紙によりますと、あそこは文明がおくれてますので、まだEXばかりだそうで、おまけにナマでかけるのだそうです。チベット人というのがまた強健でして、物凄いデンメル（痴呆）を起すため、毎日格闘をやらねばならぬそうで、さすがのマツ先生もネをあげてるとのことです。先日なんでも逆に押さえつけられてEXをかけられてしまったそうで」

「なるほどなるほど」とM総カントク教授が云った。

「そんなら少しはマトモになったでしょうな」とM教授が云った。

「ではマッつぁんを火星にやるか」と、トモサブロウ教授が云った。

「いいでしょうな」と一同が賛成した。

「これで今日の議題は終りまして」と医局長が云った。「入局試験を始めて宜しいでしょうか」

「なんか今度は妙なのが来たそうじゃないか」

「はあ、それがどうも困りまして。昨夜から座りこんで居ります。一刀斎と申す者で、それが一番目ですが、通して宜しいでしょうか」

「よろしい！」と、M総カントク教授が尻上りの口調で申された。

二、一刀斎登場のこと

「それがし、伊藤一刀斎十八世の子孫でござる」と、その人物は頭をさげた。眼光はケイケイとして、頰の肉はこけている。

「君は一体医学を学んだのでしょうね」と医局長が云った。「願書が揃ってないが」

「左様」と一刀斎は答えた。「すべてこれ独学でござる」

「しかし、それでは医師免許がおりないのでね」

「いや、それがし、すでに一刀流免許を授けられた者でござる」

「まあいいでしょう」と誰かが云った。「ところで君は、なんで神経科を志望するのです？」

「さればでござる」と一刀斎はキッと膝をのりだした。「武芸の道はこれ涯のないものと存ずる。それがしの父は、野球なるすぽおつを通じ、また女色の奥儀を探りて、何物かを得んと努め申した。しかしこれは肉体のことでござる。それ人には肉体と霊がござる。それがし、ぜひとも人間の精神を究め、もって一刀流のかてごりいを広めんと発心せしは、今をさる五年前のことでござった」

「さようでござるか」と、思わず医局長は云ってから赧くなり、一座を見まわした。

「では訊くがね、君は一応精神医学を勉強されたのでしょうな」と助教授クラスが助け舟を出した。助教授は六名もいるし、講師に至ってはやたらにゴロゴロしているのである。

「恥ずかしながら」と一刀斎は答えた。「くれぺりん教授、えい教授とか申さるる御仁の書物なども読み申した。しかし、それがしはむしろ独自なる分類体系を立てる者でござる」

一同、顔を見合せた。

「では一刀斎君、分裂病というのを知ってるだろうね」

「なんと、ブンレツとおおせられるか?」

「そう、シゾフレニイです」

「なんと、シゾ……と申さるるか?」

「そう、つまりだね、昔は早発性痴呆なんて言葉もあったがね」

「ははあ、それはタバケ病のことでござる」

「タバケ病?」

「それがしの分類体系では、その病いはタバケ病として記し申した」

「そう勝手に記されては困るがね。どういう病気です?」

「さればでござる。これは一種神秘的な病いと申されようか。なにぶん頭が狂うのでござる」

「それはそうだが、もっと具体的に」

「しからば冒頭から述べ申そうか。タバケ病とは或る種のびいるすによって惹起さるる疾患と存ずる」

一同は顔を見合せてざわついた。これではどうしようもないと考えたのである。

「では君、一刀斎君、これでいいです」と医局長が気をきかして云った。「これから心理室にまわってテストを受けて下さい。結果はあとで知らせます」

一刀斎が落着きはらって退出すると、一同は更めて顔を見合せた。

「これはちとムリですね」「いくら何でもね」などという意見と、「いや面白い」「少しは変り者を入れてもよかろう」「うっかり落第さして刀でも振りまわされたら」などという意見がしばらくザワザワと私語された。

「これは仕方ないから、雑学部にまわすんだね」と、ついにM総カントク教授が申された。

「そう、雑学部のサイトウ君にでも面接させて、なにか特技でもあって医局の役に立つものなら入局させてもよかろう」

で、伊藤一刀斎合格か否かの件は、後に持ちこされることになった。

三、雑学部主任のこと

医局長は医局の長い廊下を歩いて行った。エレベーターで十二階まで行き、また豪壮な廊下を歩き、とあるドアの前に立止った。そこには「雑学部研究室」とあり、「主任、ソウキチ名誉助手」と札がかけられてあった。

ノックして室内に入ると、安楽椅子の上にソウキチ名誉助手が長々と寝そべっていた。彼は年齢から云えば当然講師くらいになっていなければならぬのだが、いかんせん、未だ嘗て何一つ論文を書いたことはなし、学会に顔を出したこともないので、致し方なしに医局では名誉助手という称号をあてがってゴロゴロさせておいたのである。

彼はあたかも『鉄腕アトム』というマンガ本を熟読していたところらしかった。

「なにか用ですかね。医学以外のことなら訊いてもいいですよ」

「実は今度マツ先生が火星のフォボス病院に行かれます。火星行きについて何か注意がありましたらと思いまして」

「あ、そう」と、ソウキチ名誉助手は天ちゃん（注・これは愛称であって、私は父から昭和天皇がいかにお優しい人柄であられたかを聞いて心の底から敬愛していた）のごとく言った。「僕が若い頃宇宙精神医学研究室というのを創ったが、みんなバカにしておった。創始者というものはすべて初めは理解されぬものだ」

「ははあ」と医局長は云った。「どんなことを研究されたので？」

「いやなに、ただ看板を出しただけだよ。誰か心理の女の子がそれをヒッパがして捨ててしまったから、それで終りだ。フラチな女子じゃった」

「それはそれは」と医局長は云って頭を撫でた。「それからですね、今日の入局試験に奇怪なる人物が現われまして、どうしたものか御意見を聞きたいので」彼は一刀斎のことをこれこれしかじかと説明したのち、

「なにしろシゾはヴィールスだと云うんですからねえ」

「なになに」と、ソウキチ名誉助手は身体を起した。「そいつはまるで俺みたいなことを云うじゃないか」

「そうですか」

「そうですかじゃない。いいかね、マニーなんてのもヴィールスから起る。まだ発表してないがね」

こいつは上手（うわて）だわいと思ったので、医局長は沈黙した。ソウキチ名誉助手は委細かまわ

ず、

「今NA講師と俺とで研究してる。マニーのヴィールスは葡萄の種子の中にいるのだ。そもそも山梨県にマニーが多いのはなぜか。シゾにしてもミッシュ・プシコーゼ（混合精神病）みたいなのが多いんだ。これは彼らが葡萄をタネごと食べるからだ。いま葡萄のタネをすりつぶして分離中だ。君、なんでも着想が大切だよ、着想がね。なんでも判ってみりゃあカンタンなものだよ。ニッスル氏小体でもなんでもね」と彼は云ったが、その実ニッスル氏小体なぞというものは皆目御存知なかったのである。

「では一刀斎は入局させたほうが宜しいですか」

「むろん、むろんだとも。それにそんな面妖な人物は必ず何かの役に立つ。たとえば火星でマッつぁんが火星人にでもとっつかまったら、彼を送ればいいじゃないか。いいかね、第一入局試験なんてものは、三日教科書をよめば誰だって答えられるものなんだぜ。そんなもので不合格なんて不合理なことは凡そバカげてるよ」

ソウキチ名誉助手が声を大にしたのは、どうやら昔彼自身入局試験で返答に窮したことがあったためらしかった。しかし、こんな名誉助手がいたがために、伊藤一刀斎は慶應神経科に入局を許されることになったのである。

と云って、医師免許もない、白衣を着せたとて恰好のつきそうにないあの男を、どのように扱ったらいいものか、医局長は雑学部研究室のドアを閉めながら思わず吐息をついたのであった。

（次号につづく）

この文章を写していたら、これを書いたのは私が山梨の精神病院に赴任させられたのちであることが分かった。しかし、山梨でのことは逸話も多いので、のちにゆっくり書くことにしよう。

とにかく「精神科医一刀斎」の次の執筆者は当然のこと、当時或る病院に勤務していたなだいなだ君に依頼した。

ところが彼は、私がたわいもない馬鹿げたものを書いたのに対し、持前のエスプリ精神を発揮して、勤めていた病院のことを滅茶滅茶に風刺した。もっと嘘っぱちを書けばよかったのに、読む者が読めばそこがどこの病院であるか、なにがし医師が誰であるかがちゃんと分かる。その病院では入る患者は拒まず出る患者は拒み、精神病者の診断はすべてオシッコで決めるのだ。

その号の編集者は私が医局を休んだため、後輩のT医師に代っていたが、彼はさすがに気がねして編集後記にこう記した。

「又『精神科医一刀斎』は執筆予定の堀内君（なだ氏の本名）が多忙の為、筆名ヴィヴァン・クリユ君にバトンを渡して書いて貰いました。……次号は宗吉御大病気？　恢復の暁には再び自由奔放な編集を致すそうです」

このようにTさんが気を遣ったにもかかわらず、これを読んだその病院の院長は激怒した。彼はわざわざ医局にまでやってきて、教授に抗議を申し入れたのである。筆者ももちろんバレてしまった。これが遠因となり、なだ君はその病院を首になってしまった。

三回目の執筆者はソネさんだったが、前回のような騒動を起こしてはならぬと思ったのだろう、一刀斎を無難である火星へ送ってしまった。四回目は誰だったか忘れてしまったが、これまた荒唐無稽な話でお茶を濁した。これでせっかくの珍案であった「精神科医一刀斎」は終ってしまうのだが、おそらくもう執筆者がいなくなってしまったためと、ほどもなく私が「マンボウ航海」に出発した双方の理由であったろう。

ここでT編集者の後記にある「宗吉御大病気？」について触れておきたい。私が本当に病気で休んでも、仮病と思われる前科があったのである。入局してから一年ぐらいたった頃、私は微熱が続いていた。フレッシュマン時代は何かと雑用が多かったが、もう医局にも慣れていたのに、いくら休んでも微熱が取れない。

万事に大げさな私は、たちまち自分が肺病になったのだと診断した。そこでレントゲン写真を撮ったのだが、内科の医師はその写真に「fast O—B（殆んど症状なし）」と記すだけであった。私はそれが不満で堪らなかった。ファストは「殆んど」の意であるが「甚だ」にも使われる。このように微熱がとれないのは肺結核とまでいかなくとも肺浸潤くらいの可能性が高いのではないか。レントゲン写真はそれを診るにも年季がかかる。一人の医者が何ともないと思っても、先輩の医者が見ると結核の影や小さな癌が発見されることがある。

私はそんなヘッポコ医者を信用せず、もっと偉い他の内科医にも見て貰った。しかし、やはり「殆んど異常なし」である。これまた信用できない医師だと私は判断した。

私は慶應出身ではないから、他科の教授の名前もほとんど覚えなかった。或るとき、外来にいたときM教授に電話がかかってきた。「婦人科の安藤だが……」と言う。産婦人科の教授はアンカクという名だと私は聞き知っていた。そのときM教授は初診の患者を診察していて忙しかったので、「どういう用件ですか？」と尋ねた。すると受話器に凄い見幕の怒鳴り声が響いてきた。「婦人科の安藤だ！　お前はおれの名を知らんのか！」と。アンカクとは渾名だったのである。そしてこのアンカク先生もたいそう怒りっぽい性格の持主だとのちに聞いた。

このように慶應病院の内部の事情にうといので、私は慶應出身の仲間に尋ね、内科の或る教授が結核については慶應一だと聞き知った。内科は大医局だから三つあるし、教授にしても三名はいたのである。

そこで私はその教授の日程を探りだし、或る日ノコノコと出かけて行った。するとさすがは名医、彼は私の断層写真などを丹念に見てくれた末、

「少し影があるね」

と言ったのだ。

やっぱりおれの診断は間違いなかったと私は納得し、それ以来医局を休んでしまった。なんと四カ月以上も休んだと思う。その間、私は兄の医院の診察だけをし、小説もあまり書かず、できるだけゴロゴロと静養していた。

ただ、「文藝首都」の仲間の田畑麦彦君が、『祭壇』という長篇を書きあげ自費出版したいから、君の『幽霊』もそうしないかと持ちかけてきた。

私の処女長篇『幽霊』は、大学二年二十三歳のときに大学ノートに書きだしたものである。非常にボツボツと書きついで行ったので、完成したのは医局に入ってからまもなくのことであった。「文藝首都」に四回にわたり分載したが、東京の同人の中では評価してくれる人もいたが、地方の支部便りでは酷評されたりした。

しかし、私はこのほとんど筋とてない小説を書きだしたときの気持をはっきりと覚えて

いる。芥川龍之介は「私は神経だけの人間である」と書いたが、この小説は自分の神経だけで書いていこうと思った。むろんのこと多くの読者など得られないに決っている。だが日本には自分に似た神経を持つ人間が何千人かはいることだろう。その何分の一かが、将来或いは読者になってくれるかも知れない、と。

そして、私はようやく完成した『幽霊』に自分なりの自負を抱いていた。この小説がもし認められないとしたら、自分が誤っているか、日本文壇が間違っているかのどちらかだとまで思いこんでいた。

それで田畑君の意見に賛成し、その自費出版に踏みきったのである。費用の七万円は、彼も私も母親にたかった。できるだけ安くあげるため、装幀の絵も田畑君の友人の画家に描いて貰い、しかも二人とも同じ装幀にした。費用の節減と共に、そのほうが何かの叢書のように思われて売れるのではないかと悪知恵をしぼったのである。

印刷や製本は、同じ「文藝首都」仲間の小野津幸子さんの知っている業者に頼んだ。彼女はユニークな文体の小説を書く人で、当時親しくしていた一人であった。或るとき新宿西口の少し大きな食堂で二人で飲み食いしていたら、同人の一人がやってきて、「茂吉の子がこんな所で食べているのですか」と言った。当時の私の経済状態は先に記したとおりである。このように私はなまじっか偉い文学者の子であるため、恥もかき損をしたと今でも思っている。ちなみにその食堂では、アンコウ鍋が三十円で、その他の食品もそのくらいの値段であった。進駐軍の残り物のスープやシュムッツの店よりいくらか進歩した時代で、ものなべて素敵に美味であったように覚えている。

自費出版というものは意外に大変であった。ゲラ刷りが出てきても、校正は自分でやる。ところが自分でやるから、初めから勘違いしていた誤字などはむろん直らない。小野津さんが手伝ってくれ、また印刷所の人がやってきて、「また誤植を三つ見つけましたよ」などと言ったりした。

本ができたときはさすがに胸がときめいた。しかし、予想以上にそれは売れなかった。七百五十部を刷ったのだが、本屋で売れたのはせいぜい十冊くらいだったのではあるまいか。売りあげは「文藝首都」に寄付することにしたので、同人や会員の人がいくらか買ってくれはしたが、すぐに保高先生の家は返本の山となってしまった。

もちろん文壇の作家たちには片端から送ったが、反響はまったくなかった。二人ともあっけにとられるほど無視されてしまった。しかし、それも無理はない。ひとかどの作家のところへはかなりの本や雑誌が送られてくる。これは読みたいと思って買いこんだ本すらなかなか繙(ひもと)く閑もない人が多いのである。そこに無名の人の本が送られてきても、たいていは捨てられてしまう。

本が売れないのは仕方がないとして、まったく評価されないことはやはり痛手であった。たまたま某作家の奥さんが神経科に入院していた。その作家は見舞にくると要らぬ本を看護婦さんにあげていた。その中に私の送った『幽霊』もまじっていたのだ。私は自費出版などはかような扱いを受けるのだなと納得したが、ガッカリしたことは確かである。

母が心配して、私に黙って岩波書店の吉野源三郎氏に読んで貰った。私は会ったこともないが、名編集長として名高かった人である。その評は「これは優等生の作文で、どこといって特色とてない」とのことであった。私が物を書くことには無関心であった母も「お前、もう小説なんか書くのはおやめなさい」と忠告したものだ。しかし私は、年寄りなんかにおれの感覚が分かるものかと、なお自負を揺がせなかった。『幽霊』は幼年期の記憶を甦らせる小説である。これを書いている間、プルーストの『失われた時を求めて』の全訳が刊行されだした。その噂を聞き、なんだか自分のテーマと似ているように思えたので、それに影響されぬよう、私は『幽霊』が完成するまでそれを読まなかったものだ。

将来、何百人かが読んでくれるのではあるまいかという最初の予想に反し、やがて『幽霊』は私の作品の中でもっとも抒情的なものとして、多くの読者を得ることができた。もっとのちになると、「マンボウ派」と「幽霊派」ができたそうで雑誌がその比率の特集を組んだこともある。

ともあれ、保高先生の家に残っていた四、五十冊かの『幽霊』を、私はやっと自宅を持ったとき持帰った。その頃はちゃんとした出版社からずっと立派な装幀の本が出ていたから、私は定価二百円の粗末な自費出版本を、仲間に記念として数冊ずつつくれてやった。子供の頃愛読した大島正満氏の『動物物語』を入手しようとして、週刊誌の掲示板にそう出すと、十人くらいの方がその本を送ってきた。余分を返送するのも失礼だと思い、私はその礼として『幽霊』を送った。それもケチな私は立派な新刊本より、「これは本屋では手に入りませんから」などと付記して、どうせ屑だと思っていた自費出版本を送ってしまったのだ。

そうこうしているうちに初版本ブームがやってきた。大部分返本された『幽霊』は、赤字を少しでも減らそうと前記の部数を残して「文藝首都」では断裁してしまったので、残存部数がごく少ない。作家に送ったのや同人会員に買って貰ったりあげたりしたものを含め、多くても三百部足らずだと私は推定している。そのため私の古本の中でだんぜん高い。

或るとき、私は友人に少し金を貸していた。金で返して貰うより、彼には七冊くらい『幽霊』をやっていたし、古書目録では当時それは十一万円と載っていたから、もちろん売値はずっと安かろうが四冊返して貰えば十分だと考えた。ところがなじみの古本屋の御主人に来て貰って訊くと、

「これには帯がありませんね。帯の有無だけで四万円違うのです」

私は仰天した。帯は本を作るとき、これまたケチって本屋に配本されるのと作家に送る分と三百くらいしか刷らなかったのだ。友人にやっていたのは帯なしだったのである。貸した金くらいになると目算していた当ては外れてしまった。

私の手元にわずか残っている本も帯のあるのは一冊しかない。それで口惜しくなって、隣家となった宮脇俊三氏を呼び、帯を偽造しようと企んだ。ところが彼は帯を一目見て、

「ずいぶんひどい印刷所を使いましたね。今、こんな活字を使ってる所はまずないでしょう。いくら同じ帯を作っても、専門家が見れば一目で偽造と判ります」

と言った。

かくして、ペテン師となって金儲けをしようとした名案も挫折してしまったのである。今は初版本ブームは去っているが、『幽霊』の帯つきのものは二十万円と先だって聞いたのに。

とにかく、医局を休んでいる間、私が校正などしたことは確かだが、ようやく病い癒えて私が出勤して『幽霊』を仲間にやると、

「君の仮病はこの本を作るためだったのか」

と言われた。

確かにおそらくはごく軽い肺浸潤くらいであったのだろう。しかし、私はストマイ二十本を射ち、パスを飲み、自分では立派な肺結核だと信じていたのである。

自分に対し、もっと手ひどい大誤診をやらかしたことがあった。

まだ入局したての年だったか、私は兄の家で風呂からあがったあと、何げなく自分の背中を鏡に映してみた。すると、肩胛骨の下の筋肉が明らかにわずかだが凹んでいる。

ぞんがい知識のある私は、たちまちにしてその病名を当ててしまった。曰く脊髄性進行性筋萎縮症。

この病気は脊髄の前角神経細胞と前根が変化し、筋肉の萎縮が起こってくる。診断はなかなかむずかしいが、往々肩胛骨の下部の筋肉が凹んでくるので分かる。それも四十歳近くになってようやく分かる。名医である私は、三十歳にならずして、早くもこのややこしい病気に気づいてしまったのだ。

筋萎縮は徐々に進行するが、途中で急速に進むこともある。また経過中に球麻痺、或いは横隔膜及び他の呼吸筋が侵され呼吸不能となり、まず五十歳前後で死亡してしまう。そして、治療法はまったくない。慶應神経科にこの患者がくると、脊髄にビタミンBを注射していたが、これは実験というよりも気休めに過ぎなかったろう。

癌よりも恐ろしい死病を患ったと私は思いこんだ。

ったのだ。

それ以来というもの、私は入浴するたびに肩胛骨の下の筋肉の落ちこみようを調べたし、医局に行っても先輩同輩の医者たちはもちろん、看護婦にまで服を脱いでそこを調べて貰ったのだ。

だが、みんながみんな、

「なんだ、ちっとも筋肉が落ちちゃいないじゃないか」

の一言で片づけてしまう。

何という非情の連中だろうと私は思った。

とうとう私は、医局の休暇旅行で宿に一泊した折、M教授の前で浴衣をはだけて背中を診て貰った。何といっても彼は脊髄学の大家だったからである。

ところが、教授はしばらく私の背中を眺めたのち、

「ふうむ」

とうなっただけで、そのあと一語も発しなかった。

脊髄学の大家である彼は、もちろん脊髄性進行性筋萎縮症と診断を下し、しかし治療法のない病気に慰めの言葉も発せられず、沈黙を守ったのだと私は判断した。それからというもの、私がますますこの死病に間違いないと信じこんでしまったのはもちろんのことである。

私は昭和三十六年に結婚をした。初恋の人とではない。昭和三十三年十一月から翌四月までの「マンボウ航海」の際、ハンブルクに寄港した。

その前にヴェントさんという女性心理学者が慶應の医局に留学していたが、彼女が帰国する際に五万円を貸していたのを、マルクで返して貰うことになっていた。ヴェントさんはベルリンにいたので、ハンブルクの或る商社の支店長の家に送って貰った。当時は一般人はまだ五百ドル枠の海外旅行も許されていなかった。私の乗った六百トンのマグロ調査船は、役人は別として船長の次に多くを貰えるはずのドクターである私が港々で与えられる外貨は雀の涙ほどのものであった。そのマルクのため、私はハンブルクではガスピストルを買えたし（『航海記』の末尾で海坊主に奪われたと書いた危険でもないそのガスピストルは、のちにけしからぬ日本警察の手によって没収されてしまった）、他の港に停泊中、少しは汽車旅行をしたり安宿に泊ることもできたのである。パリでは貧乏留学生の辻邦生氏に世話になったが、別れるとき四十マルクを置いてくることもできたのだ。

ところでハンブルクの商社支店長の家にはそれほど醜くない若い娘がいた。彼女の父親に世話になったので、彼女にトーマス・マンの『ブッデンブロオク家の人びと』の文庫本を送った。当時の私は美青年の部類に属し、おまけに生まれて初めて作った背広を着ていた。そんな私に当然好意を寄せてもいいはずなのに、無礼なるその娘は礼状一つ寄こさなかった。

実はその娘こそ只今の私の妻なのである。その一家が帰国し、ヴェントさんも再来日したので、兄の家の応接間でパーティを開いた。その娘も招いた。すると、その膝小僧がちょっと可愛く見えた。それでその娘と交際を始めたのだが、或るとき喫茶店で彼女は、「斎藤さんはどうして結婚なさらないの?」と尋ねた。私はマンを師と仰いでいた。彼女はハンブルクに二年半いたから、ドイツ語をしゃべるのは私より遥かにうまいし、妻にすれば便利だろうと考え、つい結婚をばしてしまったのである。これは私の最近のエッセイなどを読めば分かるだろうが、わが生涯最大の失敗であった。なぜ初恋の美女と結婚しなかったかと言えば、彼女は人妻であったからである。

今やわが家の権力を一切掌握している妻に、「昔なぜハガキひとつ寄こさなかったのか?」と問うと、「あら、あたし確かに出したはずだわ」と白を切る。「好青年のおれになぜ好意を抱かなかったのか?」となじると、「だってあたし二十歳そこそこの年齢だったのよ。そこに見知らぬあなたがダブダブなズボンをはいて現われたって、どこのおじさんが来たかと思うのは当り前でしょ」と、ふてぶてしい。

おまけに、膝小僧が可愛かったから結婚したとエッセイに書いたら、つい先頃も「膝小僧だけで結婚するとは何事?」と或る女性から詰問の手紙が来た。どうも世の女性の一部はユーモアを解さないのが困るのである。しかも、その席には宮脇俊三氏もいたが、つい先日やってきてこう証言したのだ。

「確かに奥さんはミニ・スカートのようなものをはいていて、膝小僧はなかなかに見えたのを覚えています」

もっとも彼は皮肉屋でもあるから、これだけは気の毒なことに、妻が先に子宮筋腫と卵巣嚢腫を患い摘出手術を受けたのに対し、こうも言ったのである。

「奥さんはそろそろ髭が生えているかと思ったら、まだその兆候はありませんなあ」

余談になったが、わが妻は結婚して二、三年の間はおとなしかった。結婚してからもしばらく私たちは兄の家に居候していたが、彼女が妊娠し、悪阻がひどかったので葡萄糖などの注射をしてやったのを覚えている。『航海記』が売れてようやく建てた自宅へ移ったのに、腹の大きくなった彼女を残して私はポリネシアの島々の旅に出かけてしまった。当時は交通公社の「海外旅行案内」にもポリネシアは出ていなかったし、連絡場所とて不明なので、妻は心細さのあまり友人の前で涙を流したという。そんな女性がどうしてああも猛々しくなったのか。女というものはドデヤのごとく化けるものなのだ。

とにかく、私は新婚早々の妻に向かい、

「おれは脊髄性進行性筋萎縮症という難病の疑い濃厚だ。多分五十歳にならないうちに死ぬだろう」

などと言ったため、彼女は不安で不安で堪らなかったという。

これは確かに大誤診であった。現に私はつい先頃六十五歳になったが、未だに生きているからである。

私の肩胛骨の下の筋肉はちょっぴり落ちていることは事実なのだが、それ以上凹む気配はないし、呼吸麻痺は未だに現われない。悪いのは、そういう人間の背中を見ておいて、「ふうむ」としか言わなかったM教授なのである。

しかし、そのおかげで私は『楡家の人びと』を自作の中では最上のものとすることができた。この長篇の中で変り者の米国(よねくに)が自分をてっきり脊髄性進行性筋萎縮症だと信じこんでいるところは、私の体験から設定したのだ。

それゆえ医者はたまには誤診をすべきである。いや、いろいろと誤診を重ねて初めて一人前の医師になれるのである。

東北大学で学んだ内科のN教授が御自分の誤診について本を書かれているが、誤診率はなんと六十何パーセントとある。これは自己に厳しく、もちろん正しい診断を下しているのに、入院させて検査して初めて分かったちょっとした見落しまで、すべて誤診に入れておられるからである。世の若い医者はぜひこの態度を見習って欲しいと思う。

第七章　医局長の子分役のこと

入局して二年目、私はススム医局長の子分として、いろんな雑用をやらねばならなかった。

彼は有名な医療器械会社の息子であったので、若い頃から芸者遊びもしていたらしい。そんな身分の男は医局に一人もいなかったろう。いや、ノモトという後輩が新宿のかなりの料亭の息子で、医局の会もしばしばそこで行なわれた。もちろん費用も負けてくれた。彼はのちにチュービンゲン大学に留学したので、その話を聞き、『幽霊』の第二部『木精(こだま)』に利用させて貰った。

チュービンゲンには二度取材に行った。この大学は各国の学生が集まるので有名である。階段教室には彼らがナイフで刻んだ悪戯書きが残っていて、しんみりともなり、かつ愉しかった。良い講義が終ると、学生たちは机の蓋をバタバタやって拍手に代える。ノモト医師が留学していた頃は、ドイツ精神医学界の泰斗クレッチマーがいた。彼は神様あつかいを受けていたから、その講義のときは学生たちもさすがに音響を立てなかったという。それよりも弱ったのは、日本の教授たちがやってくると、誰も彼もがクレッチマーと並んで写真を撮られたがる。そのたびにノモト君はクレッチマーの都合を聞き、写真を撮る役をやらされたわけだ。

チュービンゲン大学の卒業生だけで、ノーベル賞を受けた者は数名もいるのである。ノーベル賞受賞者は日本に少ないから、滅法偉大だとされるが、殊に文学賞は美人コンクールのようなもので、各国を盥まわしにすることが多い。あまり知られぬ詩人などが受賞しているのに、なぜグレアム・グリーンに与えられなかったのか。彼の後期の作品がエンターテインメントが多いということは理由にならない。深刻な純文学はなまじっか文学が分かる人々に苦悩を与えるが、良きエンターテインメントは世人に憩いをもたらしてくれるものだ。

チュービンゲンで名高いのはヘルダーリン塔である。この薄黄色にくすんだ塔の中に、彼は分裂病者として幽閉され、その生涯を終えた。だが『ヒュペーリオン』はもっとも完璧な独文の一つである。

ニーチェは梅毒からくる進行性麻痺であった。その著書の或る章に「余はなぜにしてかくも名著を書くか」などという題をつけたのはすでに誇大妄想が始まっていたのかも知れない。しかし、彼のどの本の文章も実に確実で美しい。このように優秀な精神病者というものは偉大な仕事を残すのである。斎藤茂吉にニーチェが何時どのようにして梅毒にかかったかを推測した随筆があるが、なかなか面白い。茂吉もまた性格異常者であった。チュービンゲンにはヘッセが若い頃店員をしていた本屋があり、そのプレートがついている。いずれにせよ由緒ある町なのだ。

話がそれたが、ススム医局長は医局のコンパをどこでやるかをよく知っていた。或るとき、彼の地元である新橋の料亭に料理の試食に行ったことがある。彼は二通りの料理を出させた。二人はそれを食べて帰ったが、私は金も払わぬので少なからずビックリしたものだ。すると彼はこう言った。

「馬鹿だなあ。あの料亭を選べば何十人という客が来るんだぜ。それだけ儲かる。ロハなのは当然だよ。ところで宗吉ツァン、どちらの料理がうまかった？」

私一人だったなら、もちろん金を置いてきただろうに。

また彼はこうも言ったことがある。

「今度の会は蟹料理にするか。ほかの料理だと、みんなワアワア騒いでいてうるさくてかなわん。蟹だと肉を突っつくのに夢中になって、しゃべることを忘れてしまう」

このように世事にうとい他の医者に比べ、ススムさんは医局の雑用係といってよい医局長としては適任であった。

私のもう一つの役は、対東大野球戦のあとなど医局の地下で行なう懇親会の司会者であった。その前に製薬会社に頼んでビールを寄付させたりけっこう大変である。

東大との試合は、慶應の勝利に終った。

私は立上ってまずこのように言う。

「東大の皆さま、遠路遥々よくぞお越しになりました。礼儀として、本当はわざと負けてあげたかったのですが……」

と、ここで一呼吸おき、

「しかし、勝負の世界というものは厳しいものであります」

ドッと笑声が湧く。あの頃の私はけっこう弁が立った。齢をとるにつれ、もたもたとしかしゃべれなくなり、失礼な編集者から「北さんは失語症なのですか」と言われる始末であるが。

ここで少し威張りたいからスポーツの話をしよう。野球とピンポンについてである。私は子供の頃から近所の原っぱでやる少年チームで投手をやっていた。高校に入ったときはでしゃばって投手になったが、クラス対抗では天晴れエースであった。大学時代は第二投手で、いつも先発し三回くらいからエースに引継ぐ役目を務めた。

　他の大学との対抗野球戦のときは、他の病院に勤めているもっとうまいOBが投げたが、中継ぎくらいはしたと思う。医局の親善野球では初め私がエースであった。その頃には癲癇の薬の密売により、ユニフォーム、スパイクまで揃っていた。そのうち若手のサウスポーが入局してきて、エースの座はゆずったが、まず私が先発していた。こんなに先発を続けた記録はプロ野球界にも少ないと思う。もっとも他の医局との対抗戦ではみじめにノックアウトされた。なにぶん神経科の人員は少なく、野球をやる者はもっと少なかったからである。生まれて初めて野球をやるという男をライトに置かねばならなかったほどだ。

　医局の親善野球では勝ち負けは問題ないから、試合も後半になると、教授や助教授などをピンチ・ヒッターとして出させる。彼らにはなるたけ打たせてやろうと真中にゆるい球を投げる。ところが不思議なことに、どうしてもストライクにならず、ストレートのフォアボールで出塁されてしまうのだ。他の投手が投げても同様である。やはり軽躁病のM教授の威圧で、うっかりデッドボールなど喰わせたら大変だという無意識界のなせる業だったかも知れぬ。私は教授がバットをふるところを見たことは一度もない。

　ピンポンの試合では、私は燦然たる栄光に包まれた。高校時代は卓球部のキャプテンであったが、これは松本高校のレベルがあまりにも低かったからである。しかし、大学時代も授業に出るよりずっと多くピンポンをやっていたから、いくらか強いのも当り前であろう。

慶應病院全体の対抗戦で、わが医局は見事決勝まで進出した。シングルス二つ、ダブルス一つだったから、選手は二人きりでよい。私の他にかなり強い山村という男がいた。決勝戦は事務局とであった。事務の連中はおそらく医者と違って閑で毎日のように練習をしているから、久方ぶりにわずか二、三日しか練習しなかった私たちにとっては強敵である。

もちろん最初のシングルスは私の出番であった。高校時代は私はショートだったが、ラバーの時代になってから、そのひねくれたサーブが受けられず、大学に入ってからはカットに転向していた。

私のピンポンは技倆というより、度胸と試合経験である。相手の打ちこむ球をカットで返すごとに、

「アッ、切れた！」

とか、

「今度は切れてない！」

と叫んで、敵を眩惑させる。

敵はネットにひっかけたり、スマッシュ・ミスをしたりしているうち、コーチらしき男とひそひそ話をかわし首をひねった。あのカットはどうも打てないと言っているのだなと私は直感し、もうこの試合は勝ったと思った。

こう書くと、いかにもそのあと私が負けてしまったように思われようが、アッパレ勝利を収めたのである。敵はカットを打ちこなせないため、私のサーブをカットで返しだした。カット選手だからどうせ打てないと思ったのだろう。そのとおり私はロングがごく苦手であった。しかし、ここでも体験がものを言った。私はネットにかけぬよう、相手のバックに球を集めた。それもこれ見よがしに打てと言うような高い球である。今でこそ小学生でもバック・ハンドのスマッシュを器用にこなすが、当時はバック・ハンドで打てる者は少なかった。果たして相手は、じれてきてついにまわりこんで打ちだし、私は得手のカット戦に持ちこんで勝利を収めたのである。一度は腰がくだけて尻餅をつきそうになったとき、天井にとどくほど高くロビングをあげた。敵はそれをもスマッシュ・ミスをしたのだ。

次のダブルスに負けると最後のシングルスを落とす可能性が大であったが、私の相棒は奮戦してくれた。彼はロングである。カットとロングとの組合せは不利なのだが、あやうく勝つことができた。

これは慶應神経科にとって特筆すべき快挙であった。小医局である神経科は、これまでいかなるスポーツにおいても優勝した記録はない。精神病コンクール、変人コンクールというものがあったなら、いつも優勝していたことだろうが。とにかくこれは古今未曽有の大事件というべきである。

ピンポンに関しては、この年ばかりでなかった。前述の野球のサウスポーはピンポンの選手でもあった。同時にやはり両方の選手であった若手が入局してきた。彼らは私よりもっと強かった。翌年の卓球大会では、神経科の二チームが決勝に勝ち残った。私の組はむろん負けてしまったが、まさに神経科卓球の全盛時代だったと言ってよい。その祖は、かく申す私なのである。慶應神経科としては、すべからく粘土細工でよいから、ピンポンのバットを握った私の勇姿の像を建ててもよいのではなかろうか。

しかしながら、卓球を除き私は医局になんらの貢献もしなかった。なにせろくな勉強もせず、論文一つ書こうとはせず、徒らに遅刻してきては、あちこちの部屋で小説などを読み耽るだけだったからである。

ただ一つだけ調査を始めようとしたことがある。それは私の好きな夢についてであった。別にフロイトたちの夢分析ではない。大学時代の末頃、私は将来、夢でも研究してみようと思って、寝るとき必ず枕元に大学ノートとペンを置いていた。夢というものは、ああ奇妙な夢を見たと思いつつ目覚めてみると、見る見るその映像を忘れてしまうものである。

私はハヴロック・エリスの『夢の世界』を読み、興味を抱いたのだ。エリスはイギリスの医者だが、文学と科学の問題に没頭し、なかなか深い思想を持っていた人である。その著書の扉裏には、

「眠りには眠りの世界がある」

と記されている。

彼は「文献的方法」を信頼しなかった。「臨床的方法」というのは、事実に関する個人の観察と蒐集によるもので、結果の総和と分析が伴うものだ。スタンレー・ホールやサンテ・ド・サンクティスがこの方法を用いている。「実験的方法」は、単なる現象の客観的研究に飽きたらず、努めて現象に干渉してゆくもので、モーリ・ヴォンドがこれを行なった。エリスは「その成果は興味のないこともないが、まだ全分野が解明されたわけでなく、全面的に信頼し得ない」としている。最後に「内部観察的方法」はメーヌ・ド・ビランが創始したもので、モーリが近代的な『睡眠と夢』を著わした。この方法がもっとも培われていた国はフランスであった。フロイトの『夢判断』については、「内部観察的研究の部類に属すると言ってよかろう。その部類の中でもフロイト自身精神分析学的と称している一特殊分野である。この書こそ疑いもなく近来の夢に関する著述の中でもっとも独創に富

み大胆な、しかももっとも挑戦的なもので、現在どの学派の研究者たちもこれをテキストにしている。フロイトの方法を不十分なりとし、彼のあげた事実を受け入れぬ者がいるにせよ、かくのごとき大胆にして真剣なる人の業績は必ずや最高度に裨益し、刺戟剤を与えるものである。たとえそれが真理でないにしても、少なくとも我々をして真理に近づけしむるに値する力となろう」と評している。

夢を見て目覚めると、私は忘れぬうちに即座に枕元のノートに書きつけた。この方法は慣れてくると、次第にその内容をくわしく記すことができるものだ。また悪夢を見て目覚めたあと、腹がゴロゴロ鳴っているのを知り、エリスの本にあるように悪夢は胃腸の調子によっても起こるのだなと心のはずむ思いをしたこともあった。最近に見聞きした体験もよく夢に現われる。

そのようなことをしたこともあったので、無手勝流に夢を研究してみようと思いたったのだ。私の独断でやることだから、むろん研究費は一文もでない。封筒は医局のものを使ったからロハである。夢についての質問用紙は親切な教授秘書嬢がガリ版で刷ってくれたからやはりロハである。これに「空中に浮んだ夢」とか「色彩のある夢」とか質問項目をずらりと並べた。また「前日不安であった時」「悩んでいた時」等々を記させるようにした。そしてカルテを見て、まず種々のノイローゼ患者に発送した。常人とノイローゼ患者の夢を比較してみようと思ったのである。ところが出した数の十分の一も返信がこぬ。切手代は自腹である。返信し易いように中には切手を貼った封筒を入れてある。あまりにも返事が少ないので、せっかくの私の唯一の研究も、切手代に困って中絶せざるを得なかった。

学会がどこかで開かれると、教授、助教授をはじめ、主だった医者は出かけてゆく。学会というといかにもものものしく価値ありげだが、実はたいていの医者は自分の分野の研究発表だけをちょっぴり聞き、あとはどこかで宴会を開いて酔っぱらっているのだ。

私はいつも留守番役で、一夜を看護婦さんたちの慰労のため、彼女らをはとバスに乗せて東京の名所めぐりをする係りであった。

行先はほとんど決っている。まず宮城前を出発し、日劇でショーを観、最後は浅草で駒形どぜう鍋を食べる。私は何年も医局にいたから、多分四、五回もはとバスに乗ったと思う。もちろん費用は医局から出たが、学会に汽車に乗って出かけた連中が、付近を観光したり宴会をやって騒いでいるのに比べ、哀れな身の上であったと言ってよいであろう。

ともあれ、学会のある時は医局は手薄になる。それと共に手薄になるのは野球の早慶戦のある日である。

私たちはごく一部の下っ端の医者を残して、近くの神宮球場へ出かけてゆく。当時はプ

ロ野球に匹敵するほど早慶戦は人気のある試合で、むろん切符など入手できない。だが受付にいる学生に、

「おれたちは慶應病院の医者だ」

と言うと、ロハで外野の慶應応援団席に入れてくれた。

ところが私は幼い頃から早稲田贔屓であった。シャツでもなんでもいったん着たら滅多に替えぬ習癖がある。それゆえ慶應の医局員となっても、まだ早稲田を応援していた。だが、早稲田がホームランを打ったりしたとき、うっかり歓声をあげたりすれば、周囲にいる応援団員に殴られてしまう。それゆえ私は、敵ながらアッパレと呟いたり、ひそかに拍手をしたものだ。とにかく早慶戦の行なわれる土曜日曜は、慶應病院の多数の医者がいなくなってしまうので、急患で重症の人は他の大学病院なりに行ったほうがよいと思う。

入局して二年目になると、自分がオーベンとなり、フレッシュマンのネーベンがつく。かなり閑ができる。

ところが私のネーベンは、クマさんというやはり変り者の小男で、私がN先生の好意を真似て、彼の書いたカルテを調べ、

「君、ここのドイツ語は……」

と言いかかると、クマさんは、

「先生、ぼくは忙しいですから、先生が直しておいてください」

とか言って、チョコチョコと走り去ってしまう。

週一遍、教授回診が行なわれる。ぞろぞろと医局員たちが金魚の糞のごとくついてまわる大名行列である。顕微鏡ばかり覗いているN先生は、私が慣れてくると自分の受持患者はすべてネーベンの私にまかせ、珍しい病人の場合にのみ立ちあった。

私もフレッシュマンの初めは教授回診についてまわったが、やがて飽々して受持の患者のときしか行かなくなった。図書室で本を読んでいると、看護婦がとんできて、

「先生、何を愚図愚図してるんです。もう○○さんの番ですよ」

そこで慌ててすっとんで行って、辛うじて間に合い、教授にその後の経過を説明する。受持患者は何名かいるから、そのたびにマラソンをしなければならない。

フレッシュマン時代に印象に残った患者さんのことに触れてみよう。

一人はヒステリー性格の女性で、なかなかの顔立ちをしていた。一見何ともない女である。ところがその夫の話を聞いてみると、ふだんはおとなしいのだが、夫が外出したとなると第六感で彼の所在をかぎつけ、疾風のごとくそこへ駈けつけるそうだ。そして血相を変え、

「あなた、何をこんなとこで酒なんか飲んでいるのです？　すぐ帰らないと、あたしは海

に飛びこみます!」

　と金切り声をあげる。

　夫は何も浮気をしているわけではなく、商売相手と酒を飲んでいるのである。そこで男の体面上、

「そんなら海へ飛びこめ」

　と言うと、彼女は裸足のまま駈け出して、本当に海に飛びこんでしまう。そして沖へ沖へと泳いでゆくというのだ。

「私としては商談で酒を飲んでいるのに、ほっておくこともできず、そのたびに舟を出して救ってくるんです。その費用だって大変です」

　と、善良そうな夫はしょんぼりと語った。

　N先生は、私が彼女をヒステリーではなく、ヒステリー性格と診断したことに対し、

「うん、それが正しいね」と言ってくれた。ちなみにヒステリーと言われると、人はなにか侮辱されたように思う。それゆえ医者は、ヒステリーの頭文字の二文字をとってそれをドイツ語読みする。患者にはなんのことやら分からない。

　また戦争中、帝国陸軍では軍人にヒステリーがあってはみっともないから、臓騒病という日本語を使った。古代ギリシャからヒステリーは子宮が動く病気とされていたから、こ

れはあんがい上手な訳語だったかも知れない。生命が外界からの危機にさらされていると、ノイローゼはごく少なく、戦争神経病がほとんどであったが、この大部分はヒステリーである。逆に平和の時代では、人間は自己を甘やかしたり攻撃したりするものであるから、ノイローゼが極めて増えてくる。

ともあれ、こういう女性は、とにかくかまって貰いたいのである。医者にも甘えたがる。

彼女は病棟の玄関先でいつも遅れて出勤する私を待ち受けていて、

「ああら、センセ。ずいぶん遅いのね」

と言うのが常であった。

この「ああら、センセ」という声は、いかなるバーのベテラン・ホステスより甘ったるいのである。こういう女性をバーが雇えば流行(はや)ることであろう。

「センセ、あたしのところにはちっともまわっていらっしゃらないのね。今日はお話をしたいわ」

なにせ毎朝のことであるから、私も閉口して、ついには裏口から出入りをせねばならなかった。

彼女にどんな治療をしたかはもう覚えていない。多分気休めの薬と口説療法(ムント・テラピー)だけだったと思う。彼女はいつしか退院して行ったが、その後のことは不明である。夫が彼女をどう扱ったかで決ることだったろう。相変らず夫が不在の日が多ければ、またたび海に飛びこんでいたかも知れない。

鬱病患者に自殺されたこともある。それは私が外来から医局へ帰ってきて、掲示板の自分の欄にその名前が書かれていたので、ああまた一人受持が増えたなと思いながら、昼食の弁当を食べていたときのことであった。

看護婦が駈けこんでくるなり、

「患者(クランケ)が首を吊りました！」

と叫ぶので、すっとんで行くと、病棟の個室の壁にその男がぶらさがっていた。と言って、足は床についている。同時に駈けつけたN先生やインターンたちと、壁の鉤(かぎ)にかけられたベルトを外し、その重たい身体を床に置いた。すでに瞳孔反射もなかった。ロベリンを射ち、カンファーを心臓に射ったが、もはや手遅れであった。

その妻が狂乱の態(てい)で、

「内緒にしてください！　自殺だということは隠してください！」

とわめくので、無理矢理に彼女を押しだしてドアを閉めた。

そのあと、インターンたちと代る代る人工呼吸を一時間続けた。無駄だとは分かっていても医者の義務である。「もうやめよう」とN先生が言うまで続けた。その頃になって教授も顔を出したが、ふたことみこと説明すると黙って去って行った。

　その付添っていた妻がいけなかったのである。鬱病の特徴の一つとして、罪業念慮（ざいごうねんりょ）というのが起こりがちだ。つまり無力で駄目な自分の存在が、家族や会社に迷惑をかけているという罪悪感である。それが高ずると、いっそ自分なんかこの世にいなくなったほうがいいと思いこみ、自ら生命を絶つということになる。それもほとんど口もきけないほど無気力だった人間が、信じられぬような巧みな手段で自殺を果たしてしまう。

　それゆえ、鬱病患者が入院した場合、付添は一刻たりとも目を離すなと命じるのが鉄則だ。看護婦たちもこれをよく知っていて、その妻によく注意していたのである。それなのに、夫がベッドで寝こんでいるようなので、彼女は買物に出かけてしまった。その留守に自殺が行なわれたのである。

　壁の服などを吊るす鉤と、患者の背の高さとが同じようだったので、どうして首が吊れたのかと私は不思議に思ったが、彼はそこにズボンのベルトをかけ、首に巻き、少し離れたベッドから飛びおりた反動で見事に縊死（いし）をとげたのであった。

　医者としてはとても助からぬ重病患者の場合は諦めもつくが、このように自殺されると、自分の責任ではないもののやはり心が痛む。鬱病はほとんど治し得るからである。ただ本人は絶対に治りっこないと思いこんでしまう。

鬱病者を見舞うにしても、素人はその辛さが分からないから、むやみと励ますのもいけない。たとえば家でその妻が、

「あなた、そうゴロゴロ寝てばかりいないで、少しは働いてください」

と言うのや、会社の同僚がやってきて、

「なんだ君、休んでいるからよほど具合が悪いかと思っていたが、顔色なんかとてもいいじゃあないか。どこも悪そうに見えないな。そろそろ会社に出ろよ。みんな君を待っているんだ」

などと言うことは、鬱病者にとっては針の筵(むしろ)に坐らされるように辛いことなのである。

鬱病だけの場合も多いが、躁鬱病の場合は周期によるものだから、時がくれば必ず元気になれるということを心に刻んで欲しい。最近は部長鬱病、課長鬱病などと素人に分かり易い用語がむやみに使われるが、これはまだ未熟なのに役職につかされてその重圧に堪えかねて起こるもので、反応性鬱病と呼ばれる。これはもっと治り易いものだ。一方、外界に左右されず躁鬱になるのを内因性と呼び、遺伝も関係しているから一時良くなってもまた起こるものだが、今は良い薬もできているから少なくともその期間を短縮することができる。

斎藤茂吉も医局時代に患者に自殺されて、次のような歌を詠んだ。

自殺せし狂者（きやうじや）の棺（くわん）のうしろより眩暈（めまひ）して行けり道に入日（いりひ）あかく
泣きながすわれの涙（なみだ）の黄（き）なりとも人に知らゆな悲しきなれば
鴉（からす）らは我（われ）はねむりて居たるらむ狂人（きやうじん）の自殺（じさつ）果てにけるはや
死なねばならぬ命（いのち）まもりて看護婦はしろき火かかぐ狂院のよるに

その頃は電気ショック療法もろくな薬もなかったから、彼の悲哀もひときわ強かったものと思う。

慶應病院には特別病棟という立派な部屋のある一棟があり、金持が多く入院していた。私は言葉が丁寧なので、あまりガクがなくとも教授から命じられてこの特病（こう医者たちは呼んでいた）の患者をも受け持たされた。

或るとき慶應の外科の教授が鬱病になって入院した。私が回診に行くと、実にかぼそい声で、

「君、ぼくのは特殊ケースだから、治療しても無駄だよ」

と言う。

教授であるからもちろん躁鬱は循環するものだと知っているのだが、いざ鬱病になるとこういう具合になってしまうものなのだ。まだクロールプロマジンができる前だったので、電気ショックを一クール（七、八回）かけたところ、たちまち元気になって元の威張りくさった教授さまに戻ってしまった。あれは治してやらぬほうが良かったかも知れない。

私は大鬱になって呼吸をするのも苦しい状態も体験した。自律神経の失調も起こし、下痢をしたり便秘をしたり、或いは急に暑くなったり逆に寒けを覚えた時もあった。しかし、どんな鬱でも時期がくれば必ず治ると確信してじっとしている。これを私は虫の冬眠と称している。これだけは世間の人は私を見習っていただきたい。なにしろ精神科医にして、同時に患者でもあるこの私が言うことなのだから。

また私は躁になってもちゃんと病識がある。けれどもいくら自覚しても言動にやはり異常を呈することが多かった。しかし長年躁も鬱も体験してきたから、最近の私は躁になっても仕事を第一としている。

前は作家なんかくだらぬから実業家になってやろうと、「カラコルムの氷河の石ころの缶詰」「肺癌を防ぐ富士山頂の清浄な空気の缶詰」「死海の塩水の缶詰」などを売りだそうと本気で計画したこともあった。

後者はもっとも儲かると妄想したもので、つまり「この死海の水を風呂に入れれば身体が浮きます」とレッテルを貼っておく。すると人々はそれは面白かろうと、みんなその缶詰を買いこむ。風呂に一杯塩水を入れるには、かなりの缶詰を買わねばならぬ。私が死海を見に行った時は冬だったので、泳ぐことはしなかったからどのくらい浮くか知らないが、とにかく塩分の濃い水だそうである。これも実は死海に行って汲んできた塩水でなく、ただの水に塩を入れたものなのだ。これこそボロ儲けできるぞと得意になって遠藤周作氏に、

「ぼくは作家をやめて、実業家になるですぞ」

と放言したら、

「何だって？　ああ、失業家か？」

と答えられ、なんだかガックリきて、この珍案を放棄してしまった。

人は躁になると意気軒昂となり、意想奔逸と言って一時にあれこれのことが頭に閃き、いろんなことに手を出すので失敗することのほうが遥かに多い。この私も株をやたらと売買してアッパレ破産してしまった。

だが、今の私は、悪性躁病、良性躁病という分類法を用いている。これは全世界のいかなる教科書にも載っていない用語だ。願わくはこの私、並びに躁の皆さんがなるたけ良性であらんことを！

フレッシュマン時代、アル中患者を受け持ったことがある。まあアルコール依存症で大酒を飲むため、奥さんが無理矢理病院に連れてきたのであろう。

当時、或る薬を飲ませ、次に酒を飲ませると極めて気持が悪くなるため、ついには酒をやめるという方法も行なわれていた。私は教授命令でこの療法をやることになった。

「どんな酒がいいです？」

と、治療法を説明してやったのち患者に訊くと、

「日本酒。それも先生の言うように最後の酒になるかも知れないから、特級酒の一升びんがいいですな」

と言うので、私は内心大いに喜んだ。ふつうの例では、二、三合も飲めば気持が悪くなってしまうから、残った酒は自分が飲めると考えたからである。

ところが彼は二合飲み、三合飲んでもケロリとしている。

「どうです、そろそろ気分が悪くなってきたでしょう？」

「いや、何ともない。やっぱり酒はうまいですな。もう一杯コップにください」

見る見る大切な酒が無くなってゆくので、私は周章し、

「もうやめたほうがいいですよ。あとで本当に気持が悪くなって吐いたりしますから」

「いや、何ともない。実にうまい。やっぱり酒はいいものですな」

とうとう彼は一升びんを空にし、そのままいかにも気持良さそうに寝こんでしまった。私は情けないような気持でその場を去った。その特殊な男がその後どうなったかはもう覚えていない。

しかし、このような治療法はいけないのである。危険を伴うこともあるし、一時禁酒しても必ずまた飲み始める。現在でもこの種の薬は発売されているが、やめたほうがよい。なだいなだ君は久里浜病院に勤めていたときは、白衣を脱いで医者らしからぬ姿をしていたそうだ。そして、患者たちに集団会話療法とでも言うべきことをやらせた。これは患者がそれぞれの体験をお互いに語りあうという方式である。それも医者が命じたりしてはいけない。それゆえ、なだ君は自分は立会わずに患者たちに勝手に話させていた。そのうちに患者同士の間で連帯感が生まれ、自分も酒をやめようという意志を奮い起こさせる。もちろん開放病棟だから、中には患者が勝手に外出して酒を飲んでくる場合もある。けれども、この方法が今では欧米でもっとも多く行なわれている様式なのだ。

いくら酒をやめろやめろと説教したって、決して良くなるものではない。私だったら、もし禁酒を命じられでもしたなら、たとえ檻に入れられていようとも、バリバリッとそれを押し破って、看護人などは殴り倒し、前よりももっと大酒を飲むことだろう。

自分で自分を治そうと意志することが、どんな病気でもいちばん肝要なことなのだ。

第八章　留学を思いたつこと

私は入局した頃から、いずれはドイツに留学したいと思っていた。

当時、アメリカに長く留学していたアイバ先生という早稲田の心理学者がいると兄から聞いた。そこで、彼にどうすれば留学できるかその方法を知りたいと、長い手紙を書いた。私は留学している学者という者は大変に偉いものだと思いこんでいたから、航空便用の封筒を用いず、上等の封筒に何枚もの便箋を入れて送ってやった。

その返事がきたかどうかも覚えていないが、とにかくアイバ先生はそのあとチュービンゲン大学に一年ほどいて帰国し、慶應神経科に入って講師となった。なにせ長い留学生活を送ってきた男だから、私は初めのうち先生と呼んでいた。

しかし、非常に気さくな人柄で、講師のくせに若い医者をも友達あつかいにするので、私も親しみをこめてアイバちゃんと呼ぶようになった。

アイバちゃんは前述の私の手紙についてこう言ったものだ。

「ぼくは君の手紙を見たとき、びっくりしたんだよ。だって封筒じゅう切手だらけだろ。こんな馬鹿に留学なんかされたら、日本の恥になると正直のところ思ったよ」

そのアイバちゃんは、だらしのないところもあって、いっそう親愛感を抱かせた。

彼が帰国したのは昭和三十三年だったから、時代もかなり良くなったのだろう、私たちは新宿のアルサロにも飲みに行くようになっていた。

アルサロとはとうに廃れてしまった言葉だが、アルバイト・サロンの略で、その大きな店に大勢いる女の子はみんな素人だと称したものだ。「ビールを両手でつぎます」というアルサロの広告を見たこともある。つまりプロの女性ならビールも片手で客につぐが、うぶな素人娘だからビールも丁寧に両手で持つという意味なのであった。だが、それは嘘っ八で、女の子たちはみんなプロだったのが真相である。

私は安いアルサロに行っても、まだ金がなくてピイピイしていたから、女の子が勝手にビールを自分のコップについで飲みだすと、それ以上飲まれては堪らぬから、彼女を必死になってダンスに誘い、なるたけビールを飲まれぬように心掛けていた。その新宿の大きな店には何十人という女性がいたが、なにしろ安いことを売物にしているアルサロであるから、御面相の良い女などいようはずもなかった。

だが或る夜、私はついに好みの顔立ちのほっそりした小柄な女の子を見つけだした。それからというもの、店に行くと必ず彼女を指名した。その店では女の子に源氏名でなく、数字の番号をつけていた。誰かが女を指名すると、「四十八番さーん、お呼びです」とアナウンスされる。いかにも味けなかった。私の彼女は七十五番かで、せっかく好青年の私が指名料をとられるのも覚悟して呼んでやっても、一向に私になびく気配さえなかった。こんな侮辱を受けたのは、わが女房さまとこの七十五番とのただの二人きりである。

そのくせ彼女は、のちに私が芥川賞を受けたら、どうして分かったのか電話をかけてきて、別のバーに移ったから来いと言う。仕方なしに出かけて行くと、彼女は出世していてかなり高級なバーである。そしていやに優しい声を出す。女という者はどうしてこうも豹変するのだろう。癪に障ったから、水割を一杯だけ飲んで、「もうこんな高い店には来ん」と言って帰ってしまった。先に『航海記』を出版できたので、もう金には困らなくなっていたのだが、生来のケチ根性は抜けなかったのであろう。

しかし七十五番という名は忘れなかったらしく、同人誌時代に書いておいた「三人の小市民」のうち「魔王」で、この七十五番という名を使用した。この主人公は私のごとくこの世のすべてにつかぬ不幸な男である。いつもヘマをやらかして会社を首になる。また新しい会社に勤め、ロッカーに一つきりのレインコートだの傘だの貴重品を収いこみ、盗まれては大変とわざわざ南京錠を買ってきて厳重に鍵をかけると、鍵も内部に入れてしまったので、もはや開けることができぬ。最後にうらぶれてパチンコをやりだすと、見る見る玉は減ってゆく。ついに彼はこう考える。

「これまでおれは何をやってもどうせ駄目だろうと信じこんでいた。初めから自分を見捨てすぎていやしなかったかな。そして果たしてそのとおりになってしまったものだ。だが待てよ、これを逆の立場になってみたら？　そうだ、おれは狼になってやるか？　強者になってやるか。おそるべき暴君で、どえらい顔役なんだ！　皆の者、下におろう―」

生まれて初めて強気になった彼がふたたびパチンコをやりだすと、見よ、入るわ入るわ、たちまち玉は受皿に溢れだす。そのうちいくら玉を打っても玉が出ないので、「オーイ、七十五番、玉が出ないぞう！」と叫ぶと、機械の裏手から女の子が首を出し、「お客さん、この台はもう打ちどめです」と言われる。とにかくパチンコの台に七十五番を使用したのは、やはり贔屓であった彼女が忘れられなかったためであろう。

この掌篇の最後の結末は、あちこちの台を打ちどめにして山のような玉をかかえた男が、店の商品すべてを奪い去ろうと有頂天になって歩きだすと、いくらかの玉がころげ落ち、それを拾おうとする者もいる。とうに大魔王に変身してしまった彼は、「うぬッ、けしくりからんコソ泥めが！　もったいなくも魔王さまの獲得した玉をかすめようとしているな。うぬッ、そうはさせんぞー」と相手に摑みかかろうとすると、せっかく獲得したすべての玉が床に散らばり落ち、哀れな男はその無数の玉に辷って転んで、叩きつけられた蛙そっくりに、手足をばたつかせながら、ものの見事にひっくりかえるのである。これは私としては珍しい私小説と言ってもよい。

ともあれ、そのアルサロにアイバちゃんと、ちょうど慶應病院に留学にきたヴェントさんというドイツの女性心理学者を案内して行ったことがある。すると用心棒らしき男が、

「女は入れねえよ」

と、突っけんどんに言った。

アイバちゃんは警視庁の心理学部の顧問のような仕事もしていたので、

「おれは警察の者だ」

と凄んでみせたが、

「へ、なにが警察だよ」

と、てんで相手にして貰えなかった。

別の夜、またアイバちゃんと私と若手の二、三人でそのアルサロへ行くと、彼はビールを二本飲んだだけで酔っぱらって寝こんでしまい、みんなでかかえるようにして起こして

帰るのに苦労したこともある。

ところで、インゲボルク・ヴェントという女性が慶應神経科にやってくると聞いたとき、私は例によってマンの『トニオ・クレーゲル』を思い出した。少年のトニオが惚れる金髪碧眼の少女がインゲボルクなのである。インゲというからにはきっと可愛い女性であろうとわくわくしていると、やってきた彼女は私より背が高かった。

だが、日本人の背が低すぎるのである。外国へ行くと、小柄な日本人はのびあがらないとオシッコができぬほど下が高いトイレもある。

いつぞや水野晴郎氏と対談したとき、

「オードリー・ヘップバーンはなんとも可愛い。彼女と結婚したいです」

と言ったら、

「北さんよりずっと背が高いですよ」

と言われ、小柄な女性が好きな私は泣く泣く結婚を諦めた。共演する男優の背がもっと高いから、彼女が小柄に見えたのである。もっとも若き日の美青年に引きかえ、白髪だらけの妊娠した蟇蛙のごとき御面相になってしまった私が彼女に会いに行ったとしても、結婚どころか下男にもしてくれなかったことであろう。

ヴェントさんが日本に来て、まずびっくら仰天したことは、いやしくも大学病院なる建物のトイレに男女の区別がなかったことである。彼女がトイレに入っていると、そこに教授がノコノコやってきてオシッコをしている。嫌でもその姿を見なければならない。恥ずかしくて困ったとのちになって述懐したものだ。

私はヴェントさんと交際しているうち、ドイツ語が上手になり留学するにも便利だと思ったものだが、彼女はドイツ人特有の頑固さで日本語を一所懸命に勉強したので、ほどもなく日本語で話したほうがずっと話が通じ易くなってしまい、私の目算は当てが外れてしまった。

ヴェントさんは優しい人だったが、いざ議論を始めると絶対にゆずらない。日本人ならたいてい疲れはてて折れてしまうものだが、それこそ徹底的に自説を主張し続ける。この態度は我々も見習わなければならない。

或るとき、二人のドイツのワンダーフォーゲルの若者が医局にやってきた。私とネーベンのクマさんが相手をした。マンの話をしても分からないらしいので、童話くらいなら読んでいるだろうと、ケストナーの「二人のロッテ」と言おうとしたが、原題を知らなかったので「ツヴァイ・ロッテ」と繰返したが、一向に通じない。三分くらいかかって、ようやく「ドッペルテ・ロットヒェン」だと教えられて恥をかいた。

この若者たちを、兄が空いていた病室に泊めてやった。一人のほうはゆったりとした性格で、兄の子供たちにインドネシアの切手をくれたりしていた。もう一人のほうは頭が切れるらしく、たちまちどこかの家とも親しくなり、そこで食事をして夜遅くに帰ってきた。そして呼鈴を押したのだが、私たちはべちゃべちゃ話していたのでその音が聞えなかった。ようやく分かってドアを開けてやると、彼は厳然と、

「ベルが毀(こわ)れている。ハウスキーパーにそう伝えろ」

と言った。

日本人ならロハで泊まり食事をさせて貰っている家に夜ふけに帰ってきたなら、恐縮してペコペコすることであろう。

今の私は断然この態度を真似ている。これから先、威張って外国で乞食をして稼ぐため、もう「地球一の乞食、住所不定」なる名刺も作った。裏には英語、フランス語、スペイン語でそう記してある。世界でもっとも人口が多いのは中国だから、中国語も加えたかったが、彼らは外国へ移住すると華僑となって団結し、母国語ばかり話すから、他の人間には役に立たぬことが多い。ドイツ語はもっと通じない。やはり英語が世界共通語で、次がスペイン語だ。かつてのスペインは強大な国で植民地を作ったから、中南米諸国もスペイン語である。ブラジルだけがポルトガル語だが、これはごくスペイン語に似ているのでスペイン語で話は通ずる。ペルーからアマゾン下りをしてブラジルにやってきた日本人移民た

ちも、そのためなんとか会話に不自由はしなかった。

と言って、私がスペイン語ができるわけではない。なだいなだ君は語学も天才である。フランスに留学中、スペイン人の留学生がスペインの詩を朗読した。その発音のあまりの美しさに驚嘆し、独学でスペイン語まで覚えたのである。

もっとけしくりからぬことに、なだ君は、

「イエローはやっぱり相手にされないよ」

と言っておきながら、実はフランス人の恋人がいたのだ。彼女は帰国したなだ君のあとを追って日本にやってきて、結婚をばしたのである。

ただこのルネ夫人は、ずっと日本におりながら、家では夫とフランス語ばかりしゃべっているので、何時まで経っても日本語を覚えなかった。

何を言っても、

「そうですねえ」

と答える。

実に三、四年経っても、

「そうですねえ」

の一点張りである。

ルネさんが頭が悪いというのではない。彼らの四人の子供たちはいずれも知能抜群だ。なだ君が必死になってなんとかして男の子を産みたいと望んでも、こればかりは彼のガクの及ぶところでなく、みんな女の子である。しかし、みんな愛くるしい美女ぞろいだ。私の娘が幼い頃、彼の山小屋へ遊びに行くと、同年輩の彼女らは、お化けごっこをして娘を喜ばせてくれたものだ。そんな彼女たちも今はみんな外国人と結婚してしまい、一人は医者としてアフリカへも渡り、一人は数学者としてフランスで統計学の講義をしている。あとの二人はフランスの大学で日本語を教えている。

とにかく混血というものは人間をより美しくするし、また知能も高まるものだ。古代は別として、日本人ほど単一な民族は世界にないであろう。私もなんとかして娘を外国人と結婚させたいと思っていたが、株で破産して以来、娘を外国へ長くやる費用もなく、とうとう日本人と結婚してしまった。

ともあれ、私がドイツに留学したいという気持はずっと変りはなかった。そこでリンガフォンのレコードを買ってきて、一所懸命ドイツ語の発音を覚えようとした。あの頃が私がドイツ語がいちばんできた時代であったと思う。今は懐かしい精神科用語すら忘れてしまっている。

留学したいと念じたのは私一人ではない。私の同僚のS医師もクマさんもアメリカへ留学したいと念じ、二人して共同出費して沢山の手紙を刷り、闇雲にあちこちの病院に発送した。しかし、ほとんど返事は来なかった。Sさんはついに諦めた。

しかし、ちっともカルテの字を直さぬクマさんはあんがいねばり強かった。彼がそういう願望を起こしたのは、横須賀のアメリカ人軍医と会ったとき、

「君たちは無給なのか。気の毒なことだ。アメリカじゃインターンでも金が貰える」

と言われたのが原因であったらしい。

私もその軍医と慶應神経科に留学してきた台湾の中国人の家で、アイバちゃんとクマさんと一緒に会ったことがある。アイバちゃんはそもそも英国生まれで、おまけに長くアメリカに留学していたから、英語はペラペラである。日本人は少し言葉を話せても、より達者な人がわきにいると、どうしても黙りがちになる。かく言う私もその一人であった。ところがクマさんは、アイバちゃんがいるのに、平気で懸命にしゃべっている。聞いていると、私よりはマシだがやはりヘンテコリンな英語である。あとでアイバちゃんが、

「クマの奴はなかなか偉い」

と言っていた。

やがてクマさんは、ついにカナダの病院から来てもよいという通知を受けとり、貨物船に乗って遥かかなたの国カナダへと渡って行ってしまった。そして薄給で懸命に働き、医

師の資格をとってからどこかへ勤めようとしたが、やはり差別されて、よいポジションはみんな他の外国人に取られてしまう。途方に暮れていると、あたかも「赤毛のアン」の島プリンス・エドワード島の精神病院で医者たちがストライキを起こした。患者に出す卵が小さいとかというつまらぬ理由で、実は自分たちの給料の値上げを狙ったのである。島は大きいが医者は少ない。当然自分たちの要求を呑むだろうと高をくっていると、あにはからんや州当局は強気に出、全員を首にしてしまった。

その医者のいなくなった病院へクマさんは乗りこんだわけである。日本でこそ憧れの的である「赤毛のアン」の島も、しょせんカナダでは辺鄙（へんぴ）な島である。そんなところに勤めようとするカナダ人は少なかった。それゆえ、クマさんが着いたとき新たに雇われた医者は、アメリカ人、スペイン人、フランス人、他の小さな島にいたカナダ人、いわば外人部隊、落ちこぼれ部隊であった。おまけにみんな慶應神経科に似て変人ぞろいである。その中で暮したチビ助の苦労を想像して頂きたい。おまけに大きいとはいえ島民の島国根性は争いがたかった。クマさんたちは、島の医者のパーティに招かれたことは一度もなかったという。

クマさんはそれからアメリカへ行き、ついにニューヨーク州立精神病院の医者の地位を得るに至る。

こう記すといかにもクマさんの立志伝のように聞えようが、実はクマの奴、日本を発つとき詐欺同然のことをやらかしていたのだ。そのときクマさんはアル中専門の久里浜病院に勤めていた。彼がいなくなったので慶應神経科から後任者が赴任すると、待てど暮せど月給が出ない。クマが前借りをしてしまったからである。その医者はおとなしい男で、年末のボーナスが出るまでじっと我慢をしていた。ところがそのボーナスすらも貰えなかった。クマさんはボーナスまでを前借りして雲隠れしてしまったのだ。

しかし、私はクマさんのことを悪くは書けない。初めてアメリカ本土へ行ったとき、ニューヨークでは彼のアパートに転がりこんで世話になったし、プリンス・エドワード島での体験談を『酔いどれ船』の一章に利用させて貰ったからである。

その頃のクマさんは威張っていて、私のことを「お前さん」と呼んでいた。自分のことは「おれさま」と言う。

「お前さん、マンボウなんて名乗ったって、外国じゃ一文も稼げんぞ。それにおれさまはドクターだ。こちらでドクターというと偉いんだぞ。お前さんは屑籠をあさって雑誌だの新聞などを拾ってくるが、それじゃあまるでバタ屋だ。おれさまの友人だとアパートの門番は知っているから体裁が悪い。バタ屋だけはやめてくれ」

州立精神病院を見学に行ったときも、看護人に命じて一人のイタリア人の患者を呼び寄せ、更にアメリカ人を呼び寄せ、なにやらイタリア語らしき言葉を口にしたので、私は彼がイタリア語も覚えたのかとびっくらした。しかしそれは患者の名にすぎず、イタリア語の分かるアメリカ人患者を通訳として呼びつけたのであった。だが、彼はこう威張るのだ。

「どうだ、おれさまは偉いだろ」

その通訳をしたアメリカ人が実は躁病患者であって、私が帰ろうとすると、

「待て、待て、待て、待て、待て！」

と大声を出すので、何事かと思って彼のベッドへ行くと、

「おれはすばらしいヌード写真を沢山持っている。見ろ、見ろ、これがメェリン・モンローだ。こっちはグレイス・ケリイだ。どうだ、凄いだろ」

見ると新聞や雑誌のちゃちな切抜きで、「プレイボーイ」のヌードのほうがよほどましであった。アメリカのそれはむろんヘアつきである。しかし、私はヘアを見ても少しもコーフンはしない。学生時代、産婦人科の実習で、女のあそこは実にババッチイものだと痛感した。しかし、恋する者のそれはいとしくも思われる。愛というものは、聖なるものであると共に、それだけ人を盲目にさせるものなのだ。ましてグレイス・ケリイはただの顔写真だけである。

私が呆れて去ろうとすると、また、

「待て、待て、待て、待て！　これはアイクだ。こっちはマッカーサーだ。どうだ、おれは偉物をみんな知っているだろう」

最後に彼はこう言った。

「おれは病気なんかじゃない。退院したいからおれの弁護士を呼べって、あの日本人の医者に伝えてくれ。いいか、忘れるな、弁護士を呼べってな！」

大部屋の住人でうす汚いパジャマ姿の彼が、自分の弁護士なんか持っているはずがない。そのとき私は鬱気味であったから、別に彼とそれ以上話をしなかった。だが、躁になるとどういう訳か躁病の人の手紙やら電話やらがかなりくる。どうも躁病同士は共鳴するらしいので弱る。手紙ならまだよいが、電話は困る。際限もなく長話をするからだ。そこで女房のいるときは、私は決して電話には出ない。

「北はもう医者をやめて長くなりますから、新しい薬などのことを知りません。専門医へ行かれたらどうでしょうか」

と言わせることにしている。

私はその州立精神病院で、ＬＳＤの中毒患者の実態を見た。彼は担架に厳重に縛りつけられ、更に看護婦が付ききりで監視をしていた。ＬＳＤ中毒者は幻覚などに襲われ、窓から飛びおりたりもするからである。この薬は初め分裂病の治療薬としてカナダで開発されたものだ。ところが時が経つにつれ、もっとも危険な麻薬の一つとなっている。このドラッグについてのペーパー・バックが沢山あるが、とにかくアメリカにはリアーリというLSDの信奉者がいて、美しいメロディが聞こえるだの、夢のような風景が目に浮ぶだの、LSD讃美の本を出したため、LSD中毒者が続出した。

麻薬というものは本当にこわい。マリファナだけは私はアメリカで試してみたことがあるが、あれはなかなか面白いものである。日本文学研究者と、その友人の作家志望者だがぜんぜん小説を書かぬアメリカ人との三人で、交互に喫っているうち、みんな眠りそうになったかと思うと、一人が急に笑いだすとみんなが一斉に笑いだす。マリファナは煙草より害がないという学者もいて、州によっては解禁になっている。

しかし、皆さんはマリファナにしろ決してやってはいけない。なぜなら麻薬というものは、より強いほうへと必ずエスカレートしてゆくものだからである。覚醒剤にしても幻覚や妄想を起こす。日本が麻薬に厳しいのは立派なことだ。だが、世界でもっとも物騒な国とも言われるコロンビアがコカインなどの密売を日本の暴力団などと提携して狙っているから、くれぐれも注意して欲しい。コロンビアは私が行った頃は、エメラルドの産地として、密貿易の盛んな国として、暴力スリの多い土地として知られる、まだ比較的おだやかな世界だったが、近頃は麻薬にからむテロの爆破事件が頻発している。

麻薬といえば、私がまだ医局の初期の頃、その一種を医者たちが自分で人体実験をしたことがあった。兄の医院の副院長がこれを飲んだ。すると極めてのんびりとなってしまい、のんびりと患者に質問し、のんびりと患者の話を聞いているので、一人の患者に果てしなく長くかかるため、待合室が満員になってしまった。

だが、それはいいことだ。現在の医者は患者の数の多いためもあって、ろくすっぽ患者に説明をしてくれない人も多い。これは患者のほうも悪い。ただの風邪でも大学病院や総合病院に行きたがる。そのため重病で椅子にかけているだけでも苦しい者も長い間待たされる。

英国などのように家庭医制度がもっと発達すべきだ。ひどい病気でない場合は近所の医院へ行く。そこで検査をして貰って、一般の開業医では手に負えない難病の疑いがあったら、大学病院などに紹介して貰う。そういう掛りつけの医者と懇意になっておくと、家族のことも知ってくれるし、子供が高熱を出したときなど快く往診してくれるようになる。今の私もそのようにしている。

そういう医院が良いか悪いかは看護婦の態度をみれば分かる。立派な医者は看護婦のしつけも厳しいから、看護婦も親切になるものだ。

欧米の医者は看護婦と結婚することがかなり多い。向こうの看護婦は技術も持っているし、医者の助手として立派に勤まる。給料も多い。だが、或る地位を獲得するためには試験もあって勉強しなければならない。日本の看護婦は確かに親切なほうだろう。向こうではシスターと呼ばれる尼さん出の看護婦さんは優しいが、他の看護婦は映画に出てくるように患者を慰めるより、事務的に処理したり、ときには患者を叱りつけることも多いようだ。

かつてのソビエトの看護婦は、私の母が旅の途中、腸閉塞でイルクーツクで手術を受けたとき、見舞に行った兄やその娘が置いていった土産物を、勝手にみんな持って行ってしまったそうだ。世界のいかなる看護婦より気丈な母も、いかんせん手術のあとで身動きもできず、盗まれるのをただ見守っていなければならなかった。私は母の生命を救ってくれたソビエトの医者に感謝しているが、本当は母の手柄でもあったのだ。彼女は前にも腸閉塞を起こした経験があるので、レントゲンなら世界共通語と思い、「レントゲン、レントゲン！」と叫んだ。そのため、ろくすっぽ診察もしてくれなかった医者も、ようやくレントゲン写真を撮って重病を発見したのである。

ソビエトの医者は何かあったとき責任を問われぬよう、患者が訴えることをカルテに綿密に書きこむ。ようやくカルテが完璧に仕上がると、次の患者を呼ぶ。とにかくカルテばつかし必死になって書いていて、ろくすっぽ説明もしない。ロシア共和国となった今でもおそらくそうであろう。医者の給料が炭鉱労働者の何分の一であるから仕方がないことかも知れない。アメリカでは手術を要する患者には二人の医者が立ちあう。誤診を防ぐためである。

日本のアレルギー体質の患者など、その薬について滅法くわしい。中にはこういう薬のほうがよいと医者に指示する者までいる。あれはやめて欲しい。同じ薬でも製薬会社によって名前が異なるから、続々と出てくる新薬の全部を医者は覚えきれるものではない。

私は、昔は大変人だったが今は偉い医者になっている同僚のＮＡ医師に薬を貰っているが、鬱病の新薬を与えられてもその名も聞かずどういう薬かも聞くことはない。今はもう自分が患者だとちゃんとわきまえているからである。おとなしく彼の言うことだけを聞く。我ながら何という立派な精神病者であろうか。

さて留学を志した話に戻るが、まず「文藝首都」に載せたエッセイを記そう。それまでの私は『幽霊』のごく一部を除き、あまりユーモアものを書かなかったが、これが初めてのユーモアものである。のちに『あくびノオト』に収めたものとはごく少し異なる。

「人われを白痴とよぶ」

私はつい最近、この私が、今や完全に劣等生の極印を押されていることを発見し、慄然としたのである。このたび私は独逸留学生試験をうけ、書類選考で落とされた。実を申せば私は大学の成績が大変にわるく研究論文が皆無に等しいので、これだけなら文句は云わないが、まず私の話を聞いて頂きたい。

私は小学校の頃、——一中などの入学率に於て日本一の小学校だそうだ——体操、唱歌などといういかがわしい課目もあったゆえ、一番でこそなかったけれど学課では誰にも負けないつもりであった。四年生になった頃は、習った範囲では一中などの入試問題があまりにたやすく解けてしまうので、このままで行くと日本の頭脳などと云われるようになり、外国のスパイ団に暗殺されるのではないかと危惧したものである。

幸い六年生になるとき半年にわたる大病をしたので、私は一中に入らず私立の中学にはいったが、それでも保高先生が只今連載中の小説で「一流中の一流」と書いておられるその学校で(正直のところ私はこれを読んでギョッとしたのであって、私の印象ではとてもそんな学校とは思えぬ)、体育、教練などという不埒な課目もあったゆえ、一番でこそなかったけれど、やはりれっきとした優等生であった。このような事実は近頃では誰も信じないことであるからぜひとも書きとどめておかねばならない。

高等学校に入ると、旧制のそこでは成績のよいなどということは屈辱的なことであったゆえ私は並々ならぬ努力をし、必ず落第会議に名をつらねるようになった。といっても、寮にいた連中には百点満点で独逸語三点数学八点などという豪の者がざらにいたので、私はなお頭角を現わすというには至らず、どんなにできないふりをしていても、どこかでは秀才視されざるを得なかった。今から思うと私の名が落第会議にもちだされたのは主として出席に関することであり、私は教務課の女の子を脅迫して常に出欠をごまかしていたにもかかわらず、それでも定められた出席日数に達しなかったのである。

大学にはいってからは出席日数などというものはないので、私はいよいよ才能を発揮しはじめたが、私が一年も遅れぬばかりか、落とされた学課がたった二つであるとは驚くべきことと云わねばならない。私は入学した頃の一カ月をのぞき、以来四年間に講義にでてノートをとったことがただの一回もない。文科などと違い、医学部のことである。私は友人などが遊びにこられぬよう、大変とおい街はずれに下宿していて、昼近くに弁当とピンポンのバットをカバンに入れて下宿を出、瞑想にふけりながらゆるゆると学校につき弁当を食べ、ピンポンをやってから再びゆるゆると引返した。それでも私の態度は風格にみちていたゆえ、誰も私のことを優秀な異常者と思いこそすれ白痴あつかいにはしなかったのである。クラスの者がガマ蛙に電極をつないで愚かな実験にふけっているとき、私はたまに幽霊のごとく現われ、教授のようなものしずかな足どりで皆の机をのぞいて歩き、それからガマの一片の肉をもらいうけて下宿に帰って焼いて食べた。

このたびの受験のために私は大学の成績証明書をとり寄せねばならなかったが、これを見ると殆どの学課がCとBで、いくらかのAさえあるが、これも留学生試験のためには大いに不利でこそあるけれど、やはり驚くべきことと云わねばならない。大学在学中、試験となると私はノートは皆無だし教授の顔さえ知らない有様なので、友人の下宿に行って抜き書きをつくるのである。しかも私は極度にノートやインクを無駄にすることを好まなかったゆえ、他の学生の三冊分の大学ノートが、私の覚え書となるとわずか五六頁ですんでしまう有様で、これで六〇点ペースを確保するのは神技というよりほかはない。私の答案は美しいまでに簡潔をむねとしており、たとえば解剖学で「男性尿道」という問題がでた折、私はペニスの横断図をかるいタッチで画き、真中に一本の線をひき、矢印をつけて「この中を通っている」と記しただけであった。しかし他の問題であまりに要点をついた答案をかくので、教授も落第さすわけにいかなかったらしい。私が追試験をうけさせられた二つの学課は、一つは世界的学者某教授の生理学で、見たことも聞いたこともない問題に対し、私はつい高校時代のくせをだして教授を諷刺したお伽話を書いたのでこれはダメ、次回の試験のときはラジオでタイガースの試合を放送中であったからこれもダメ、三回目は口頭試問となり、失語症ときかれたのに対し私は実演をしてみせるつもりで一語も発しなかったのでダメ、四回目には教授の質問とは見当ちがいの答弁をとうとうと述べたものだから、教授はあきらめた表情で、もうよいと云われた。もう一つは婦人科のおそろしいお天気屋の教授の口頭試問で、私はクジをひき損ね（注・この教授は同じ問題でなくクジで学生たちにいろんな問題を与えた）、悪魔にだって答えられぬような問題をひきあてたからである。しかし、くり返していうが私は常に劣等生をよそおっていたにかかわらず、完全には人々の目をあざむききることができなかった。

しかるに近頃、私の勤務している研究室で、私は、役立たずの余計者、ゴクつぶし、居ても居なくても変りないが居ない方がいくぶんマシな男、そんな具合にあつかわれているらしい。私がまぎれもない白痴であることはすでに定評にまでなっている。私が政府交換留学生試験をうけるというだけで、周囲の者はシンガイし、うち驚き、成績書を見てはうち興ずる始末である。さらに腹立たしいことは、このような空気にひたっていると、私自身、これはひょっとすると俺は白痴ではあるまいかという気がしだしたことである。

嘗つて私は頭のよいことをいたく恥じ、なんとか愚か者のごとくよそおったけれど、誰も信じてはくれなかった。しかるに見よ、現在私が頭脳明晰であると称すれば、人はせいぜい憐れむような笑いをうかべるにすぎぬ。何事も極端なことはよろしくない。ここに至って私は激怒したのであるが、私ももはや中年の域に達し、今さら秀才のふりをしようとする気力はない。

昔、中学生の頃、クラスですこぶる出来のわるい生徒が、鷗外漱石などという書物をよんで得意になっているのを見、私は文学というものは頭のわるい者がすることと決めてしまった。さすがにこの考えは年と共におとろえてはいるが、常に私の頭の隅にこびりついていて、恐らく生涯消えることはあるまい。だが今となっては、私がこのような繰言をわめくことができるのも、以前私があれほど軽蔑していた小説などをかく人たちの間だけのようになったらしい。これは驚くべきことである。大変なことである。

私が留学生試験に提出した書類は、ドイツ語をヴェントさんにチェックして貰って直したものであった。先にアメリカ留学を諦めた同僚のS医師の書類はドイツ語を一箇所、教授から直された。教授は怠け者の私がいつの間にか完璧な独文を書いたと思い、びっくら仰天したかも知れない。

しかし、いかんせん私には副論文がたった一つしかなかった。これはオーベンのN先生が、特殊な脳腫瘍患者について私のカルテを参考にし、これに綿密に手を加え書いてくれたものである。私はそれまでに二度芥川賞候補になっていたので、そのことまでも記したものだ。こういう妖しげな医者は日本のために役立つと思わせるためであった。むろんのこと、そんな変てこなことが通用する医学界ではなかったから、見事に落選した。

そのときは、もし書類選考が通って口頭試問を受けられたら、私は法螺がうまいからきっと選考委員らをだまくらかして留学できたであろうと残念だったが、今になって思うと留学できなくて本当に良かった。

もしうっかり留学したりしていたなら、おそらく神よりも偉大な教授になってしまっていたかも知れない。偉くなることは私は大嫌いだ。

第九章　山梨県の病院へ売りとばされたこと

入局して三年目、とうとう私が恐れていた日がやってきた。

それは他の医者たちと同様、教授が山梨県立精神病院の医者が一人いなくなったから、そこへ行けと命令を下したからである。もっとも貧弱な病院らしかった。

否も応もなく、私は渋々トランク一つと柳行李（やなぎごうり）一つを持って汽車に乗った。そのときは何という横暴な教授だろうと口惜しかったが、のちになって考えると彼に感謝せざるを得ない。なぜなら、そこには大学病院ではあまり見られない末期の分裂病患者が沢山いたからである。


到着したその病院は聞きしにまさる古びた建物であった。当時、山梨県はごく貧乏であったからである。しかし、初めは嫌だったのだが、その老朽の建物を見ると私はすっかり嬉しくなってしまった。万事、ババッチイことが私は好きだったからである。

男女病棟には、それぞれ大部屋と中部屋と小部屋が一つずつしかなかった。兇暴性患者などを入れる独房もたった一つである。

それよりも、院長は結核で入院していて、慶應の先輩の医者と二人きりであった。二人きりで、七、八十名の患者を診てやらねばならない。しかし、そのくらいのことはその頃は当り前のことだったのである。

赴任して早々、佐藤愛子と田畑麦彦が、なげいていた私を慰めようとしてやってきてくれた。ところがこれが運の悪いことにつながってしまった。

私は医局と呼ばれる一室で、まず二人に紅茶をふるまった。ところがケチな私は紅茶のティーバッグを替えずに何遍も使っていたので、愛ちゃんがまず怒りだした。

「なによこの紅茶、少しも色がついていないじゃないの！」

しかし、いかにも優しい愛ちゃんは、これから飲みに連れて行ってくれると言ってもくれた。私は大喜びで二人について行った。まず愛ちゃんはキャバレーへ行こうと提案した。私はそれではあまりに二人に悪いと思ったので、まず安酒屋で下地を作ってからキャバレーへ行ったほうが得だと申しでた。昔の私はなかなかに殊勝なところがあったと今更ながら思う。

ところが、貧弱な居酒屋を見つけて安酒をしたたかに飲んだところで、三人とももう酔っぱらってしまい、肝腎のキャバレーではビール一本しか飲めない始末であった。なまじっか殊勝になると損をするものである。

そのあと、女プロレスを観に行ったが、ちっとも面白くなかった。技とてもなかった。あれでは猛女の愛ちゃんが出場したほうがよっぽど強かったであろう。

どこか知らない安宿屋の一室に三人で寝た。夜中に半鐘が鳴ってどこかで火事があったことをかすかに覚えている。翌朝、二人とも北君に奢るのはもう懲り懲りだとか言ってすげなく帰って行ってしまった。

私は病院へ戻ろうとしたが、赴任早々のこととてどうしてもそのありかが分からない。二日酔いの朦朧とした意識の中で、なんだか田圃の中を長いこと歩き、ようやっとのことで病院に帰りつくことができた。そのように古びた病院は町はずれにあったのである。

それから私の孤独な生活が始まった。先輩の医師は多分奥さんと一緒にちょっとした官舎に住み、私は四畳ほどの宿直室で万年宿直を勤めた。ところがその先輩まですぐに結核となり入院してしまったのである。

こうなると私一人で七、八十人の患者の世話をしなければならない。私がまず患者たちのカルテを調べると、慶應病院の綿密なカルテと違い、一、二週間おきくらいに「スタチオネール（変化なし）」と記されている。これにはあきれかえってしまった。つまりほとんどが末期の分裂病患者であったから、前任の医者たちがろくすっぽ診察もしなかったのであろう。

大部分の患者たちが施療患者であった。山梨県は貧乏であったから、予算もごく少ない。大学病院ではいくら沢山薬を与えても何とも言われなかったが、個人病院ではあまり高い薬を与えると、健康保険の審査の際にけずられることもあった。兄の医院でもそうであった。

前任の医者たちは病棟を見まわるだけで、ほとんどカルテもつけていなかったようなので、私は憤慨し、まず看護部屋に一人ずつ呼び出してその話を聞くことにした。すると、ほとんどの患者が幻聴もなく妄想もない。こんな患者は入院させておく必要はないと思ったので、私は数名の患者を仮退院させることにした。仮退院とは、いったん家へ帰して様子を見るということである。ところが一週間もすると、家族がその患者を連れてきて、

「先生、どうもまだ癒っておりません。やはりずっと入院させておいてください」

と言う。

つまり、病院にいるとおとなしくしているが、家へ帰ると我儘になったり乱暴を働いたりするのだろう。迷惑な者は永久に入院させておいたほうが、自分たちは安心できると思

っているのであろう。これにはほとほと私も弱りきってしまった。

クロールプロマジンなどの高い薬を与えようとすると、事務長に、

「こんなに沢山ですか。そんな予算はありません」

と断わられてしまう。

それで致し方なく、ほんの一錠くらいを二、三十人に飲ませることにした。これでは大海に砂糖をまいて海の水を甘くさせようとするようなものである。癒る者も治らない。あのときほど悲しくなったことは私の生涯にあまりない。

それでも医局時代には味わえなかった嬉しいこともかなりあった。

女性病棟の看護婦たちは大変に親切であった。一人の女はまっぱだかになって、自分の尿やら糞やらを身体にぬりたくる。それを叱りもせずに、

「またやりましたね。そんなことしちゃいけないって、もう何十回となく教えてあげたのに」

と言って、二人がかりで水をかけて洗ってやっていた。私は女性のヌードを見たのは、銀行の一室でわくわくして見た実演ショーの一回きりであった。いや、その前に恋人のヌードを見ていたが。もちろん人の好みによるものだが、彼女は顔立ちもえも言われず、その姿態もほっそりとして、それこそ日本有数の美女であった。つまりこのような女性を恋

人にできたのは、あまりにも私が美男子であったからであろう。もっとも中年になってからは、読者から、

「北さんはもう少しいい男だと思っていたら、新聞に出た写真をみてガッカリ致しました」

というような手紙がしきりと来たものだ。

私はこの女性患者のヌードを見ても少しもコーフンはしなかった。あまりにもその顔立ちが醜悪であったからである。しかし、今となってみれば、彼女が哀れでならない。おそらく一生を糞を塗りたくって過したのではあるまいか。私は彼女に何もしてあげられなかった。すべてを優しい看護婦にまかせきりであった。あの糞を舐めておわびをしたいが、今更どうしようもないことだ。

仙台のインターンの頃、よく近くの精神病院へ見学に行かされた。一つは脊髄液をとる注射をする練習で、進行性麻痺患者の痴呆化した者はいくら下手糞に針を刺しても痛がらないという理由からであった。

その病院には、鉄格子の檻のような一室があった。中は藁屑（わらくず）で一杯である。その中から、或いは首、或いは手、或いは足だけ出している患者が十幾人もいたものだ。私はこれではまだピネルが鎖から精神病者を解放する前と同じことだと憤慨し、東京に戻ってから松沢

病院に勤めていた祖父紀一の実子の叔父に訴えたところ、

「あれがいちばんいい方法なのだよ。糞やら何やらたれ流す患者には看護人も手がまわらないからね。松沢でもそうしている」

と言われた。今ではさすがにそういうこともなくなっていることだろう。

私が今いちばんやりたいことは、日本一の松沢病院へ体験入院してみることだ。もちろん大部屋である。そして葦原将軍のごとく牢名主となり、威風堂々大日本帝国一番の患者になってみせる。べつに威張るわけではなく、精神病者のボスにはなってみたい。チンピラ医者がやってきたら、

「先生、その患者さんのは誤診ですよ。分裂病じゃなくて、混合精神病（ミッシュ・プシコーゼ）ですよ。それに先生の与える薬はときどき間違っていますよ」

などと言ってやりこめてしまう。

そうすれば私はますます他の患者たちから崇められるであろう。噂を聞きつけた大勢の見物人がやってきて、みんなが貢物をくれることであろう。それらを飲み食いし、余ったものは他の患者に分けてあげる。大部屋の安い入院費くらいは貢物でまかなえる。

私は吉良上野介のごとく、貢物にはごく弱い。いつぞや小さな雑誌から対談を頼まれて会場に着くと、自動販売機に「元気ハツラツ何とか」という栄養ドリンクの瓶が見つかっ

た。私も元気ハツラツになってやろうとして百円玉を入れようとしたら、親切な社長が自分で買ってくれた。私は感激して、たった百円の「元気ハツラツ」で、ついその雑誌にくだらぬ連載エッセイを引受けてしまったものだ。

とにかく、松沢病院では大混乱を巻き起こす始末に困る私という大精神病者を独房へ監禁させようと、屈強な看護人たちを幾人も差しむけることであろう。そしたら私は、

「皆さんは毎日々々、いや毎晩々々、患者さんたちの世話をしてくだされて、本当に御苦労さんですね。なんだかお疲れのようでお気の毒です。皆さん顔色が悪いですよ。私が葡萄糖とビタミン十何種かを混ぜた注射をしてあげましょう。そしたら皆さんも元気になられて、過労死なんかしないで済みますよ」

とだまくらかして、ひそかに持ちこんだイソミタールを注射してみんな眠らせてしまう。

ただ未だにそれを実行しないのは、うっかりこんなことを書いてしまったから、病院の誰かがこれを読み、私の策略を見破って、永久に私を退院させてくれないのではないかと危惧するからである。

山梨の県立精神病院の話に戻ると、大学病院では見られない患者が他にも一杯いた。

男性病棟の大部屋の患者たちはほとんど相似しているように見えた。彼らは一様に上体をまげ、首をうつむけて畳の上に坐っている。こちらの壁際の、色のあおじろい、頭の平

べったい男は几帳面にきちんと坐り、畳の一箇所を見つめている。その表情には微細な変化も現われることもない。姿勢は似ているが、その隣りの男はかすかに貧乏ゆすりをする。しばらく休み、右手で右の膝頭をこする。うすら笑いが、髭ののびた顔を過る。ついで、あくことのない貧乏ゆすり。あちらの壁際の小男はもっとも不動だ。彼は膝をかかえ、その間に頭を突っこんでいる。丸一日、食事の時間のほか、この男は身動きひとつしない。蠅が彼の首筋を這い耳に移る。同じことだ。蠅はまさか自分が生きている人間にとまっているとは思わなかったことだろう。

これらの痴呆化し、荒廃化した人たちを眺めることは悲しかった。だが彼らは私たちの感情の彼岸にいるようだ。精神の深部での戦いはすでに終った。彼らは灰色の安らぎの中で、次第に物質化してゆくように見える。どんな治療も彼らを救いだすことはできない。砂漠の中の石のように、彼らは退屈を知らぬ。

「いいえ」

と、一人は私を見あげて言う。

「どうって、退屈なんかしません」

もう一人は返答さえしない。いつも気むずかしげに、かたくなにおし黙っている。肩をゆすっても反応はない。耳に口をつけて呼んでも、私はこの男から意味のある言葉をひきだすことはできなかった。ところが食事の時間になると、彼は誰よりも先に、アルミニウムの器をひったくるのだ。立ったままガツガツと食い、半分ほど食べたところで、ようやっと腰を落着ける。食事は長細いテーブルの上に壊れぬようアルミの器を並べるのだが、このときばかりはほとんど不動だった全員が活気を見せる。食事が済むと、ほとんどが元の壁際へ行き、元の姿勢をとる。そこは自分の神聖な場所なのだ。腕を持って引っぱらなければ、彼らの場所から移動させることは難しい。

彼らは自らの場所を選ぶ。何がその基準になるのかは分からない。寒い季節なら日当りのよい所に集まるが、奥の寒い場所から頑として動かぬ者もいる。彼は寒さに身ぶるいしている。だが、その壁際はおのが場所であるから、たとえ凍死しようが彼はそこを動かない。

或る日、突然叫び声がしたとき、私は大部屋に居あわせた。いつも並んで坐っている、常々至極おとなしい二人の患者が、今にも殴りあいそうな気配でしきりに争っていた。ただ二人の間には二十センチほどの間隔があって、お互いにそれ以上詰め寄ろうとはしない。

「どうしたんだ?」

と、私は強い声で訊く。こういう口調を私は滅多に口にしなかった。しかし、喧嘩を防ぐためには怒ってみせねばならない。

すると、一人はうつむいて不動の姿勢をとる。もう一人が、私を見あげてぼそぼそと言う。

「こいつが、こっちに近づいてくるものだから」

私は諒解する。二人の間にある二十センチほどの間隔をあらためて見やる。おそらく一人がいつもの場所から何センチか動き、もう一人は自分の場所を今にも侵略されると思ったのであろう。

仕方なしに私は笑い、白衣を笠にきて命令する。二人の間隔を二十五センチにしてしまおう。

「さ、あなたはここ。あなたはあっち」

二人は渋々、ほんの少し畳の上を尻をずらせる。おのおの明けわたした何センチかの畳、彼らの王宮を残念げに横目で見やって。

日がな動くことなく、しかし彼らは考えているように見える。事実、彼らは考えていることが多いのだ。私たちにとっては一見無益なこと、彼らにとっては充実した、意味深いことを。

糞を身体になすりつける女患者に私は何もしてやれなかったと書いた。だがノートを調べると次のような記述があった。

「一人の女患者が、六畳部屋の外の金網で囲まれた石畳の上に出て日なたぼっこをしている。自分の排泄物を顔に塗りたくったりする、立派な体格の女だ。私はそばに腰をおろして本を読む。彼女は私を見て笑う。ふぬけた空笑いだ。それから彼女は私を無視する。じっと坐って、おそろしく生真面目な顔つきになる。私は本を読みながら、ときどき目をあげて、一見動物といってよい、何ひとつ人間らしい仕事のできぬ女を観察する。ところが、この真剣な表情が私を戸惑わせる。これは全神経を打ちこんでの仕事だ。と、彼女のどこかがゆるむ。固い表情がくずれ、根源的なおおまかな笑いが顔にみなぎり、ふぬけた、とめることのできぬ笑い声が口から洩れる。それは一瞬、ふたたび彼女は考えこむ。どんな思索者よりも雑念なく。なにを考えているのか、それとも何も考えていないのか、神さまにだって分かりっこない。よし、こうなれば根くらべだ。私も同じ姿勢をとる。動かなくなってしまう。狩猟蜂の行為を見るファーブルにも似た気力がみなぎる。三十分の間に、彼女は七回笑った。いずれも数秒ずつ。笑いが、緊張からの解放であるとするノヴァーリスの言葉は正しかろう。そして、それ以上は私には分からない。誰にだって分かるまい。ついに彼女はふいと立ち、石畳の上を二歩あるき、落ちていた小箒を取り、石の上のごみを掃きはじめた。といって掃き寄せるわけではなく、同じ箇所を十数回箒でこすっただけである。そのときの、このうえない真剣な顔つき。これは笑い声がとめどなく弛緩しているのと逆比例する。何事かが彼女を緊張させていることは確かだ。同じ人間である私は、それを知りたいと思う。今、彼女は向こうへと歩いてゆく。オランウータンのように腰をかがめて」

また次のような文章もあった。

「彼らは人間の連結性と分離性を極端に現わしている。分裂病者は一人になりたがる。だが、この男、誰のそばにも来たがらない男を、荒涼とした砂漠の中に坐らしておいたら、どのような行動をとるのだろうか」

「なるほど大学の病室には、さまざまな症状をもつ患者たちはいる。だが、これほど古く、これほど固着し、これほど根をすえた人たちはそこでは見られない。脳病院は概して彼らの終着駅だ。淀みのたまる深淵だ。治る者は退院し、よそで治らなかった者が送りこまれ、年数と共に黴くさく、特有の臭いの中に沈澱してゆく。壁際に身じろぎもせず、しゃべることもなく坐っている患者たち、私たちが探ろうとして探れぬ人たち、人間存在の秘密をかたくなにおし隠している人たちの姿がその象徴だ。もちろんここにも新しい患者は来る。騒ぐ者は騒ぎ、ふさぐ者はふさぎ、良くなる者は去ってゆき、治らぬ者は古びて動かない壁際の置物となる。精神病院はひとつの世界だ。三十人の患者が臥床する大部屋はまたひとつの世界だ。その小さな世界の中で、彼らはそれぞれの狭い世界をつくる。自分の身体を入れる空間、なにか意味を告げる壁の染み、そしてほしいままの、無為の、錯乱の、妄想の世界の中に彼らは閉じこもる。それはそれぞれ独自の世界だ。たいていの場合、それらは互いに諒解しあわない。彼らは自分の言葉をしゃべる。意味の通じない言葉を話し、また勝手に相手に話させておく。私たちが、言葉をとりかわし、お互いに分かったつもりでいるのとは反対なのだ。彼らは動物のように食べ、動物のように眠る。だが、彼らはあくまでも人間だ。彼らは精神を病んでいるのだから。精神とは、もともと病んでいるものなのだ。いや、自然が病んで初めて精神になるという思想を私は若い頃から抱いていたはずだ。彼らに近づき、知ろうと試み、ついに壁に突きあたる者は、人間が動物の中の際立った例外であり、永久に解きあかせない謎であることが分かってくるはずだ」

六十歳をとうに越したお婆さんは、入院以来子供を四人産んだと称していた。看護婦たちの監視の下での集団入浴をもきっぱりと拒否したものだ。

「昨日、お産をしましたのに、風呂なんかに入ってどうします？」

「子供さんはどうしました？」

とたずねると、少しのためらいもなく、

「ええ、里子に出してます」

と答える。

或るときは、枕を抱いて赤子のつもりでいる。彼女の頭髪は半ば白く、額には深い皺が刻まれていた。彼女は架空の子供を育てねばならなかった。それゆえ、その乳房はしなびてはいるものの、彼女にとっては大切なものなのだ。電気治療をされるとなると、彼女は私にむかってムキになって抗議をした。

「乳の腺が切れたらどうします？　いいえ、わたしゃ、御免こうむります」

この病院では予算が少ないため、電気ショックもナマでかけねばならなかった。

こうした信念に凝り固まった彼女を押さえつけてまで電気をかけるのは、いかにも冷酷な行為だったと今でも私はそう思う。だが彼女は毎晩荷作りをして、何時までも寝ずに架空の迎えに来た家人の声を聞き、今夜こそ家へ帰ると騒ぐので、女性病棟の全員が寝られなくなってしまうのだ。

神がかりの力をだす抵抗も及ばず押さえつけられてしまうと、彼女は急に静かになり、口だけ憤激した調子でこう言う。

「どうして、あたしをこんなにいじめるんです？」

そうした声を聞き、その恨めしげな目を見やるとき、精神科医というものはつくづく嫌な商売だと私は思った。だがあの頃、私は自分の目に涙を浮べるどころか、逆に笑ったりしていたようだ。貧乏な県立病院のただ一つの歯車として、患者たちの面妖な言動にせめて笑ってでもいなかったなら、私は確実に壊れてしまっていたであろう。

その後、老婆は産んだ子供のことを忘れてしまったようだった。その代り、病院の玄関に迎えにきている家人の声が聞こえるので、丁寧に荷作りをして、今か今かと待っている。だが、居もしない人間が現われるはずもないから、彼女の病んだ内界はその説明を作りだす。

「先生、蛇が足にまきついて、こっちにやってこられないんです。わたしゃ、どうしましょう」

同室の患者たちは笑っている。もっと荒唐無稽な妄想を持つ患者までが、むきになってしゃべる老婆のことを笑っている。

「あのお婆さんの考えは、おかしくないかな?」

と私が訊くと、けろりとして答える。

「そりゃ、へんだわ」

このまだ若い女の子。彼女は或る系列をなした妄想のほかは、完全に常人と変らない。分裂病の妄想型である。

彼女をつけまわす一団があって、彼女の食物に毒を入れるのだ。これはごくありふれた被害妄想である。そのため彼女は、家でも缶詰以外食べなかった。汽車に乗ると、駅弁にまで毒が入っていた。彼女は警察に何回飛びこんだか分からない。

「警察では、あたしのことを精神異常だなんて言うんです」

「異常ということはないでしょう。しかし、そんなに一々手をまわして、毒を入れることができるかな？」

「それがとてもしつこいんです。あたしはちゃんと犯人を見ましたもの」

電気ショックとインシュリン療法をやってから、もう彼女の御飯には毒が入らなくなった。その代り、その底にある妄想が、或る男が初め彼女を毒で眠らせて犯したという妄想が分かっただけで、これが頑としてとれない。

こうして事件を語るとき、彼女はまるで第三者のことを話すようであった。妄想の本質というものが、彼女らを虐げるようでいて、実はむしろ安住の地でもあり、もっとも嫌な漠とした不安や悩みから逃れるための適応の手段なのかも知れない。この若い女は、電気治療を嫌がらなかった。

「あたしにもかけて」

と、オヤツをねだるように要求した。

「だって、早く病気を治して退院したいもの」

「おや、君は病気だったの？」

「いいえ、病気なんかじゃあないわ」

人はこの矛盾を笑ってはならない。これは本質なのだ。

男性病棟では、大柄の若い男が言う。

「もう、へえ、電気は要りません。治りました」

確かに主な症状は消えている。だが、もう幾回か治療をしなければ必ず逆戻りするだろう。私は説得する。このうえない優しい声をだす。なにか罪深い詭計を弄するような気持だ。だが私はやらなければならないし、彼のほうは拒否するのが当然だ。看護人と私は逃げだした彼を追いかける。うしろから羽交い締めにし、まるで柔道の大家のように足ばらいをかける。やっと終った。彼は私を殴り倒したってよかったはずだ。彼は片手で私をねじふせる力を持っている。ただ彼は私の白衣に敬意を表して、抵抗をやめてくれたのだ。すでに彼は意識を失って眠っている。私は彼の額の汗をふき、ついで自分の汗をふく。これで治ってくれなかったら、私はこの男に首を絞められても仕方がない。といって、必ず治るという保証のほうがむしろ少ないのであった。

私をもっと弱らせたのは、二、三人の病院脱走患者が出たことである。そのたびに新聞に、

「兇暴患者脱走」

というような記事が出る。

実はその患者はちょっとした被害妄想を持つ以外、極めておとなしい男なのである。脱走患者はたいてい家へ帰りたがる。それゆえ駅や実家に看護人を張りこませておけばすぐに捕まるし、世間の人には何の危険とてない。

しかし、私はただ一人の医師、そして院長代理でもあるから、当時は小心翼々として、ひたすら事故が起こらぬことを念じていたのが実状であった。

その頃のノートより。

「私は疲れてきた。一人きりになってから、私はもう一つの歯車が来るのを指おり数えている。夜の見まわりを済ませ、疲れ切り、それでもアルコールの力を借りて自分のための時間を過す。歯車だけでいるのは私は嫌だ（注・狭い宿直室や医局で私はなお売れぬ小説を書いていた。この頃に書いた短篇はのちに「近代文學」に載せて貰った「岩尾根にて」「羽蟻のいる丘」など私の全短篇の中でもっとも自負できるものである）。夜ふけ、医局に鍵をかけ、鍵束をポケットに入れ、コンクリートの廊下を宿直室へ歩いてゆく。病棟の前を通るときは、鍵のかかったドアのなかで眠っている患者たちのように、変てこな神やキツネの力が欲しくなる。宿直室で電気を消すと、なんだかどこかの孤島に流されたみたいだ。もう二十日、私は病院から外へ出ていない。一カ月前、同僚の医者が倒れて以来、連日忙しいことばかりが続いた。かなり前に退院した癲癇患者がまたコーフンしてやってくる。その父親が言う。『やっぱりこの子は様子がおかしいですから、工員がからかうので……』。患者は血相を変えている。『殺してやる、殺してやる』。ようやくなだめ、工場に電話をかけねばならない。係長を呼びだし、病気の性質を説明し、かようしかじか、下手をすると恐ろしいことが起きるから、お宅の工員さんに注意してくださいと、わざと大げさに頼む。むこうはなかなか分かってくれない。『そんな危険な人物をどうして閉じこめないのです？』『いや、刺戟さえしなければ、とてもいい子で』。できたら入院させたほうがよいかも知れない。しかし病棟は満員なのだ。そのうえ父親は入院費が払えない。それに常人でも起こり得る偶発事故を考えたら、これらの人々は一生を病院で送らねばならぬだろう。病院は強制収容所であってはならない。私は薬を与え、父親に生活保護の申請を出すように言って、ひとまず帰って貰う。半月後、この子はまたケンカをやらかした。今度は中学生が相手で、帰宅するのを待ちぶせしているらしいという。父親は困惑のあまりむっとした表情で、『昨日から家へ帰りません』。私は学校へ電話し、生徒課長とやらを呼びだす。かようしかじか、お宅の生徒さんは廻り道をして帰って頂きたい。私は疲れはてる。病棟では、インシュリンの覚めのわるい若い女が、身もだえして猛烈な叫び声をあげる。耳をつんざく絶叫だ。鼓膜が破れそうだ。次第に意識が戻ってくると、彼女は押さえている私らに向かって叫ぶ。『静かにして！』。この患者の複雑な、巧緻に編みなされた妄想の世界は大学病院でも滅多に出会わぬ例であるが、私はゆっくり話を聞く時間がない。

　看護婦があわただしく走ってゆく。自分の排泄物をもてあそぶあの女患者がまたイタズラをやらかしたのだ。行ってみると、糞を指でオシロイのように顔に塗っている。アフリカの未開人のように、鼻の上に一本、両頬に二本ずつ茶褐色の美容をほどこし、彼女はいつものふぬけた笑い声を立てる。今日は衣服にまで塗りつけた。看護婦さんはここでは糞尿掃除人の役もしなければならぬ。ようやく身体を洗い、着がえをさせたところで、彼女はわずかの隙にバケツの汚い水を頭からかぶってしまった。

　夜、私は患者から借りたマンガ本を読む。今夜は病棟も平穏だった。男のほうは日が暮れると、嬉しいほど早く眠ってしまう。少なくとも床にはいってしまう。女のほうでは、幾人かが横になろうとしない。一人は廊下に坐ってつくろいものをしている。いや、しているのではなく、ボロキレをひろげて呆然とうずくまっている。その一種言いようのない動きのない表情は、内部を完全におし隠している。話しかけても、私の言葉は彼女には通じない。人形を寝かすように床に連れこみ、夜中に騒ぎそうな人には薬を与える。これは治療などと言えはしない。ただ、それ以上のことは今の私にはできぬ。時間がなく、気力がなく、さらに治療費がない。

私は寝床でマンガ本を読む。疲労は人間を感傷的にするものだ。私のような非人情な男が、いま眠っている、少なくとも床についている患者たちのことを考える。

人間存在というものへの真の認識の道はないと言ってもよかろう。個々には光をあてられるが、全体はまったくの彼岸だ。ただその一つの側面へ迫ろうとする狭い立場があるだけかも知れない。医師という職業は、人間への眺望に対してもっとも危険な迷妄に陥り易い。だが、いま私はそうした迷妄へせめて落ちこみたくもなる。好んで術語の中へむりやりに人間を閉じ込めたならどんなにか楽であろうか。ついで能もないくせに、科学から離れて人間への意味づけをなしたくなる甘美な誘惑もくる。これはほとんど感傷と名づけてよいものであろう。疲労はごく人を感傷的にするものだ。

昨日、私はついに他の病院（注・施設もよい私立の精神病院でそこには慶應神経科の助手が二人来ていた。その一人が私の同僚のごく優しい韓国人であった）の医者を留守番に頼み、街へ映画を見にいった。ゴールデン・ウィークの終りの月曜で、そこには色彩と音楽と臭気があった。人混みの中で私はメマイを覚える。なんというアイマイな正常とか呼ぶ規格、そのなれあいの、ゴマカシの生活、ウイルマンスは正常とは軽い精神薄弱だと呼んだが、もし病的という意味を額面どおりにとるとしたら、患者たちのそばがまだしも価値のある住み場所だ。私は重い精神薄弱だったから、映画の釣銭を受けとりそこねた。病院、少なくともそこには、不安に目ざめている人たちや、畏敬に値する空想者や、動物とはっきり一線をくぎった心情のハンランがあるのだし、私たちを戦慄させ、畏怖させ、思考させてくれる何かが実在する。ただ、この街を好き勝手に歩きまわることを許される人間たちのほうが遥かに多数なのにすぎない。彼らを混乱させる者を鉄ゴーシの中に閉じ込めるのは無理もなかろう。だが、いわゆる正常でない者に対する優越感だけはやめたほうがいい。私は病棟の鍵を開けて、いわゆる分裂病患者たちを世界に放ってやりたくもなる。しかし、同時に私はそれに真先に反対もするだろう。精神科医は世界の人たちより、ほんのわずか精神の病いについて知っているにすぎない。彼らの感情や体験を或る程度理解したつもりでいるのは思いあがりというものだ。公式的な医学的見地から分かりきっているようなどんな患者の一人でも、その内容は医者が想像しているのとは丸っきり違ったものだろう。そして悲しいことに、私はなんといってもまだ正常者の一人だ。

もう考えるのはやめだ。県立精神病院の歯車は、頭のおかしい患者たちのお守りをしていればよいのだ。それにしても、世間の人は冷たすぎる。病気がよくなって、通知を出しても迎えにもこない。着がえもなく、二年間一枚のシャツを着ていれば、それは世間の人が恐ろしがるような風体にもなるだろう。或る父親は、息子を一生病院に閉じ込めておくため、御丁寧に自分が息子から殴られて怪我をしたという医者の診断書を持ってきた。患者はもう良くなっているのに。といって、彼が今後、絶対に父親を殴らないという証明は不可能だから、私はしぶしぶ彼をもう少し手元におくことに同意する。と思うと、いきなり息子を退院させてくれと言ってきた母親がいる。患者は世間に出しても危険な人間ではないが、病院にいたほうがどうやら幸福そうだ。といって母親を拒否するほどの理由はない。私はしぶしぶ承諾する。ところが患者は、嫌だ嫌だと逃げまわる。母親が病室へはいってゆく。患者に、さあ、家へ帰れるのだよ、と言う。ところが患者は、嫌だ嫌だと逃げまわる。私にも理由は分からない。彼は電気治療をずいぶんと嫌がった男なのだ。しかし彼は逃げる。息せききって逃げる。母親はあきらめて、もう少しあずかっていてくださいと言って帰ってゆく。正直のところ私は妙に嬉しい。多分に私は世間の人たちに対し意地が悪くなってきたようだ。

しかし、私はそれほど患者に親切ではない。なにか話したそうな、沈んだ顔の前を私は素通りした。何が何やら分からないことを早口に訴えるのを、聞いているふりをして、眉だけひそめていた。丸々と肥った女の子のそばに私は腰をおろす。彼女は大した力持ちだそうだ。以前、昂奮が激しかった頃、押さえようとする三人の看護婦を楽々と跳ねとばしたそうだ。彼女は今はこの世のもっとも円満な性格となっている。第一に、口をきかない。下ぶくれしたその顔は、内部から放射してくる人を安らかにしてくれる言おうようない落着きと幸福と豊かさといった類いのもので頰がはちきれそうだ。小さな目はほとんど叡智からくるイタズラめいた輝きを有しているようにも思える。彼女はほかの患者の肩を叩いてやるし、自分のことは自分でやる。医者には憩いを与えこそすれ、決して迷惑はかけぬ。ただ私がそばに長くいすぎると、いくぶん迷惑げな顔はする。私はどうしても、私を頼りにしてちゃんと通ずる話をしかけてくる患者より、私なんか眼中になく、口もきかず、聞いても言葉の分からない人たちのそばに行きたがるようになってきた。それに私はよく笑う。妙てこりんな言葉やマカフシギな行為を見たり聞いたりすると、バカみたように笑ってしまう。この非礼を、今は許してもらうより仕方がない。そうでないと私はこわれるだろう。

ときどき、こう思う。私はこの人たちのそばにいる資格がない。単に治療の意味からいえば、この役目は、私よりもっと温かい心か更に冷酷な心、もっと賢明な頭脳か更に白痴的な頭脳を必要とする。

分裂病者たちは、重病の私という医者のまわりで、それぞれの世界を生きている。私はやはり余計者らしい。こちらでは行者の瞑想が始まる。もう一人は畳に落ちているゴミを拾い、別の箇所に置きかえる。あちらからは単調なリズムにつらぬかれた独り言が聞こえてくる。私のみ、自分の世界を持たぬ、アイマイな、下等の生き物のように思えてくる。ただ私にだって可能性はある。歯車にされたって、それは見せかけだ。私も人間の一人で、他の動物のようにその生涯を規定されていることはない。いま私はそれを誇らしく思う。これは、彼ら患者たちのおかげだ」

　こうした乱雑な文章を読むと、人は私がずいぶんと苦労したと思うだろうが、嬉しいことと、喜ばしいことも稀れではなかった。

　大部屋の主として知られる七十歳近い小柄なお婆さんは、なにかにつけ私を叱りつけた。

「あんた、医者だろ。笑ってばかりいんで、子供たちを見てやれよ」

　ところが、このお婆さんのほうが途方もない笑い上戸なのであった。おそらくは脳動脈硬化からくる老人性感情失禁の抑制のきかぬ笑いを、彼女はどうしてもとめることができないのである。大部屋の住人であるくせに、老婆は私のあとについてまわり、膝を叩き、身体を折りまげて笑いこける。ようやくのことで笑いやむと、色のわるい唇をつきだし、またもや私をなじりはじめる。

　ほかの患者たちを指さし、

「この子たちはな、みな化かされてるんだ。あんたに、それわかっか?」

　彼女は自分のことを「お婆さん」と呼び、ほかの患者たちを「子供」と呼んでいた。そして、一緒にいる病人たちのことをいろいろと私に教えてくれるのであった。

「この女はタバケ病だ。笑うが病いだ。お婆さんのもそうだ。この子は氏神さんの娘だと。

水ぶっかぶったりして、どのように悪いことして生まれてきたずら」

　布片や屑糸を年じゅういじくっている女を指さしては、

「ボロっきれにとっつかれて、弁天さんの罪をしょってきただ」

　更に彼女は、タヌキやムジナの憑いた患者たちのことも教えてくれた。

　しかし、私がもっと教えてくれと頼むと、

「医者のくせに何も知らんのか」

　と、大声でののしる。

　まわらぬ舌と早口の方言のため、私には彼女の言うことが半分も分からない。そこで耳を寄せて聞こうとすると、老婆はもの凄く立腹して私を追いはらった。

「知らん、知らん。あっちへ行け、あっちへ！」

　しかし体調がわるく怒る気力に乏しいときは、老婆は年齢のつもったさびれた声で、

「わしゃ、あんたたちに迷惑かけんように死にたい」

　と言うのであった。

　熱があって衰弱しているとき、私は慌てて粗末な風邪薬くらいを飲ます。老婆は粉薬を手のひらにあけ、おし頂いて、ひと息にぐっと飲む。そしてふしぎなくらいすぐに元気になり、また私を怒鳴りつけるのだった。

私はあまりにもこの老婆に叱られどおしだったので、たまに、

「あんた、子供たちを診てくれて、疲れただろ」

などと言われると、何とも言えぬ気持になったものだ。

怠け者の私以上に怠け者の女患者もいた。日がな畳のうえに横たわったまま、無造作に時間を食べていた。

「なんでそんなに寝ているの？」

「なんでってことは、ないさ」

彼女は面倒臭げに言い、ゆっくりと寝相を変える。どこからどこまで、のびやかに、束縛されず、ほとんど神聖なくらいに。

浮浪者の生活を送ってきた女患者の拒否の態度も心に残るものであった。

はじめ彼女の足指は腐れかかり、瞼は浮腫のためふさがっていた。薬を塗ってやるたびに、彼女はこんなふうに呟いた。

「やれやれ、マーキロなんか塗られて」

親切にされることは、彼女には不満なのだ。

「やれやれ、ペニシリンなんか打たれて」

やがて足指の壊疽はすっかり治り、目もふつうに開くようになった。だが彼女は腕組み

をして坐り、瞼をしっかりと閉じ、おのが不運を歎いているかのようであった。傷を治されてふてくされているのか。見えるようになったのがつらいのかもしれない。しかし彼女は目をつむる術を知っていた。その姿はヨガの行者のよう、或いは禿鷹がうずくまっているようにも見えた。

「エコー・ジンプトーム」も初めて見た。夜の回診で大部屋へ行くと、一人の女患者が布団のうえに何だかボーッと突っ立っている。彼女はほとんど口をきかない女性だったが、思わず私はこう問いかけた。

「君、どうしたの？」

すると、低いながらも谺（こだま）のような声が返ってきた。

「キミ、ドウシタノ」

私は驚愕と畏怖のおののきの中で言った。

「あなたの名前は？」

ふたたび、鸚鵡（おうむ）のように相手は答えた。

「アナタノナマエハ」

このときほど私が、分裂病者の涯なき奥深さ、その神秘性に打たれたことはない。それは自らを微小なものと感じさせる、まさしく圧倒的な体験であった。

分裂病者には、自語新作と言って、勝手気ままに新しい漢字を考案してしまう者もいる。大部屋の男患者は次のような図形を書いていた。

この意味はいくら聞いてもよく分からなかった。とにかく彼はこう言うのだ。

「方向の方を心に書いたほうが、お互いに間違いがないから、よいようでして。良より悪のほうが、旗は通りを現わします。旗印から拡大のコウセイとか制度ができますから」

また、

「日陽状京研究」

といういかめしい言葉については、

「これは日あがりとして、お天道さんとお月さんがあがることです」

私は彼が前に言った言葉を思いだし、

「あなたでしたかね、夜にさえずる鳥の声、って言っていたのは？　なかなかうまい文句です」

「そうです。御協力ねがいます」

こういう患者たちは、疲れていた私に砂漠のオアシスのごとき憩いをもたらせてくれた。その頃から、私は大部屋に入るときは白衣を脱ぐことにした。白衣を着ていると、やはり権威である医者が来たと思われて、それまで話しあったり独語を洩らしていた者たちが、ぴたりとおし黙ってしまうことが多い。あたかもそれは、森の中で戯れたり鳴いていたりしていた獣や小鳥たちが、人間が来たというので急に静かになるのと同様であった。

私は白衣を丸めて枕にして寝そべり、患者たちと同じ姿勢をとる。しばらくは静かなままである。だが、やがて深い森は息を吹きかえす。こちらではごくかすかであった独語が、次第に蛇の羽音ほどに高まってくる。あちらでは意味の摑めないおしゃべりがはじまる。獣も鳥たちも、私を自分らの同類と認めてくれたのだ。

本来なら動かないはずだった患者が、わざわざ私のところへ寄ってきて訴えることもあった。

「先生、どんなになっかね。家から一遍来てもらいたいが、どんなもんずら。おっけねえよ――。まったく、殺されちまうよ。今日は、へー脳は、ずっとへえ、無くなっちまったけどね。おっかねえこんだよ。こんなことありっこねえと思うだよ。家の者もちったあ来て、ちっとなんか話して、ちっともオッちゃん話にこん。ただあたしバッカでいる。どうすることもできんだよ。体の具合は脳ミソが無くなっちまったし。ええ、今までしっかり身にしみて働いたのを、ここに来て、こんなことになったのじゃねえかと思うだが。こんなこと（注・糸屑あみ）ね、なにもすることないし、本当に生まれたままで、ただいれりゃあいいは無理だと思うだが」

別の女患者は上級生と称していた。彼女はいつも饒舌で、別に白衣を脱がなくてもとめどなくしゃべった。

「わたしゃ脳病院の上級生だよ。もう帰してくれよ。おら、妹の旦那さま気にいりだが、ダメダメ、男なんてしっかり者じゃなけりゃあダメさ。妹は一万以上の月給とりますよ。男なんか要りませんよ。男なんかいるから、社長の下だよ。妹の旦那さま東京の大学でましたよ、ちゃんと。そういう戦争犯罪人と私も一緒に、ビショ米とイイ米と一緒にしたら売物にならん。下級生と上級生と一緒にされてたまるものじゃない。正しいことは正しいこと、ヨタモンの中に入れられて、どんなに恥さらしして、サルマタで顔ふいたこともある」

自語新作の男患者は、今度は次のような紙片を差出した。

「新生一個、財産家主ナケレバ借リラレナイ状件

出費税金高労動カクモト『借用』

自費収入と月収労動収入サガクの内密閣儀」

私が、これは立派な文章だと讃めると、彼は真剣に、ごくおとなしい声で言った。

「一所懸命に考えるときは、どれだけの条件が分かるか、従って一所懸命に考えたわけですが、はい」

これらの会話は、私が常に隠し持っている手帳にメモしたものである。

しかし、あまりに長く大部屋に寝ころんでいると、怒りん坊のお婆さんがやってきて、色のわるい唇をつきだし、私をののしりだす。

「あんた、医者のくせに化かされたんずら。マグソギツネにとっつかれただ。おっかね、おっかね」

それから老婆は立腹のあまり、笑いがとまらなくなる。苦しげに身体を折りまげ、次にはのけぞって笑う。あんまり笑いすぎて、今にもひっくり返りそうだ。辛うじて笑いの発作が収まると、彼女は私を見下ろし、唇をつきだしてなじりはじめる。

「お婆さんのは笑うが病いだ。あんたのは……」

すぐと笑いの波がおし寄せてきたらしく、彼女は口をおさえて向こうへ駈け去ってしまう。

そうしているうちにも、さまざまな患者たちは、寝そべっている私の周囲で、それぞれの世界を生きていた。単純に、また複雑に。こちらでは不動の瞑想がはじまる。一人は糸屑をひろげてつくづくと眺めている。一人はわずかな塵を丁寧に拾い、大切そうに別の場所に置きかえる。あちらからは単調なリズムの独り言が聞えだす。ぶつぶつと、際限もない読経のようにそれは続くのだ。

自分はやはり余計者らしい、という気持がしばしば私の頭を過った。私一人だけが、自らの確たる世界を持たぬ、曖昧な、みすぼらしい生物のように思えてならぬのであった。

第十章　助人（すけびと）ついに来たる

私が山梨県立精神病院で、ただ一人孤独に、いや、一部の患者さんたちからはかなりの憩いを与えられ、また精神病者の実態に新しい認識を覚えていた期間は、ちょうど半年間のことであった。

実は私は、前章の病院においての、自分の大学ノートに走り書きをした記述や、また患者たちについて手帳にひそかに書きとどめておいた箇所を読んだとき、私自身でびっくら仰天したものである。

ヤブ医者で、あまり医学書も読まなかった私が、あんがいの知識、というより精神病というものに対して夢想していたことが、今になっても決して古びてはいないどころか、時代を先取りしているではないかと妄想すら起こしかけたのであった。これは果たして私のウヌボレであろうか？　顧みて、やはり妄想の度合のほうが多いかも知れない。

しかし、私は決して優しい人間ではなかったはずなのに、少なくとも患者たちに親切ではあった。できるかぎり優しく接していたようである。これを読んで、今や齢（よわい）六十五歳ともなった老境の私が、思わず知らず涙ぐんでしまったことを告白する。ああ、昔の私は、あんがいに立派なところもあったのだ！　今の私はそれこそ躁鬱病患者になってしまい、患者を診てあげるどころか、自分が逆に昔の同僚の精神科医から薬を貰っているのが実状なのに……。

だが、世の人びとよ、これは決して私が特に優しい人間だからではないのである。人間は齢をとると、老人性感情失禁と言って、衝動的に涙を流したりもするのだ。今の私は、父の遺伝子のせいであろう、殊にマニックのときには、ちょっとしたことにも激怒する。私は茂吉の文学的才能の何十分の一も受け継いではいないけれど、雷親父であった父の憤怒ぶりだけについては、いずれはこれを凌駕するに違いないと確信している。今は医学が日進月歩に進歩しているからだ。

茂吉は七十二歳でこの世を去った。私は最近、アルコール性肝炎、また軽い糖尿病を患ったことはあるが、自制することを覚えたから、酒の量も若い頃に比べたら、めっきり減っている。またカロリー制限をしたから、体重も一時は六十八キロにもなったこともあったのを、今は六十二キロくらい、当時の六十キロにほぼ近くなっている。肝臓や糖の血液検査の結果は病者と正常者との数値ギリギリのところだ。

ただ一つ、もっとも恐れているのは、直腸や大腸にポリープができやすい性（たち）らしく、先年、二箇所の病院で切除して貰ったその数は、何と十幾つかにのぼる。昨年また検査してみたら、やはり大腸にポリープが一つ見つかった。しかし、みんな良性のポリープである。ただ、いくら良性のものでもずっと放置しておくと、癌になる可能性もある。大腸癌は日本でもずっと増えつつある。私は臆病者であるから、癌に罹って悶え苦しむのは真平御免だ。それゆえ、かくのごとく慎重なのである。

今は人間は長命になっているし、医学の進歩と双方から考えてみると、私はおそらく八十二歳くらいまでくたばらないのではあるまいか？　それだからこそ、怒りっぽさにかけては、私は父を凌駕する自信に満ち満ちているのである。ああ、我ながら何というみじめな威張り方であろうか。それこそ私は涙がこぼれる。もっとも生きてはいても、ボケてしまう可能性はもっと多いことであろう。

さて、私はたった一人で、七、八十名もの患者の世話をしてきたのであったが、およそ半年が過ぎた頃、ついに慶應神経科は、一人の助手を派遣してくれることになった。その人物とは誰あろう、その名も高き大変人であった一年後輩のN医師、つまりナリタという姓から、成田不動さんと渾名をつけられていた男であった。これほど嬉しかったことはわが生涯にそれほどはなかったことであろう。私は自分が常人とはかなり異なっていたから、まともな人間より変人のほうが好きなのである。

ナリタさんは、実は九州の某精神病院に売りとばされていたのだが、のちに私が聞いたことをまず記してみよう。

その病院で、かなり一刻者のナリタさんが気に喰わなかったことは、事務室にしろ、そこに勤める人の序列が、まことにきちんと、いや横暴に決められていたことであった。しかも、彼らが仕事をする机や椅子までが、それぞれの資格によって厳然として違っていたのである。机はまあ大体似てはいた。ところが、椅子は大臣から下っ端の役人の区別があるように、あまりにも差別されていたのだ。つまり、事務長は、ふっくらとしたソファーまがいの椅子である。次に偉い事務員は、それよりは劣るものの、やはり立派な椅子に腰掛けるようになっている。このように、次々と椅子の格は下げられていって、最後に残る者、彼はいちばん働かねばならぬ用務員なのだが、その椅子は実に貧弱なものに過ぎないのだ。

これを見て、もとより熱血漢のナリタ医師は、その病院に赴任した頃からずっと憤慨していた。

そこで、彼は何をやらかしたのか？　病院には、やはり慶應神経科から派遣されていた先輩の医者が一人いた。かなり経ってからの一夜、ナリタ医師はその男と二人してしたたかに酒を飲み、完全に酩酊してしまった。

酔っぱらうと恐いもの知らずになる。ナリタ医師は、その同僚と二人で、事務室の椅子の順番をみんな置き替えてしまった。つまり、事務長は下っ端の用務員の用いる粗末な椅子、用務員は事務長のでんとした坐り心地のよい椅子、というふうにすっかり替えてしまったのである。

あまつさえ、ナリタさんは騎虎の勢い、そこの白壁にやたらめったらイタズラ書き、または一種の絵を描いたという。もちろん、そこにはあまり有名でない画家の絵もかけられていたからだ。

この凄まじき彼の行状は、もちろん、翌日やってきた院長の激怒を買ったのは当然のことである。ナリタ医師はその行為を責められて首となり、慶應病院へと帰されてしまった。そのとき、山梨の精神病院で、本来なら三人いるべき医者が一人きりになって、とても大勢の患者の世話をやききれないという訴えが、以前からこの私によって屢々告げられていた。

かくして、大変人のナリタ医師は、山梨県立精神病院に、ふたたび売りとばされてやってきたのである。

それまで、私はただ一人きりで患者たちを見守っていた。しかし、かなりの苦労もしたけれど、一部の患者さんからは、むしろ憩いを与えられたことは再三述べてきたとおりであった。

たとえば、夜九時の回診に行くと、中部屋にいた一人の老婆がもう布団に横になっていたが、その中央に寝ておらず、ずっと右側に仰向けになっている。布団の左側はかなり空いているのだ。

私は不審に思って、こうたずねる。

「どうして、真中に寝ないの?」

すると、老婆はけろりとした表情でこう言った。

「こちら側は、先生が寝られるからです」

先生とは、この私のことなのである。さすがに私はギョッとする。老婆は、もっと平然と自明のことのように、なおこうつけ加えた。

「昨晩も、先生はここに寝られました」

回診についてきた看護婦さんたちは、むろんのこと笑っている。私もさすがに苦笑する以外、他に方法はなかった。

こうした日常を送っていた半ば孤独であった私のところに、体格も立派で、いかにも頼もしそうなナリタ医師がやってきたのである。私が肝をでんぐりがえらせるほど嬉しかったのは、当然のことであったろう。

この精神病院の院長は、おとなしい善良な年輩者であって、前任の一年先輩の医者が結核で倒れる前、二人して入院中の院長を見舞いに行って、患者の脱走事件のことなどを報告すると、心配してあれこれと聞き糺したものであった。

彼は禅もやり、かつては虚無僧（こむそう）となってあちこちを廻ったことを、半ば得意げに話してくれたものである。そして、サトリについて講釈してくれた。しかし、そのようにサトリを開いたと自ら語るその本人が、病院の現在の実状を聞くと、ほとんどおどおどしてしまうので、私は心の中で、

「院長は、サトリを開いたなんて言っているけれど、これじゃあぜんぜんサトってていないじゃあないか」

と、若者にありがちな思いについつい捉われたこともまた事実なのであった。

だが、院長はやはり優しい人であった。それに比べれば、一年先輩の医師はキリスト教の信者であったが、

「キリストを信じない者は、人にあらず」

と、言ったふうなことを、常々洩らしていたものだ。

ところが、その彼の言動を見ていると、ちっともキリストの慈愛は見られない。自分で自分を善人で人類愛に満ち満ちていると信じている人ほど、あんがいその逆の性格であることを私は知ったものだ。

もっと以前、私が医局の二年目の頃、一人の精悍な感じの顔と身体を持った同僚の男が、あの大奇人のマッつぁんと、手ひどく世のブルジョアを批判していたことがある。彼は左翼の思想が立派だと述べ、世の金持どもを糾弾してやまなかった。

にもかかわらず、やがてその男が病院を建てて、開業したあとの彼の行為は、いかなるものであったろうか。

その病院では、患者の数に対して定められた人数の看護人や看護婦もおかず、かつ患者にやたら高価薬を与えて、どこからどこまで金儲け一辺倒だったのだ。ついにそのことが発覚し、一時期病院の営業停止処分を命じられたのである。

彼は、女性医師カッパリンと結婚していた。或る日の昼休み、私が初恋の人と神宮橋の辺りから慶應病院へ帰ろうと、歩いていると、その左翼思想をぶった男とカッパリンが一緒に並んでいるところを発見した。その瞬間、私は、

「彼とカッパリンの仲はあやしいな。おそらく、そこらの温泉マークの宿からの帰途なの

じゃあるまいか？」

と思った。

私は頭こそ弱かったものの、その直感は鋭い。私の第六感はピタリと当ったのである。もっとも、相手のほうでも、私たちの仲を疑っていたかも知れない。そして、その通りだったのである。しかし、彼とカッパリンのそのときの表情は、「おや？」という疑惑より、よりいっそうの困惑の色がありありと窺われたのだ。一方、私のほうは、いとしい人との恋でうっとりしていたのである。

ともあれ私は、そのような人々を見聞きしたおかげで、人間というものは、その本人が自信満々、自分こそ世間の人よりは遥かに立派で善人だと信じこんでいる者のほうこそ、およそ当てにならぬという真実を知ることができた。

そのカッパリンを妻とした男は、この『医局記』を書くに当って、私がさる人に聞いたことによると、哀れにもすでに死亡していた。しかも、彼の寝室があまりにも広かったため、死んでしまってから発見されるまでに、かなりの時間がかかったという。

彼と彼女は、その豪邸で、毎年クリスマス・パーティを盛大にやっていた。それも二人とも見栄っぱりであったから、医局や他の病院のお偉方を招いたものだ。私は、その病院の芳しからぬ噂を聞いていたから、もちろん一度も行きはしなかった。それでも、カッパリンは、私が芥川賞をとると、その後はしきりと誘ったものであったが、もう二人を軽蔑しきっていたから、私は決して応じはしなかった。

　ずっとあとになって、三笠宮のチャリティ・パーティに、斎藤家みんなで行ったところ、カッパリンも来ていて、私の席に遠くからわざわざやってきて、ダンスをしましょうと私の手を引っぱる。カッパリンは入局当時は、ちょっとエキセントリックなところがあったから、私はむしろ好意を持っていたのだが、もうつくづく嫌いになっていたから、いくらしつこく手を引っぱられようとも、断乎として立とうともしなかった。

　このように、私は嫌いな人間は徹底的に嫌いである。齢をとるにつれ、この傾向はますますつのってくるようだ。これは父の悪しき血の遺伝であろう。八方美人というのは、私は大嫌いだ。従って、文壇づきあいもほとんどしていない。交際するのは、わずか七名ほどの、先輩、同輩だけである。

　さて、いよいよナリタ不動さんの登場となる。

　彼は赴任してきた二、三日後、まず県庁の役人に挨拶をしに出かけて行った。

　そして、この私ですらやれなかった呆れはてた行為をやらかして帰ってきたものだ。彼は何と、携帯ラジオを持ってゆき、そのイヤホンを耳に入れて、何か放送を聞きながら、役人たちに挨拶してまわったのである。従って、どの役人が何を言ったかは、ぜんぜん聞こえはしなかったのだ。

と言って、私はもう忘れていたことだったが、先日、ナリタさんに医局時代のことを聞こうと、自宅に来て貰った時、彼はこんな話をしたのである。

当時の山梨県が、貧乏であったことは先に書いた。そして、私がやがて聞いた話によると、その名も高い富士の山が、ちょうど静岡県と山梨県との間にあり、その山頂争いを両県が行なっていると言う。そこで、私は山梨県の県知事宛に、

「そのような訳の訳柄ならば、富士山を静岡県に売りとばしてしまえばよい。静岡県はかなり豊かなはずだ。そうすれば、貧乏な山梨県にも金が入り、この県立精神病院の予算もいくらか増えるのではあるまいか……云々」

というような手紙を書いたそうである。

仰天した県知事は、一体どんな医者なのだろうと思って、わざわざ私を呼びだした由だ。その場でも、私は滔々と、いかに病院の予算が少なくて、患者にも高価な薬を与えられないかという実状を述べたてたらしい。

もちろん知事は、そんな不合理で、かつ山梨県の名誉にかかわる珍案に応じようとはしなかった。

そこでナリタさんが赴任したのち、大立腹した私は、やにわにこう叫んだのだ。

「あの知事の娘を、ゴーカンしてやるぞ！」

と。

だが、調べてみると、知事の娘は四十何歳であることが判明した。そこで、まだ若い、しかも美青年の私は、泣く泣く彼女をゴーカンすることをやめたのである。

ナリタさんが来てから、病院の医局に異変が起こった。それは、彼がすこぶるニンニク好きであったことから始まる。それまで私は、病院の出す貧弱な御飯では栄養が足りぬと思ったから、かつて北アルプスの登山をしていた頃から好きであったベーコンを、ヒーターで焼いて食べていた。ところが、ナリタさんは、このベーコンにどっさりとニンニクを加えたのである。

ご存知のように、ニンニクというものはごく臭い。ことにナリタさんは生のニンニクを二十粒くらいも用いるから、なおいっそう臭い。医局じゅう全体に、表現を絶してもうもうと、その臭気が漂い流れた。

それまで、事務長や事務の人が、何か用があって、或いは、それまでとは一風変った私という医者が、一体何をやっているかと、ときどき私を訪れてきたものであった。

ところが、今やこの凄まじいニンニクの臭気である。彼らもさすがに閉口したらしく、本当に大事な所用でもないかぎり、滅多に医局に姿を現わさなくなってしまった。

一面では気の弱い私が、ナリタさんにそのことを言うと、彼は平然としてこう答えたものである。

「なあに、宗吉先生。事務の奴らがやってこないほうが、こちらは邪魔されなくって都合がよいです」

私は、頼もしい彼の言に、頭をこっくりさせて、自分でも、そうだ、そうだと頷いたのであった。

この精神病院では、外来の患者はごく少なかった。ナリタさんは慶應の医局時代、病理学教室に属していた。彼は研究熱心でもあって、私には皆目分からず知識はなかったけれど、閑なときには顕微鏡を覗いていた。おそらく親分であったツジヤマ先生に教えられた、脳細胞の難しい染色法でも研究していたのであろう。

病院が患者たちに出す食事については、私はナリタさんが来る前に、ガリ版で刷ったアンケート表を作り、患者たちにそれぞれの好みの食物を書かせたことがある。

私は、生来カレー・ライスが好きであった。病院の献立は、一週間は毎日何か変ったものが出されるが、一週間後にはまた同じ献立の順序となる。その中で、カレー・ライスがだんぜんうまかった。それで私は、きっと患者たちもカレーを選ぶだろうと思い、そういうデータが出たならば、カレー・ライスの出る日をもっと多くするよう賄いに頼もうと企んだのである。

私の目算どおり、カレー・ライスはやはりトップの座をとった。私が喜んで、男子病棟の大部屋へ行って、

「皆さん、聞いてくれ。皆さんはやはりカレー・ライスが好きなことが、この表から分かった。これからは、もっと多くカレーを出すよう賄いに頼もうと思うが、どうですか？」

とたずねると、意外にも一人の老人が、

「いや、わしはカレーが嫌いじゃ。わしは魚の煮つけがいちばんの好物です。魚の煮つけがなけりゃあ、わしは本当に困る。カレー・ライスを増やすことにゃあ大反対じゃ。魚の煮つけ、魚の煮つけ……」

と、ぼそぼそした声ながらも、強硬に主張するのであった。

老人を悲しませてはならない。年寄りはやはりお気の毒である。そこで、私は泣く泣く、せっかくのアンケート表を無駄にして、カレー・ライスを多くする案を放棄したのである。

私は、それまでニンニクを食べたことがあったかどうかさえ忘れてしまっているが、ナリタさんと二人で、ジュウジュウとあげるベーコンとニンニクの味は素敵だと思った。ニンニクは精力剤にもなると聞いている。清純作家である私には無用なものとはいえ、栄養は抜群であろうし、これであとは貧相な病院の食事だけであっても、もう完全に身体は大

丈夫であろうと、それこそ完全に安堵したのであった。

ナリタ医師がちょうど赴任してきた頃、一人のまだ若い女性患者が入院していた。生涯決して忘れることのできぬ、分裂病の妄想型患者である。

どのような妄想を彼女が持っていたかと言うと、私が初めて経験した強姦妄想であった。彼女は入院した時、診察を受けた婦人科医から強姦されたと申したてた。あまりに詳細にその事件を話すので、精神科医である私でさえ、これはひょっとすると、婦人科医の中にもさような人物がいるかも知れぬと、つい考えたりしたものである。

しかし、そのあとなお彼女の訴えを聞いてみると、実にあちこちで強姦されているのである。この世にいくらかの強姦魔がいようとて、そうやたらと強姦されるはずはない。それで、この若い女はやはり分裂病の妄想型だと診断をくだしたわけである。

更によく問うてみると、彼女は以前に或る精神病院に入院しており、そこで電気ショック療法を受けている。電気ショックで治らないからには、彼女にインシュリン療法を行なうことにした。

インシュリン療法については先に述べたが、その覚醒時には、患者は往々にして物凄い叫び声、悲鳴と言ったほうがよいような、耳をつんざくような声を発するものだ。この若い女も、またそうであった。私は、あまりその声が大きいので、いくらか心配もし、他の患者の手前ハラハラしたことを覚えている。

しかし、完全に目が覚めてしまうと、彼女はケロリとした顔で、そんな凄まじい声をあげたことなんか皆目ご存知なく、むしろ陽気な声で、さまざまなことを話すのであった。明るくて、おしゃべりな女であったことは間違いない。とかく女はおしゃべりで、それゆえこの世は住みにくい。それを咎めれば角が立ち、情に流されれば、患者は癒らない。

しかし、その女性患者にインシュリン療法を一クール以上も施行したのに、その強姦妄想は頑として取れないのであった。一体に、この妄想型というものは、今でもクロールプロマジン系の薬、新しく開発された同様の薬を与えても、その一部の者はなかなか癒らないケースが屢々である。

やがて、彼女のために私はひどい目に遭うことになるのだが、それは山梨の病院で一年勤め、慶應病院神経科に戻ってからのことであるから、のちになって触れることにしよう。

精神科医は、一、二名の患者から惚れられなければ、一人前ではないとよく言われる。

私の父も、まだ中年にならぬ頃から、一人の女に生涯つきまとわれた。なんでも、私が幼かった頃、その女は自分が茂吉の妻であると信じこんでいて、青山の家へやってきたそうだ。すると、猛々しき母が出て行って、彼女に「帰りなさい!」と言ったらしい。やがて、その女から父に手紙が来て、

「わたしはあなたの妻のはずですが、お宅へ行ったら、なんだか黒い服を着た魔法使いのような婆さんが、わたしを追っぱらいました。一体、あの女は誰なのですか？」

というような意が書かれていた由だ。

その女性のことを、父はもちろん私に知らせなかったが、兄は医学生であって、将来精神科医にさせようと思っていたから、彼女から頻々と届く訴えの手紙類を、「これはお前の参考になるだろうから……」と見せたそうである。

これまた、完全な分裂病の妄想型に間違いなかった。かような頑強な妄想は、ヴァーンハフト・イディ（妄想意識）どころか、すこぶる堅固に作られた妄想（ヴァーン）となる。よく「妄想の城」という言葉が使われるが、本人はかたくなにそれを信じこんでいるばかりか、第三者からそれは間違っていると指摘されても、実に巧みにその言訳を口にする。いわば「妄想のトーチカ」と呼んでもよいであろう。

その女は、戦争末期に、父が故郷の山形県金瓶（かなかめ）村へ疎開すると、一体どうして分かるのであろう、ちゃんとそこへも手紙が来る。更に、父が大石田町に再疎開すると、またもやそこへも手紙が着く。実に実に執拗にして、スパイ的要素すら有していたのだ。

父は戦後しばらく経って帰京した。それから四、五年のち、私は仙台で医師国家試験の勉強をしようと思いながらも、相変らず酒ばかり飲んでいた。なかんずく、その夜は松高の先輩としたたかに飲み、彼の下宿が遠かったから、二人して私の下宿へ帰ってきて、一つ布団にちぢこまって寝た。その手ひどい宿酔の午頃、私は「チチキトク　スグカヘレシゲタ」という兄からの電報を受けとったのである。隣家の電話を借り、初めて東京へ電話をしてみると、兄が出て、「ゲシュトルベン（死亡）」と、ぽつりと言った。松高時代から、私は茂吉の歌に惹かれ、子供の頃からおっかなく煙ったかった父をずっと崇拝していた。父はここ二年ほどの間、休暇で帰京するごとに老衰の度を強めていた。私はいずれは父が死ぬものだと覚悟はしていたものの、その瞬間、涙がとめどもなく流れてくるのを堪えることができなかった。ああ、思えば私は、なんという不肖な息子であったことか。

私は、大学へ入学してから一度も手にとったことはなかった、父の処女歌集『赤光』を持って、夜の汽車に乗った。あれこれの懐しい歌どもが、私の心を痛烈にふたたび揺れうごかせた。途中から雨になってきて、車窓を水滴が珠となって流れ落ちていた。

通夜、葬式、火葬と、形どおりに事は進んだ。弔問客で、家じゅうごったがえしであった。その最後の夜、客も去って、ようやくひっそりとした夜の十時半頃に、あの父の妻であると妄想していた老婆が、だしぬけに現われ、ひっそりと焼香をし、無言で去って行ったという。私は、帰京してからずっと忙しくて、一度も入浴していなかった。その夜は初めて風呂に入っていたので、彼女を見ることはできなかったが、あとで兄嫁からその旨を聞いた。まことに、もの悲しいというか、鬼気迫る話ではあるまいか。

作家も、またよくこのような女につきまとわれるものである。ふつうは、初めからその作家の作品が好きで、その小説を読み、その中に登場する女性のモデルは、自分なのではあるまいかといったような、ヴァーンハフト・イデーが多い。ところが、中には、完全に分裂病の妄想型患者が、かなり存在することが弱ったことなのだ。

遠藤周作氏も、自分こそ彼の妻であるという、或る女性につきまとわれて甚だ困惑した。なにしろ、奥さんが二人できてしまったから、「こりゃあアカンワ！」と、さすがの彼も苦悶したに違いない。そこで私に相談してきた。私は、まだ医局時代であったが、大切な先輩の大事件であるゆえ、わざと自分では引受けず、某精神病院の院長に頼んで、彼女を入院させてあげた。その当時こそ、遠藤さんもさすがに感謝してくれたものだが、やがてすぐにそのことをケロリと忘れてしまい、相変らず私をからかったり、随筆に悪口を書いて金を稼いだりしている。もっとも、私のほうも、彼のことをあれこれと書いたから、まあアイコと言ってもよかろうが、重婚罪を免かれさせて、元の優しい賢夫人一人だけにしてあげた私のささやかな恩義を、少しは思い出してくださってもよいのではないでしょうか、キリストの愛に満ち満ちた狐狸庵閣下よ。

私は、なにせ精神科医であり、かつ作家になったから、かような妄想患者の被害を人の二倍は受けている。

これまでに、五、六人の女性が私の家にやってきた。一人は、私が結婚して今の家に移って早々、だしぬけに布団一式を送ってきた。それから彼女がやってきた。私はもう覚えていないが、隣家の宮脇俊三さんに言わせると、女房がおそるおそる汽車賃を渡して帰らせたそうである。もう一人の女性は私が鬱病で夕方まで寝ていたもので、午前中から夕方までずっと玄関のそばに坐りこんでいた。妻や娘は気味わるがったが、さりとて私を起こすわけにもゆかず、ずうっと待ちつづけていた。ようやく私が起きて行って、ちょっと話したら果たして恋愛妄想患者であった。さっそく警官を呼んで、彼女を精神病院に入院させたほうがよいと言ったけれど、果たしてその後どうなったかは分からない。しかし、その女は二人の警官に連れられておとなしく帰って行った。

また一人は、今度は二人の警官に連れられてやってきた。なんだか九州のどこかで北杜夫という男にイタズラされたと言う。これも妄想型患者であったら、どえらいことになると私は思った。お巡りさんは精神医学なんか知らないから、妄想型分裂病者がいかにまことしやかに被害を話すかをなかなか分かってくれない。このことは、私があの強姦妄想の女性に、慶應病院へ帰ってから訴えられたときの体験からも断言できることだ。

とにかく、私はまだ少女と言ってよい若い女に、必死になって自分の顔を指でさし、

「本当にこの顔だったの？　僕の顔とは少し違うんじゃない？」

と、言った。

そこで彼女が、「いいえ、同じです」とでも言ったら、それこそ私は警察署まで行って釈明しなければならなかったところだが、幸いなことに、彼女は一分ほど私の顔をじっと見た末、首を横にふった。どうやら私の名をカタった男だったようであった。他の作家の人に聞くと、少し顔の似た男が、その作家の名を名乗ってイタズラをするケースも稀れではないという。あれは何とかならぬものであろうか。新聞の書評欄なんかに写真が出るが、あれは少し形を変えたマンガにしたほうがいいと思う。私だったら、やはり魚のマンボウの絵であるだろうか。

マンボウは、『マンボウ航海記』のとき、一匹だけ釣れた。船員から、この魚は海の上に浮んでいて、棒で突ついたくらいでは動じないと聞いたから、いかにも怠け者の私に似ているようだし、それと語呂の点から「マンボウ」と、ニック・ネームをつけた。

マンボウは英名をサン・フィッシュ、或いはムーン・フィッシュとも言う。どういう訳かと思っていたら、ムツゴロウさんが海中に潜っていたところ、マンボウが凄いスピードで泳いでいたと聞いた。また内村鑑三の文章に、「マンボウ空中に跳躍す」とある。つまり、マンボウもまた躁鬱病の魚だと言ってよい。サン・フィッシュのときが躁で、ムーン・フィッシュのときが鬱なのではあるまいか。そんなことを知らずして、「マンボウ」と名乗ったのは、我ながら第七感、第九感まで有しているとしか思えない。

第十一章　愉しい日々と悲惨な夜

ナリタさんは、私がぜんぜん知らなかったことに、事務局長が元特高であることをたちまちにして突きとめた。一見、温厚そうな中年の男であったが、これでは高価なクロールプロマジンを予算がないと言ってちょっぴりしかくれなかったのは当り前のことである。

その代り、医局長と病院の運転手はごく優しい性格であった。院長を見舞いにゆくときも、この運転手さんが無駄話をしながら送ってくれるので、この精神病院に赴任してから、初めて心の和む思いができた。また、どこかの精神薄弱児のいる病院へ車で行ったときは、私に運転をさせてくれたものだ。ところが、オンボロ自動車のうえ、私はもう二、三年も運転したことがなかったので、坂道へかかるといくらギアを入れ替えても、ちっとも先へ動かなくなる。それればかりか、二、三度もエン・ストしてしまい、とうとう運転を諦めざるを得なかったこともあった。

ナリタさんがくる前に、私は一度、山梨放送に頼まれて、ノイローゼについてしゃべらされたことがある。もちろん、マイクに向かうことなんて初めてのことだから、完全にアガってしまい、どういう訳か口から唾が溢れてきて仕方がなかった。私はもともとドモリがちである。齢をとったらいっそうひどくなって、失礼な編集者は、「北さんは失語症なのですか」などと言う始末である。

ナリタさんもまた、放送局から頼まれた。そこで私が唾がやたらと出ると注意したところ、彼は何だか知らぬが唾液が出ない薬を飲んで出演した。すると、あまりに薬が効きすぎたらしく、今度は喉がカラカラに渇いてしまい、話をするにも難儀したとこぼしていた。なにしろ、二人とも変人であるから、やることなすことイスカの嘴（くちばし）のように喰い違ってしまう。

しかし、ナリタさんは私より立派な医者でもあった。私が患者の脱走を恐れて戦々兢々（きょうきょう）としていたのに、女病棟の患者たちを内庭へ出させて遊ばせてやった。もちろん男の患者はより脱走するから、男病棟ではやらなかった。もっとも私にしろ、一人ぽっちでなく医者が二人いたなら、おそらくそうしていたであろうが。

そのうえナリタさんは私と二人で、三人ほどの看護婦を監視につけ、女病棟の患者の安全そうな者を十三、四名、近くの川の流れている草原に散歩させてやったこともある。その時は、患者の二、三人が川でザリガニか何かを拾って喜んでいたことを覚えている。

脱走と言えば、先に述べた被害妄想のおとなしい男性患者が、もう一度逃げかかったことがあった。いくら看護人を駅や自宅へ張りこませても、一向に見つからない。

看護婦さんに比べてあまり親切でない男の看護人の一人が、看護部屋で、

「あの野郎、一体どこへ逃げやがったんだ……」

と憮然とした顔というより怒っていると、なんだか天井から水がポタポタ落ちてくる。ちょうど私はその場に居あわせたのだが、看護人は、

「野郎、見つけたぞ！」

と叫んで、押入れから天井へ昇って行ったら、果たしてその男がしゃがみこんでいた。乱暴ではあったが、その看護人はなかなか頭がよかった。

つまり、その患者はいつも非常口から逃げだすのだが、いつもすぐ逮捕されてしまうので、看護部屋に人のいない隙に、その押入れから天井裏にひそみ、じっと脱走する機会を待っていたのである。これまたよく考えたものだ。私なんぞより、よほど知能指数が高かった。ところが、あんまり長く待っているうち、オシッコが出そうになり、我慢できずにとうとう洩らしてしまったのである。

もう一度、今度は緊張病（カタトニー）の患者が脱走したことがあった。緊張病はときに兇暴性をおびるから、ナリタさんと私が一人の警官を連れて、彼の家へ捜索に行った。家には、その姿も声も見聞きできなかった。それで、庭の背の高い草むらを探したところ、果たしてその中に隠れていた。いきなりその大男が立上って、ナリタさんに向かい、

「野郎、叩き殺すぞ！」

と、わめいたから、ナリタさんも私も思わずタジタジとなった。しかし、警官の姿を見たら、すぐおとなしくなって、しおらしく元の病院へ歩いて行った。

医者が白衣を権威とするがごとく、お巡りさんもその服装を権威とする。精神科医はかような患者を捕まえに行くときは、すべからく警官の服を借りてゆくべきかも知れない。

それから、私はナリタさんと相談して、男病棟の非常口に張り番を立てることにした。白痴（シュバッハジン）とカルテに書かれている、いつもボケーッとして立っている男である。白痴は、精神薄弱者の中のいちばん重い者の訳語だ。なにとぞ差別用語と思わずにいて頂きたい。ドストエフスキイの『白痴』の主人公は、なんとも人間味の溢れる人物だ。また、白痴の中には、いわゆる正常人には見られぬ才能を持った者もいる。

私がまだ慶應病院にいたとき、大変人のマッつぁんが勤めていた精神病院へ見学に行った。するとマッつぁんは、十二、三人の精神薄弱者を並べておいて、

「気をつけ！　まわれ右！　歩け！」

なんて言っている。

世間の人がそれを見たら、何という精神病者を虐待する医者だろうと憤慨するだろうが、実はマッつぁんほど言葉こそ悪いが、患者を優しく世話した人は少ないであろう。

そのあと、マッつぁんは一人の白痴を連れてきて、

「この男は、何月何日が何曜日であるかが、すぐ分かる天才だ」

と言った。

私が試しに、

「えーと、八月十三日は何曜日？」

とたずねると、即座に、

「金曜日でさあ」

と答える。カレンダーを見ると、まさしくそのとおりである。私はびっくりして、

「それなら、来年の二月三日は？」

と訊くと、

「水曜日じゃねえの」

と、一秒もかからずに答える。カレンダーをめくってみると、これまた正解である。

私はそれこそ仰天して、彼を尊敬する気持になった。

「どうして分かるの？」

と、さながら神を拝むがごとくにたずねてみたら、

「先生、そんなこたあ当り前じゃねえの」

と、人をからかうような顔つきで平然としている。

私はこの男の前で、ひれ伏したいと思ったものだ。

ところが、そのあと彼は、看護婦に向かって、

「もっと、アンパン、くれようー」

とか言って、向こうへ走って行ってしまった。どうやら特殊才能があるくせに、社会生活はぜんぜんできず、やはり精神病院にいたほうがよいような男だったらしい。

つい先ほど、宮脇俊三さんにこの話をしたところ、彼は歴史にばかりくわしいと思っていたのだが、あんがい数学にも長けていて、

「北さん、そんなことは簡単です。つまり、月は三十日と三十一日とがあるでしょう？それをちょっと計算すれば、すぐ分かることです。ただ、閏年の時が、ちょっとむずかしいが……」

と言った。

しかし、宮脇さんが頭の中で計算するには、どうしても数秒はかかる。この男は一秒足らずでそれをやってのけたのである。

また、最近の医学書を読んでみたところ、このような精神薄弱者の才能について、何だかむずかしそうな学名をつけて解説してあったが、いかなる内容であったかはもう忘れてしまった。

また余談になった。とにかく私たちは、一人の精神薄弱患者に、非常口を見張っていろと頼みこんだ。なにしろボケーッとしている男だから、それを理解させるまでにかなりの時間がかかったと思う。

非常口といってもただの木が何本か並んでいて、そこの横木に鍵をかけ、突っかけ棒が二本ほどあるばかりで、脱走しようとする者を二人くらいの患者が協力すれば、ごく簡単に押し破られる。なんせ貧乏県の精神病院のことだから、仕方のないことであった。それゆえにこそ、屢々患者が脱走したのである。

ところが、見張り番に立てた男に、脱走しようとする者があったら、すぐ看護部屋へ知らせろと教えておいたのに、いざ二、三人の患者が非常口を叩いたり押したりしていても、なにせボケーッとしている男のことだから、彼らが果たして本当に逃げようとしているのか、それとも何か悪戯をしているのかの判別がつかない。

逃げるのか、それとも逃げないのかと、ボケーッとした頭で一生懸命考えていて、ようやく誰かが逃げだしたときになって、

「アッ、逃げたよう！」

なんて言う始末で、ぜんぜん役に立たなかった。

なまじっか彼に張り番なんてさせたおかげで、また二人ほどの患者にゆうゆうと脱走されたのである。

女病棟では、少女の躁病患者が脱走した。このときは私は見ていなかったから知らなかったが、あとで聞いたところによると、内庭で遊ばせているうちに、チョロチョロッと塀を乗り越えて逃げだしたらしい。躁病患者のことだから、たちまちどこかの警官の家へ駆けこみ、

「お巡りさん、あの病院はあたしなんかを入院させて、おっかねえひでえ病院なんだよう！」

なんて、訴えたらしい。あんまりベラベラとおかしなことをしゃべるので、その警官もこれはやはり頭のどこかがおかしいと気がついて、病院まで連れてきてくれた。少女は警官に抱かれて、ニコニコ笑っていた。あんな愉しい脱走事件は初めてのことであった。また、私の知る限り、女病棟から逃げだしたのは、この少女一人だけである。

私は、まだ先輩の医者が一人いた頃から、カルテに「顔貌（アウスドルック）。痴呆様（アパーティッシュ）」なんてドイツ語を書かず、すべて日本語で書いた。「二目と見られぬ顔」「鬼瓦のような顔」などと記した。大体アウスドルックを、顔貌なんて訳すから、いかにも精神病者がおっかなそうな気配が漂うではないか。せめて「顔立ち」、それよりも「かんばせ」という古語は優雅で、精神病者の優しさを示してくれるのではなかろうか。

近頃の医者は、主に英語教育を受けているから、カルテもみんな英語で書くらしい。

「あれじゃあ、患者さんに分かっちゃうんじゃないの？」

と、兄の一人だけ精神科医になっている息子にたずねたら、要所はドイツ語で書くと言っていた。ところが、若い医者の中にはドイツ語もほとんど知らぬ者がいて、今は立派な医者になっているナリタ医師のところに、ときどきドイツ語を習いにくる者もいるそうだ。

私はナリタさんが助けにきてくれる前に、近所の農家に病人が出たというので、二回往診に行ったことがある。付近には病院なんかない地方のこととて、精神病院の医者でも少しは役に立つだろうと頼まれるのだ。

その一つの病人の口を開けさせて調べてみると、喉の奥が白くなっている。これはジフテリヤの症候かと思ったが、べつにジフテリヤが甲府で流行（はや）っているという噂は聞いたことがなかった。それで私は一種のアンギーナらしいと言って抗生剤を与え、もしそれでも治らなかったらジフテリヤの恐れがあるから、内科医へ行ったほうがよいと教えて帰ってきた。

二、三日経って、その農家に寄ってみたら、

「先生、やっぱしあれはジフテリヤじゃったよ。先生は精神病だけ知ってるとおらあ思ってたけど、医者って者は何でも知ってるんだべえ。偉いねえ、先生は」

と、褒められた。よく聞いてみたら、やはりジフテリヤが付近で流行していたそうである。

それゆえ、医者という者は、うかうかと自分の腕前を信じて、ぴたりと一つの病名を言わぬほうがよい。四百四病とは言わずとも、四、五十の病名を言っておけば、その一つは正しい診断になる。これはべつにヤブ医者であるからそうする訳ではない。自分の診断に疑いを抱き、あれこれと思案し、試行錯誤してゆくからこそ、初めて名医への道が進めるものなのだ。

往診料はもちろん貰わなかった。その代り、葡萄とかリンゴくらいを貰った。精神病者の中には苦労しなければならない患者もいたけれど、こういう易しい病気を診てやることは愉しかった。

ナリタさんが来てからは、もっと真剣に、いや滑稽に、付近の畑で働いていた老人がふ

いに倒れて、病院にかつぎこまれてきたのを二人して診てやったことがある。

おそらく脳溢血であろう、もちろん意識もなく、瞳孔反射もなく、心臓の鼓動も聞こえず、脈もなかったから、もはやもう死亡していると二人とも思った。しかし、腕などの静脈は少しも引っこんでいない。二人とも慶應病院時代、受持ちの患者に死なれたときは冬だったので、死亡すると完全に静脈が引っこむ。夏の暑い日であったが、暑いときにもやはり静脈が引っこむかどうかは、二人とも知らないでいた。

医者の任務は、何よりも人助けである。ひょっとして心臓の病気かとも思って、ロベリンを心臓穿刺し、それから二人して一生懸命に交互に胸を押して、なんとか息を吹き返させようとした。あまつさえ、ナリタさんは冷凍療法の知識があったかどうかは知らないが、クロールプロマジンの液体を注射した。そうしてやると、静脈は引っこむどころか気のせいか太くなって見えてきた。

これはひょっとするとまだ生きているかも知れないと、また二人して交互に人工呼吸のため、胸を強く押した。そのうちナリタさんが、

「ちょっと……」

と言い、私を別室へ連れだした。そして、

「あんまり力を入れたもので、どうも肋骨をいくらか折ったらしい」

と、小さな声で囁いた。

そのあとも、また私たちはその部屋に戻り、大奮戦を開始した。かたわらには、患者の家族、近所の人たちが七、八人しゃがんで見守っていて、

「ありゃあ、もうとっくに死んでるのではないけえ」

「いや、先生方が、あんなに一生懸命やってなさるからにゃあ、まだ生きてるかも知れんで」

とか、囁いている。

すでに一時間以上も経った。静脈はどうしても引っこまない。

また二人して別室にやってきて、

「静脈が引っこまないところを見ると、どうしてもまだ血が流れているとしか思われん。とにかくいくら心臓に耳を当てたって鼓動は聞こえないが、どうやら心臓の一部はまだ生きているとしか考えられん。とにかく、君がクロールプロマジンなんか射つから、何が何やら分からなくなってしまった」

「だけど宗吉先生、クロールプロマジンはこのケースでは唯一の切り札ですよ。あれを射ったからこそ、静脈がますます引っこまなくなった。でも、わたしにも何が何やら分からなくなっちゃった」

などと、思案の末、『医学大辞典』などというぶ厚い本を開き、「死」という項目を探し、死とは一体いかなるものかと調べてみても、静脈が引っこむとは書かれていなかった。二人とも疲労困憊、もはや頭も朦朧となって、とうとう事務室にいた医局長を呼んで、

「あの患者さんは死んだようでいて、そのくせまだ生きているようなかすかな徴候がある。ぼくたちにはもう判断がつかないから、あなたが調べてください」

と、頼んだ。

医局長はその名は偉そうだが、むしろ事務の手伝いをしていて、医学はあまり知らないと思っていたら、一分も経たないうちにその部屋から出てきて、

「先生、あれはとうに完全に死んでいますよ。だって、もう臭っていますよ」

と言った。

この言葉に二人とも茫然自失してしまったけれど、そして私たちがやらかした言動はまるで落語のように滑稽であったけれど、これほど一時間以上も必死になって、なんとかして死人を生きかえらせようとした努力だけは、世の人々よ、ちょびっとでよいから褒めてください。

ナリタさんの話に戻ったから、県立精神病院の医局の真夏のことを書いてみよう。病院の付近は田畑だから、夏にはそれこそ無数の蚊が侵入してきて、壁にびっしりとまってい

た。ただ、とまっているだけで、少しも飛んでこちらを刺すような気配さえない。しかし、白壁がほとんど黒くなるほどの大集団だから、なんだか不気味であった。

そのうちに、その蚊の一匹が「ニイタカヤマ　ノボレ」とでも無電を打ったらしく、おびただしい蚊どもはサッと飛びたって、真珠湾におけるゼロ戦のごとく波状攻撃で私たちを襲ってきた。いくら手をふりまわしても逃げようともせず、執拗に刺しにくる。

これにはナリタさんのニンニクも役に立たなかった。それで蚊取り線香をどっさり買ってきて、部屋のあちこちに置くことにした。さすが由緒ある品物だけあって、蚊の大軍はポトリ、ポトリと落っこちる。これでもう大丈夫だと安心していたら、床に落ちた蚊たちは実は死んでいなかった。失神したか気絶したくらいで、また黄泉（よみ）の国から甦って飛んできやがる。

そこで私は珍案をひねくりだした。金盥や空缶に水を入れて床のあちこちに置いておくと、落ちてきた蚊の野郎は水泳ができぬから、哀れなるかなや溺死をとげる。いやあ、我こそはまさしくニュートン、アインシュタイン以来の天才的発明家と言うべきであった。

ナリタさんは、赴任してからはしばらくおとなしくしていた。が、或るとき、M教授が視察にやってきた。元特高の事務長はホクホクと喜んだ。なぜなら、教授がくればもちろん宴会を開かせる。自分も御馳走が食べられるからである。

その席で、私は教授に『文学と芸術の心理学』という本を渡した。麻布中学で一年先輩の奥野健男さんが、私の小説がちっとも売れないので気の毒がって、その中の「夢」という項を書いてみろと勧めてくれたのだ。教授はその本をチラと見ただけで、

「こんなものはくだらん」

と言って、わきに捨ててしまった。おそらく執筆者の誰かが気に喰わぬ人であったのだろう。

この「夢」は書きなぐりのもののはずだったから、私自身どうせくだらぬものと思っていたが、このたび初めて読み返してみると、あんがい良いところがある。その一部を抜いてみよう。

夢と芸術との関係は昔から注意されてきて、古いところではアリストテレスが、芸術家や哲学者が作品を生みだす際に、しばしば夢に教えられることがある事実を指摘している。こうしたことを重要視するのは危険であるが話の順序として、夢を見ていわゆる「無意識的創造」を行なったと伝えられる芸術家の実例をあげよう。

ベートーヴェンは友人あての手紙のなかで書いている。

「僕はウィーン行の馬車の中で眠った。夢のなかで、僕は遠い国へ旅をしシリヤにもイン

ドにも行き又帰国し、最後にはイエルサレムにも行った。聖都は聖書のことを憶いださせた、と同時に、僕はカノンを考えついた。目覚めるともうそれは消えてしまい、どうしても思い出せなかった。けれども翌日同じ馬車で帰る途中うつつに夢のなかの旅をつづけてみると、連想のおかげで僕はそのカノンを思いだした。僕はメニエライがプロチウスに飛びついたようにそれに飛びつき、三声にわけて歌わせることにした」。リヒアルト・ワグナーも自伝のなかでこう書いている。「死ぬほど疲れきって、私はぐっすり眠ろうと固い寝床に横になった。けれど眠れなかった。やがて私は夢遊病者の状態におちいった。不意に、私は急流に沈んでゆくような気がし、そのくだける音が変ホ長調のように思えた。それははげしく流れて比喩的なオルペドウロになった。私は波頭が私の頭上高くうちあうのを感じながら現つの夢から覚めた。自分がうまくゆかないで苦しんでいた『ラインの黄金』の前奏曲を幻に見ていたのだ」。もっとも著名なのはタルティーニのばあいであろう。老後彼が語ったところによると、彼は悪魔に魂を売った夢を見、悪魔に自分のヴァイオリンを手渡してみた。「ところが実に驚いたことに、悪魔が完璧な腕前で演奏するのを聞かされたことです。そのソナタは私の想像がいかに大胆に天空を馳せたとしても、到底太刀打ちできぬほどいみじくも美しいものでした。私は歓喜し、我を忘れ、魔法にかかったように思いました。私は息もできず、そこで眼が覚めたのです。私はヴァイオリンをとり、今聞いた音楽を保存しておこうとしたが駄目でした。その時私の作った『悪魔のソナタ』なる曲は、私の作品中もっとも優れたものであるが、夢のなかで聞いたあの曲に比べればどのくらい劣っているかわかりません」。画家としてはラファエロの話をブラマンテが伝えている。「ある夜ラファエロは、それまでもしばしばあったように聖母に祈る夢を見、感動して目覚めた。闇のなかに、彼の寝台の前の壁に明るい姿が映っていた。よく見ると、壁には未完成のマドンナの姿が優しい光につつまれ、完全に、また生けるがごとく懸っていた。その神々しさは云わんかたなく、その姿は今にも動くかと思われた。否、本当に動いていると見えた。しかし特に驚くべきことは、ラファエロが生涯求めていたもの、彼がおぼろに予感していたものが、その像の中に見出されたことである。彼はふたたび寝たかどうか憶えていないが、翌朝起きた時は生れ変ったようだった。なぜなら、その面影が永久に彼の魂と感動のうちに感銘されたのだから。こうして彼は聖母を心深く宿る姿に描くことができた」。作家の例は枚挙に暇ないが、ヴォルテールは『アンリアード』第一部の変形を夢にみた。「私は目が覚めていてはいえないようなことを夢を見ながらいった。こうして私の思想のあるものは私の意志でなく私の方から働きかけることなくしてできあがった」。またプーシュキンは次のように語る。「私はエゼキエル書の断章をよみ、ふかく心を打たれました。私が『予言者』のなかで言葉を変えて歌ったのはそれです。その断章は数日間頭にこびりついていましたが、ある夜私はその詩を書きあげました。私は起き上って書き出したのですが、どうもその詩の言葉は夢に見たものとしか思われません」。別の箇所で彼はこうも述べている。「時折、夢の間に不思議な詩の文句を見つけます。それは夢ながら素晴しいものです」。そのほか、コルリッヂは夢から『クーブラ・カーン』を作り、ドストエフスキイは主人公たちやある場面の夢をみて『未成年』を書く気持を起し、トルストイは短篇『何を私は夢に見たか』を書いたと伝えられている。

だがはじめに述べたように、こうした例を誇大に評価するのは間違いである。人々は素朴に天才たちを讃えるために、誇張して語り伝えたという点を考えねばならない。エリスも「実際の睡眠中に時として行なわれた天才人の創作活動や、彼らが夢のなかでうけた暗示などに言及する必要はまずあるまい」と述べた。たとえばコルリッヂの詩の場合にしても、実は阿片の影響の下であって、正常な睡眠中になされたのではないと仮定してもよいこと、タルティーニの場合でも、その曲が夢のなかでつくられたと断定する根拠はいささかもないことを指摘している。ただこれらの挿話から、いかに彼らの自我が強く欲求していたかということ、彼らがやがて産みだそうとしていたものにたいして彼らの魂がいかに意欲し模索していたかを感じとって頂ければよい。彼らには強烈な力が内在していた。だから夢を見た。偶然夢があって何物かが生れたのではなく、事実はその逆である。通俗的に好んで伝えられるインスピレーションなども同様である。手をこまねいていて天からおとずれるものなどありはしない。たとえ本人自身が意識していないにせよ、彼の無意識ないし不意識が長い間求め、もがき、探り、そして感じとった産物なのである。夢は一つの象徴であり、波間にあらわれた氷山の一角にすぎない。海面下に沈んだ厖大な部分のあることを忘れて、これらの話をうけとっては皮相な見方をまぬかれないであろう。

ここで触れねばならないことに、夢の目的の問題がある。フロイトはすべての夢を過去の願望の象徴と考えたが、ユングなどはこの解釈は後向きのものであり、もう一つ前向きの解釈がなされてよいとしている。前向きの解釈というのは、未来にむかってなんらかの目的をもつというので、それでなければ前述の創造現象を説明することがむずかしい。空想ということになると、さらにこの傾向は強くなる。

空想は覚醒時の現象であるから、夢と同様の産物であるにせよ、もっと現実性がいりこんでいて、もっと意識的のものである。われわれは現実に直面して不満をもつものであり、架空の世界に逃げこみ、かりそめの満足を求める。ひとり取り残されたシンデレラと同様、田舎者は都会を夢み、腹のすいた者はビフテキを頭に描き、旧軍人がふたたび無敵皇軍の威容を思うなど、食欲、性欲、権勢欲などを満たそうとする。これが行動の面にあらわれたのが子どもの遊びで、彼らは葉っぱを浮かべて舟と見たて、地面に線をひいて家のつもりでいる。空想は現実逃避にはちがいないが、ユングのいう前向きの傾向の一面を有している。子どもの遊びが、未来の生活のための目的をもっていることを考えれば、この前向きの一面が、創造というものにつながるのである。

空想にもあらゆる段階がある。

創造者は強烈な自我をもち、したがって欲求がつよく不満もつよい人間であるといってもいい。彼らは現実社会に適応しにくい。よりよきもの、より美しいもの、より真なるものを求める。またより奇怪なもの、より醜悪なもの、より罪深いものを欲求するかも知れない。空想の世界ではすべての束縛がとかれる。時間も空間も無視され、はじめてわれわれは無限を意識することができる。自由という言葉は空想の世界でのみ可能である。「狂気したことのない人は遂に幸福を知らぬ人間だ」というラムの言葉にしても、そうした意味で受けとられるだろう。だが、いかに魅惑にみち、可能性にあふれた空想にしても、それだけでは客観的な価値はない。それは閉ざされた世界であり、そうした不毛の夢想なら、われわれすべてがなしている訳だ。これに意識的な操作が加えられ、現実性、社会性をおびてこそ、芸術作品としてわれわれの財宝にもなりうるのである。マラルメはいう。「暗示する――これこそわれわれの夢である。この神秘を完全に駆使することが象徴を構成する」。

創造の母体はあくまでも「夢」であり、創造者の秘密をとくにはなんらかの意味で、夢、幼児、無意識といった問題にふれないわけにはいかない。彼らが空想にふけりやすいところは幼児に似ている。性格的には分裂気質、内閉性といったものと密接につながっている。

創造的空想が、視覚、嗅覚、聴覚などから誘導されてくることは多くの実例がある。シラーはいう。「最初に情緒のある音楽的基礎があらわれる。ついで詩的観念が生じてくる」。クライストは、音楽が自分の思想に言葉の衣服を着せる基礎だ、と述べ、レーピンはリームスキイ・コルサコフの音楽から『イワン大帝』の題材を得た。コンドラーチェフの画法は、「なにか曲が奏でられ、まだ写実的乃至空想的な形象が視覚に浮んでこないうちは、リズムを線で画く」ことで、「メロディはどれも各その一定の色」であらわされた。またアセスは「リズムをつけて手足を交互にふるダンサーの絵を見て」オペラ『ラゴルスキイ王』を作り、真赤なケシの花からコルサコフは『カシュチュイ』を作曲せずにいられなかった。嗅覚の例としては、腐敗した林檎の香とシラー、松露の香とバイロンなどがあげられよう。

空想から作品が生れる創造の過程をドストエフスキイは苦役と呼んだ。彼の兄宛の書簡。「兄さんはどんな理論を持たれるか、どんな場面を大急ぎに書き上げねばならないと考えるか。どこもかしこも大変な労作なのです！　プーシュキンの軽快な数行の詩も、易々書かれていると見るまでには、どのくらい長く推敲し書き直したかわからないのです。——私はたとえばある場面をすぐ書き上げても、数カ月、一年以上も書き直しに要します」。ショパンはサンドの伝えるところによると、或一音の変転のため数週間を身もだえして子どものように泣いた。フロベールは一ページ半書きあげるのに十二ページを書き汚した。セロフはある肖像画を描くのに九十回ポーズを変えさせた。

どのようにして芸術が生れてゆくかという過程を、心理学的に解明することは可能であろうか。カントは、「予定を許さぬ創造的空想の遊戯三昧」という言葉を使い、はっきりと創造的現象にたいする実験的方法を否定している。ハルトマンは「創造の根底にある無意識的作用はいかなる場合にも自己観察を許さない」といい、リーボなども大体同じ意見を述べている。これにたいしヴントはいう。「空想の研究という課題は実験の課題と思われる。実験的方法のみが、対象と空想形象との間の関係を正しく支配する条件を意のままに変化させることができる」。いずれにせよ、科学と芸術は次元の異なる存在であって、ある一側面をうきださす照明以上の役目を果さないことは確かであろう。グルゼンベルグの言葉は傾聴に価する。「もし創造心理学が芸術家の創造的空想の法則に関する学となるのを願うならば、それは形而上学的仮定や誘惑的イリュージョンから離れて、似而非なる『創造心理学』の樹立が可能なることを信じてはならない」。

トーマス・マンは詩人を定義して、自分自身のことだけを述べてそれがそのまま全世界を述べていることになる人のことだ、という意味のことを書いているが、同じように、元来個人的な、閉ざされたものである「夢」を解きはなち、普遍性、社会性を付与したものが芸術であるといってよいだろう。マンの名前がでたついでに、この辺で固苦しい話からはなれて、ジイドが比べるものがないと呼んだ彼の長編『魔の山』をひもどいてみることにする。

この小説の主人公ハンス・カストルプは単純な「人生の厄介息子」であり、低地から隔絶されたダヴォスの療養所にはびこる「病菌」の実験材料にすぎない。対立した教育者たちは、この青年をそれぞれ自分の陣にひきいれようとする。だがあるときカストルプは吹雪に迷い、雪のなかで美しくも怖しい夢を見た。はじめ彼の前には、明るい霧雨のヴェールの下から、深い紺青の南海があらわれる。海浜の砂地の上では美しい太陽の子らが、楽しげに子どもっぽい、同時に品位にみちてつつましく、馬に乗ったり弓をひいたりして遊んでいる。それは見ていても胸がふくらみ温かくなるような光景だった。だがやがてカストルプは背後の神殿で行なわれているむごたらしい饗宴にも気づく。そこでは魔女のような老婆が白髪を乱し半裸体で、野蛮な落着いた様子で嬰児を裂いて食べている。彼はもろい骨が老婆の口の中でくだける音を聞き、醜悪な唇から血がしたたるのを見た。そこで彼は目ざめるが、それらの光景をどこかで知っていたような気がする。

「僕は一体どこで見たことがあったのだろう？　誰も自分の心だけで夢を生むのじゃなくて、めいめい思い思いの見様はしても、本当は無名で共同で夢を見るのではなかろうか。ある大きな魂があり、それが僕という一小部分を通して、僕は僕なりに、いつもその魂がひそかに夢見ている事柄を夢見るのだろう」。そしてカストルプは人間の地位と本領を考え、はっきりと彼の「陣」をとる。「僕は人間の地位を夢に見、また人間の礼儀正しい聡明な恭謙な社会を夢に見た。その後ろの神殿では凄惨な血の饗宴が行なわれていることをひそかに考えているから、太陽の子らはあのように礼儀正しく麗しくいたわりあうのだろうか？」「死の冒険は生のなかにあって、それがなかったら生は生でなくなるだろう。そしてその真中、冒険と理性との中間こそ人間の位置すべき場所である。その真中の位置にあって、人間は上品にやさしくうやうやしく自己を過さねばならない。なぜなら人間だけが尊いのであって、対立する考え方が尊いのではないからだ。対立しあう考え方も人間があってこそ存在するのだ。だから人間はどんな対立よりも尊いのだ。人間は死よりも尊く、死に耽溺するには尊すぎる。知性の自由を持つからだ。また人間は生よりも尊く、生に耽溺してしまうには尊すぎる。心に敬虔な気持をもつからだ。なんだかこれは詩のようだぞ。人間についての夢の詩のようだ。僕はこれを覚えておこう」。その通り、忘れさられたように見えたこの夢は、彼の魂の底ではずっと生きつづけていた。だから彼は「大きな無感覚」から覚め、魔の山をくだるようになるのである。

ハンス・カストルプの雪中の夢を、後向きの夢、前向きの夢という観点から眺めてみてもいい。たしかに「夢」はこの二面をもっているのだ。またどんな個人的の夢であっても、それは人間というものから、社会から切り離して存在するものではない。われわれは社会の一員であり、歴史というものに規定されている。またそれであるからこそ、個人個人の「夢」も、われわれの共通財産ともなりうるのである。われわれの「夢」の中には、人間の過去、現在、未来が含まれているのだ。

かつて、夢といえば無意味なもの、はかないもの、美しいものと考えられてきた。今日のわれわれは、夢に意味があることを知っている。それが溶鉱炉のどろどろしたたぎり、生臭いもの、醜悪なもの、抑圧されたものから成っていることを知っている。だが人間はこの暗黒の中から、獣的なものの中から、絶えず美しいものを産みつづけてきた。われわれは「夢」の本質に目をそむけてはならぬ。いわゆる夢幻というヴェールをおしやり、きびしい認識の照明の下にさらしたとき、そこには執拗な生体の息吹きが、さまざまのエネルギーの葛藤が見られるだろう。芸術という面だけから見れば、大多数の「夢」は不毛の自慰に終り、いくばくかのものが見事な果実を結ぶ。

これを読んで、実は私はあきれかえってしまったのである。

これらの知識の一部は、すでにボケてきた私も覚えているものの、あとの大半は今の私にぜんぜん記憶にないものなのだ。一体、このような知識をどこから学んだのかも分からない。おそらく高校、大学時代に読んだ本によるものであろう。

それに、自分で言うのも変なことだが、文章がまた実に良い。今の私にはとても書けないような、簡潔で、明晰な日本語である。ひょっとすると若い頃の私は、まさしく天才だったのではあるまいか、といくら謙虚に自己反省してみても、どうしても考えざるを得なかった。もっともなにせ狂人の考えることであるから、多分当っていないであろう。

ともかく、その私が一章を書いた本を教授が読みもしないので、あとでナリタさんが、

「あれはケシカランな。いやしくも子分が書いたものを読みもしないなんて」

と憤慨していた。

事務長が御機嫌だったもので、そのあとナリタさんはどういうふうにやったのかは知らないが、病院の予算を増やさせ、その金でロボトミーに使う器械一式を買った。ロボトミーは時代遅れになったとはいえ、この病院にはまだロボトミーを必要とする患者がいくら

かいたからである。

だが、ナリタさんはまだロボトミーをやったことがなかった。そこで大奇人ではあるが、あんがいガクがあるマッつぁんを呼んで、二人でロボトミーをやることになった。マッつぁんは少しロボトミーをやったことがあるので、彼が親分となり、ナリタさんが助手となり、私は手術なんかおっかないから、更にその子分になった。ただ、右左の切りとった頭蓋骨の粉末をあとでそこに詰めろと言われたので、右手だけを消毒しておいた。

ところが、いざ骨の粉を詰めるときになって、うっかり左手を用いてしまった。左手で右の骨の粉を詰めたのである。これはきっと化膿するかとゾッとしていたら、どういう訳の訳柄か、左だけが少し化膿した。一体全体、いかなる神か悪魔のはからいか、こればかりは未だに分からない。

それからしばらく経った頃のことと思う。一人ぽっちでいたときは、私は外へ飲みに出かけることはまったくなかったが、ナリタさんが来てからは、夜の回診を済ませたあと、事務室の連中がみんな寝てしまったのを見定めておいて、二人して交互に一杯飲みに出かけるようになった。

まず先へ行ったほうが、安酒屋から電話をかける。病棟も事務局も大丈夫だと言うと、残ったほうも脱走して行って二人して飲む。なんとも愉しい夜々であった。

ところが、しばらくすると、事務の誰かに気づかれて、玄関の戸を閉められてしまった。そこで、医局の窓からドロボウのように忍びこむ。これまた発見されて、医局の窓にも鍵をかけやがった。

そこで、ついに二人は便所の小窓から鼠小僧のごとく侵入した。なにしろ、ナリタさんはかなりの大男であったから、まず私が便所に降りて、それから彼の身体を受けとめる。なにせ重たいナリタ不動さまだから、二人とも便所の中でころがらねばならぬときもあった。

一度、私はベロンベロンに酔っぱらって、宿直室へ行く途中、消火器に蹴つまずいてひっくり返ったことがある。あのときは、危うく生命を失う危機一髪であった。その消火器はなんだか知らんが酸素を無くす泡を放射する奴で、私は白い泡だらけになって、危うく窒息死をとげる寸前。ナリタさんが抱き起こそうとしても、どうしても起き上れない。すると、親切な病院の運転手さんがたまたま看護部屋でしゃべっていたらしく、物音に気がついてやってきて、ナリタさんと一緒になんとか私を抱き起こしてくれた。あんな物騒な消火器とは二度とお目にかかりたくない。

ところで、宿直室で私は毎夜、セッセと売れない小説を書いていた。明るいと目が覚めてしまう性(たち)である。そこで書きつぶした原稿用紙の裏に墨を塗って、窓にベタベタと貼りつけた。その数は、三、四十枚もあったかと思う。万一、今でも残っているとしたら、あれはぞんがい貴重なものだ。先年、私は生原稿を古本屋に売りとばして、それで株を買った。ところが、その株はバブル崩壊で三分の一の値になってしまった。懇意の古本屋の御主人にたずねると、若い頃の私は万年筆で書いたが、かなり前からずっとボールペンで書いている、万年筆で書いたものなら、二倍の価格になると言う。

しかし、昔は生原稿を返す習慣がなかったから、若書きの万年筆で書いたものは、新潮社がかなり、中央公論社が一つ返しただけで、文春なんかハガキを出したのにぜんぜん音沙汰がない。あの宿直室の万年筆で書いた原稿が残っていたなら、なんとか引っぱがしてきて売りとばして、今度は競馬をやろうと思っている。一度でよいから、万馬券とやらを取ってやりたいものだ。どうも我ながらドストエフスキイに似て、どうしてこうもギャンブル好きなのであろうか。しかも、儲けたことは、ただの一度もない。女房はカンカンに怒って、こんな気弱な私の首を絞めたり、蹴飛ばしたりしている。ありゃあどう考えても、ソクラテスの妻を上まわる大悪妻だ。悪妻を持つと偉くなる人が多いが、私の場合はどんどんダメ男になってしまう。ああ、神よ、仏よ、悪魔よ。

今、思わず神よ仏よと書いたが、それと西欧的にはっきりと対立する悪魔(サタン)がいないことが日本の不幸でもあろう。また、私はキリストよりもブッダのほうが立派であったと思う。

キリストは人を愛したが、お釈迦さまは人のみならず、山川草木をも愛した。蠅一匹殺さなかった。ブッダはさんざん苦行をしても、どうしてもサトリをひらくことができなかった。苦行を捨ててから、ようやくサトリを得た。高野山などで苦行をしている坊さんがいるらしいが、いくら苦行をしたとてサトリなんかひらけるものか。

さて、ナリタさんは私よりずっと優秀な医者であった。私が予算が少なくてクロールプロマジンを二十人ほどの分裂病患者に、雀の涙くらいしか与えなかったのに、四、五人の患者だけに大量にあたえることにしたのだ。

まだナリタさんが来る前、一人のおとなしい分裂病患者を、いくら診察してもどうという症状がないので、退院させようとしたことがある。しかし、看護人はどうしても納得してくれない。私が赴任してからちょうど半年頃だったか、宿直室にいると、隣りの男子病棟でなにやら声高にしゃべっている者がいた。なんだかお経のようで、意味はまったく分からない。しかも、かなりの大声である。いつもおとなしかったあの男であった。あれは分裂病と躁病の入りまじった混合精神病であったであろう。こんなふうに、たとえ医者であっても、どこかの精神病院に勤めて半年もしないと、患者さんがいかなる病状を持つかが判明しない場合もある。ましてや、朝日の記者のように素人では、精神病院がいかなるものであるかが分かるはずはない。

ナリタさんの提案によって、私たちは四、五名の患者にクロールプロマジンを集中投与することにした。すると、いつもほとんど動かず話すこともなかった一人の植物人間化した分裂病患者が、あちこち歩くようになったと看護人から報告があった。私たちは大いに喜んでいたところ、その男はただ歩くだけならよいのだが、窓硝子を壊したり、戸を叩いたりしたらしく、看護人が一つしかない独房へ入れてしまった。

それより前、そこには梅毒からくる進行麻痺の老人が寝かされていた。マラリヤ菌による発熱療法は、齢が齢だからとても高熱に堪えられぬと思われたので、ただ寝かせておいて死ぬのを待つしか致し方のない気の毒な老人であった。もとよりほとんど動くこともできぬから、鉄格子の狭い独房なぞに入れる必要はなかったが、なんだか意味不明の言葉を呟いたり、糞尿を洩らすので、他の患者が恐ろしがったからである。

窓硝子を壊したりする男には、ナリタさんが眠剤を注射した。しかし、なかなか眠りもしないので、迷惑がって看護人が勝手に独房へ入れてしまった。

すると、それこそ悲惨な事件が起こった。このことは私は見ていなかったので、つい先頃ナリタ先生から聞いたことである。分裂病の男は独房へ入れられると、さすがに眠りこんでしまったが、もの凄いイビキをかきだした。それを、ほとんど身動きもできなかった進行麻痺の老人がうるさがって、片手で布団と共に敷いてあった藁屑を口につめこんだらしい。それで、ようやく歩くようになった分裂病患者も、無惨にも窒息死をしたのである。

それからが、戦争が始まったかのように大変な騒ぎであった。それまで脱走者が出ても、ただ「兇暴性患者脱走」と新聞に載るくらいであったが、どう嗅ぎつけたのか殺人があったというので、新聞記者がすっとんでくるやら、電話はジャンジャンかかるやらして、私たちはヘトヘトに疲れきってしまった。

ただ疲労困憊するくらいならいいのだが、どうしてもその患者の遺体を家族へ届け、それから謝罪に行かねばならない。

私はナリタさんより先に赴任したから、どうしても院長代理の立場にある。それで、致し方なしに、病院の車で県の役人と共にその家へ行った。ずいぶん遠い距離だったと思う。ようやく、その家が近づくと、周囲の雰囲気が異様である。何十人もの男女が家のまわりに集まっていて、

「あっ、来た、来た！」「野郎、よくも殺しやがったな！　こんだあ、てめえをぶっ殺してやる！」などとわめいている。

のちになって考えてみると、あれはおそらく左翼のグループが、その家に頼まれて、慰謝料をできるだけ多くふんだくるようにデモっていたとしか思われない。

私の顔は恐怖の念にこわばった。しかし、前にも記したように、まったく患者を見舞い

にもこない家族がいっぱいいる。もちろん衣服、食物なども送ってこない。みんな私やナリタさんの古着を与えていた患者たちである。

そこで、私はさながらサムライのごとき心に戻って、ワアワアと罵っている群集をかきわけて、その家の中へ入って行った。

家の中にも、家族の他に、多くの男女がびっしりと坐していた。私がかなり広いその畳の部屋に正座すると、一人の老人がやってきて、まず私のネクタイを締めあげた。首が絞められるように痛かった。

私はさすがに弔問へ行くというので、一張羅の背広を着ていたのである。

そう言えば、ナリタさんが赴任したとき、何時まで経っても月給が出なかった。無理はない。貧乏県のことだから、院長はじめ二人も医者が結核で寝込んでいて、それにも給料を出さねばならない。四人もの医者に月給を出すのはとてもできなかったのかも知れない。

そこで私は、県知事宛に次のような手紙を書いた。

「小生は今度きた医師に月給を分けねばならず、そのため二人は二食はラーメンしか食べられぬ。白衣を買う金もないので、二人ともトックリ首のセーターを着て患者さんを診察している。これでは、いやしくも県立精神病院の医師として、山梨県の体面にかかわるのではないか？　云々」

この半分法螺の手紙が効を奏して、一週間後にナリタさんの月給が降りた。

そんなことより、その小柄な老人はまず私のネクタイを締めあげておいて、それから前に置いてあった茶碗の湯を私の顔にぶっかけた。

しかし、私はもうサムライになりきっていたから、睫毛一本動かさずにいた。

ようやく老人がそれ以上何もしなくなったときになって、私は静かな声で、独房が一つしかないこと、かくかくいう事情で、どうしても二人を同居させねばならなかったことなどを、二十分ほども話しつづけた。すると、それまで私を罵っていた人たちも黙って話を聞いてくれた。最後に私が平伏して、「申訳ありませんでした」と言うと、誰も彼もが無言で、私が立ち去るのを見あげていた。

しかし、帰りの車の中で、私はなんだか口惜しくて口惜しくて、涙がこぼれてき、もう医者をやめる、どうしてもやめると心の中で誓っていた。わきにいた役人が、

「先生は立派でした。あんな目に遭わされて、落着いた声で説明したのは実に立派でした」

と、慰めてくれるほど、いっそうの涙が両眼から頬を伝わり流れた。

しかし、私はやはり医者のままでいた。いくらヤブ医者の私でも、そのことを自覚していたからこそ、できるだけ患者さんに親切にしてきたつもりである。中には尊敬できる者

もいる精神病者たちに、もう少し尽したいと思った。

ところで、さすがの私も往生したのは、あの山梨の病院にいた強姦妄想の女性であった。さまざまな治療をしたが、どうしても良くなるどころか、ついに強姦した相手が他ならぬこの私だと主張しだしたのである。

精神科医、なかんずく分析医は患者とよく話し、ラポルト（信頼関係）をつけるから、初めは患者に好かれる。しかし、やがて自分の秘密、恥部をみんな打ち明けてしまうから、一度は逆怨みをされて憎まれる一時期がある。そのあと、今度は本当に慕い愛され、中には恋されるケースもある。ヒヨッコ医者は、あんがいこうした経験を知らないものだ。

だが、分裂病の妄想患者、強姦妄想の相手にされた私こそ災難というものであった。

私が慶應病院へ帰ったあと、彼女は癒ってもいないのに退院したらしく、わざわざ東京までやってきたのだ。そして、慶應の神経科を訪れては、私をなじる。なじると言っても、

「なぜ先生は、あたしを強姦したんです？」

と、ニコニコ笑って、まるで第三者のことを話すがごときであった。

この若い女は二、三度はやってきたと思う。最後のとき、彼女は私のあとを追いかけてきてこう言った。

「先生、どうしても白状しないんですか？　警察に訴えますよ」

その日は私は多忙であった。しかも、彼女はにこやかに言うものだから、

「どうぞ訴えてください」

と言って、そのまま受持ちの患者のところへ行ってしまった。

すると彼女は、本当に新宿の警察署に訴えたのである。

夜、兄の家に相変らず万年おじさんで居候している私のところに、警察から電話がかかってきて、かようしかじかだからすぐ来いと言う。私は、

「だってお巡りさん、彼女は山梨の県立精神病院の入院患者だったのですよ。そこへ電話をすれば、分裂病の妄想型だってことがすぐ分かるはずです。たとえ医者がいなくっても、カルテを見れば分かるはずです。ぼくは今忙しいですから……」

と、いくら説明しても、その警官はどうしてもすぐ来いと言ってきかない。

私は致し方なしに出かけて行った。そこは小さな派出所で、三人の警官しかおらず、その中の親分らしき男が私を尋問しだした。もちろん、当の彼女もちゃんとそこにいたのである。

私はいくら無能な警官にしろ、少しは精神病のことくらい知っているだろうと、どちらかというと高をくくっていた。ところが、この警官は、いくら説明してやっても、ぜんぜ

ん私を信用してくれない。

その理由が、途中で彼女が口をはさんだことで判明した。つまり、

「この先生のお兄さんが、いくらいくらで示談にしようなんて言ったのよ」

先に「妄想の城」という用語を記したが、或る種の妄想がいかに巧みに、堅固に構成されているかがお分かりかと思う。こんな言葉を聞いたら、警官がてっきり私のことを強姦魔と信じこんでしまったのも無理ではない。

それでも、私は牢屋に入れられることはやはり嫌だったから、懸命になっていろいろと説明した。とにかく山梨の病院へ電話をしてみてくれと頼んでもみた。

しかるに、この警官は私の言うことなんかまったく無視して、

「とにかく、本署まで来てください」

と宣言した。

そこは淀橋警察署の本署であった。

そこの上役らしき警官に、派出所の警官は事のくだりを話していた。もう完全に私を犯人あつかいにしたしゃべり方であった。私はそれこそ、ムショの臭い飯を食べさせられそうだったから、そのときは必死になったのを覚えている。

いくら精神医学を警官に説いても無駄であることはもう分かっているから、彼女と話を

することにした。

「君は山梨の病院にいた頃、あちこちで強姦されたって言ってたけど、あれは本当？」

と訊くと、彼女はうなずいてくれた。

「それから、今度はぼくが君を強姦したって言いだしたね？」

「あら、先生。だって、それ本当のことじゃない？」

「それなら、ぼくの兄が君といくらで示談にしようと言ったのは何時？」

「昨日のことよ」

「どこで兄と会ったの？　ぼくの兄貴の顔をむろん覚えているだろ。どんな顔だったか言ってごらん」

こんなふうに話してゆくうち、いかにも堅固であった彼女の「妄想の城」にも、あちこち矛盾した点が出てきた。

それを聞いていた上役の警官は、さすがにこれは少しおかしいと思ったらしく、

「君はこの医者を告訴する気かね？」

「もちろんですわ」

「でも、そういうことは親がやるべきことだ。家へ帰って、親と相談しなさい。……それから先生、あなたはもう帰っていいです」

私をしょっぴいてきて点数があがるかと得意になっていた先の警官は、なお上役の意見に納得せず、こういう男を野放しにおいたりすると……などとブツブツ言っていたが、ついには私を釈放せざるを得なかった。

今になって考えてみると、これは完全な人権蹂躪（じゅうりん）である。私こそあのお巡りを告訴してやりたいが、今となってはくだんの警官がどこへ行ったやら分からないし、裁判なんかしている暇はとてもない。口惜しいことだが、これはまず許してやるとしよう。

しかし、警官たる者は本物の犯罪人を捕えるのが義務である。それゆえ、少しは精神医学を勉強して貰いたいものだとつけ加えておく。


分裂病患者の事故死のショックで、私は医者をやめたいと一度は心に誓ったのだが、本当に私が医者をやめたのは、三十七歳の時カラコルムの登山隊にドクターとして付いていったあとのことである。一カ月余山中のテント生活をし、その帰途、パキスタン最後の文明のわずかにあるギルギットのレストハウスに泊った。そこからパキスタンの当時の首都ラワルピンディまで空路があるが、高山の上を飛ぶため少しでも雲があると欠航になる。私たちは一週間も待たされた。最初の日、私はボーイにバケツ二杯の湯を貰って、山中にいたときの垢だらけの身体を洗った。そのとき、ふと見やると、局所のそこに一本の白毛を見つけた。白毛は老いの象徴である。

それから、ようやくのことで東京へ戻ってきて、ナスとキュウリの漬物をビールと一緒に飲み食いしたときほどの幸せの感じは、わが生涯にいくらもなかったと思われるほどであった。当時、私はまだ週に一回、兄の医院に勤めていた。或る日、患者がこんで大変だったが、急にトイレに行きたくなった。しゃがんでいるうちにも、なおカルテが増えてゆくのではないかとせかれるような気持であった。そのとき、陰毛をいじっていたら、その一本の白毛が抜けてしまった。なんだか惜しいような、もったいないような気がして、なおしげしげと見やったところ、なお一、二本の白毛を見つけてホッと安堵したことを覚えている。

しかし、白毛はあくまでも老いの象徴である。こうして週一日、いや、その前夜は早く寝なければならぬから、ほとんど二日書く閑がなくなる。昔は私のようなヤブ医者が多かったが、近頃はなだいなだ君、ナリタ医師のような優秀な精神科医がかなりいるようだ。自分はこのまま死んでもよいが、いったん恥ずべきものを書きだした以上、どうしても書き残しておきたい作品がやはりある。こうして医者をやっていて無駄にした時間を、そのとき私は胸の中で計算してみた。そして、きっぱりと医者をやめたのである。私の人生は出鱈目ではあったものの、あんがい筋を通したと自分では思っている。

世間の人々は、私のような大精神病者が医者をやめたので、さぞかしホッとしていることであろう。

ただ娘だけは、「パパは躁病のときだけ、またお医者さんになったらいいよ。そしたら、きっと流行(はや)るよ」と言ってくれている。

それから、「パパは躁病のときに何か新興宗教の教祖さまになったら、きっと信者が増えて、パパはお金持になるよう」なんて言っている。

だが、双方とも真平御免なことだ。医者になったら、おそらく躁病患者ばっかりやってきて、大口論になってくたばってしまうだろうし、教祖さまになっても、信者から変てこな踊りなんか強要されて、私は過労死してしまうにちがいあるまい。

ただ、娘はもっと名案も出してくれた。私は躁病になると、少しはテレビに出たり小説を書いたりして、その動静が世間の人に伝わるらしいが、鬱病になると夕方まで眠ってばかりいて、一体何をやっているかまったく分からない。

そこで娘が言うには、

「パパの寝室に覗き穴を作るの。そしたら幾人か集まってきて、その穴からパパの寝姿を見て、アッ、少し動いた、アッ、涎(よだれ)をたらした、なんて言うわ。覗き料は十円よ」

なんという頭の良い娘であろうか。しかし、たった十円じゃあ私は嫌だ。

第十二章　東京へ帰ったことと航海のこと

山梨県立精神病院に赴任してちょうど一年目、私はやっと東京へ帰ることができた。病院での月給は二万何千円であったが、一人でいたときは郵便局に貯金していたけれど、ナリタさんがきてからみんな酒代に使ってしまった。ただ退職金がでたから、私は初恋の人に名産の紫水晶を三つほど買って行った。

とにかく、私はふたたび慶應病院神経科の助手として働くことになった。

いや、まだ山梨へ行く前のことで書き忘れたことが幾つかある。先に病的酩酊のことを記したから、まずそのことを述べるとしよう。

これは単なる酔っぱらいの単純酩酊だが、或る夜、新宿でナリタさんが逆立ちして、私が、

「慶應病院の医者の逆立ちだ。滅多に見られるもんじゃない。お代はたったの五十円」

と、通行人にいくら呼びかけても、なにせナリタさんは腕力こそ強いが不器用であるから、やっと逆立ちしたと思ったらすぐドターリと倒れる。そんな下手糞な逆立ちに、誰だって一文すらくれるはずがない。

そのうち、アベックらしき若い男女が通りかかったので、私が同じ文句を言ったところ、やはり恋仲であったらしく、男は女の手前見栄をはって、

「じゃあ……」

と言って、ポケットから金を取りだそうとしたが、どうしても十円玉が一つ足りない。

「じゃ、特別に負けてやる」

と言ったら、四十円を渡して、あきれた顔をして去って行った。金を受けとったのは、ぜんぜん飲んでいないなだ君である。

あの頃は、私は新宿西口の焼酎や東口の日本酒でほとんど毎晩酔っぱらっていたから、単純酩酊はしばしばやらかした。

ぞろぞろ歩いている群集の中に、ときにタクシーがやってくると、その前に大手を広げて立ちふさがり、

「危ないじゃないか、この野郎！」

と、叫ぶ。

運転手は逆に、

「お前こそ危ないじゃないか、このバカ者！」

と、わめく。まさしく巌流島の武蔵と小次郎の一騎討ちのごとくであった。

或る晩は、私はだしぬけに、自分が忍者になったと思いこみ、

「おれは霧隠才蔵だ。アッという間に姿を消してみせるぞ！」

と言うや否や、三、四人の医者の飲み仲間を残して、それこそ疾風のごとく駆けだした。しかし、やはり忍者ではなかったから、どうしても姿をくらますことができない。横丁を曲ったら、左手に大きなゴミ箱が目についた。シメたと思ってその中にもぐりこんだら、カラのゴミ箱ではなく、食物のカスやら汚いものがいっぱいつまっていた。せっかく忍者になれたと思ったのに、身体じゅうゴミまみれになってしまった。

また或る夜、今度こそ私は完全な病的酩酊を起こした。つまり、自分はてっきり銀行ギャングであると妄想したのである。しかし、銀行はもう閉っている夜ふけであったから、一軒のバーに侵入した。すると、バーテンが一人だけ、その夜の売上金を数えていた。

私は兇悪な顔つき、野盗のごとき野太い声で、

「おれは銀行ギャングだ。売上金をそっくり寄こせ！」

と、脅迫した。

バーテンはさすがにギョッとした顔をしたが、何だか強そうな男で、無言のまま札をなお数えている。三、四分、この状態が続いた。あのときは、さすがに恐ろしかった。敵はピストルは持っていまいが、今にもナイフでも取りだすのではないかと、背筋がゾッとした。

そうして睨みあっているうち、松本高校の先輩がうしろにやってきた。どういう訳で彼がそこにいたのかはもう覚えていない。とにかく、彼は私を腕でかかえて、じりじりとうしろに下って行って、ようやくのことで店から連れだした。それから、

「今にも君が刺されるのじゃないかと思って、ぼくのほうが君より心配したよ」

と言ったけれど、私のほうがもっと身の危険を感じていたのだ。もう酔っぱらうのはコリゴリだと痛感したのは、その夜が初めてのことであった。

ただ適度のアルコールはストレスを解く。煙草もストレスを消す。嫌煙権なんか糞喰らえだ。またコーヒーもストレスに良い。いずれも動物実験で確かめられていることである。

受け持った患者の話に戻ると、その一人は強迫神経症のまだ若い男であった。強迫神経症には種々あり、たとえば不潔神経症は、手がよごれていると思うと、水で何回でも洗う。いくら洗ってもなお黴菌でもついていると気になって、しまいには手から血が流れるほど

洗いに洗う。私なんかは松高時代はかなりの山男であったから、土に落した食物まで拾って食べて平然としている。黴菌なんてそれほど恐ろしいものではない。胃腸の中に大腸菌がいっぱいいるからこそ、食物がよく消化されて、我々は生きてゆけるのである。

しかし、この患者のはかなり特殊なものであった。歩こうとして、靴の紐をまず結ぶ。それがうまく行かないと、どうしても一歩も前へ進むことができない。それだもので、幾度も幾度も結び直し、やっと納得できる結び方ができてから、やっと歩きだす。彼にどういう治療法をやったかはもう覚えていない。おそらく口説療法（ムント・テラピー）だけだったのではあるまいか。

一度、都電に乗っていると、彼がすぐ目の前にいた。ところが、私は若い頃から人の顔と名前を覚えないことについては名人であった。一カ月も受け持っていた患者さんの顔が分からなかった。彼のほうから声をかけてきて、

「先生、ぼくですよ。ぼくの顔を覚えていないんですか？　あんまりひどいじゃありませんか」

と言われて、さすがに赤面した。

このように私は二十歳代にして、すでに老人ボケが始まっている。私の博士論文はインチキ極まるものであったから、もう一度、医学論文を書いてみたいものだ。「北性老人痴

呆」、いや、躁鬱が入りまじっているから、「南北性老人痴呆」のほうがいいかな？

もう一人の受持ちの患者はまだ少女で、初めはノイローゼの一種と診断されて入院したのである。私は何か家庭内に心の葛藤の原因があると思って、心理室の個室で、幾度もイソミタールを注射して麻酔分析（ナルコ・インタヴュー）をした。けれども、どうしてもその原因が突きとめられない。

それで私は自分で工夫して、アルコール分析というのをやってみようとした。人は酔っぱらうと、心の抑制がとれて、ふだん話せない恥ずかしいことまでしゃべるからである。だが、まだ少女であるから強い酒を飲ませるわけにはゆかぬ。そこで赤玉ポートワインを買ってきて、彼女と向かいあってまず私が飲んでみせ、何か清涼飲料水と見せかけて、これはおいしいから飲んでみろと勧めたところ、彼女は、

「先生、これお酒でしょ？　あたしお酒なんて飲みません」

と、断わられてしまった。アルコール分析を大発明だと思っていたのに、残念なことであった。

それから、また麻酔分析を繰り返していると、確か三回目であったろうか、半睡の彼女がだしぬけに、

「姉さんばっかりを可愛がる！」

と、かなり大きな声で言った。

あのときほど嬉しかったことはあまりない。

彼女はノイローゼくらいではなく、ヒステリーであったのである。単なるヒステリー性格ではなく、本物のヒステリーであったのだ。

なぜなら私は、彼女の朦朧状態を一度だけ見たことがある。なんだか夢遊病者のように廊下をゆっくりと歩いてゆく。声をかけても返事もしない。おぼろな影のように歩いてゆく。癲癇の朦朧状態とヒステリーの朦朧状態はごく似ているが、ヤブ医者の私にはちゃんと区別がついた。なにもガクがあるからではなく、直感だけは人より優れていたからである。

のちになって、一年後輩の精神分析医であるTさんが、この患者に興味を抱いたらしく、

「宗吉先生、このカルテを参考にして、論文を書いてもいいですか？」

と、言ってきた。もちろん私は論文なんか書くのは嫌だったから、

「いいですよ」

とだけ、言っておいた。あの少女は私が慶應神経科にいたとき、初めて克明に本気になって長くかかって調べた患者である。きっと良い論文ができていることであろう。

ちなみに、医者は論文のうしろに、参考文献をずらりと並べるが、実はその三分の一も

読んでいないことが多いものだ。あんなものは、いかにも自分が知識があるように見せかけるイカサマに過ぎない。

私はインチキ・バカセ論文を雑誌に出したときは、本当に読んだ文献を五つほど並べたに過ぎなかった。なぜなら論文を医学雑誌に出すには、金を払わねばならない。私は金がなかったから、せめて父が日本で書いた医学論文のように文学的な文章にしたかったが、そうすると長くなって余計に金を出さねばならぬから、無念ながらふつうの医者のように無味乾燥な文とし、参考文献だってたった五つしか並べなかったのである。

さて有給助手になって一年が経とうとしていたころ、やはり医局へ帰ってきたナリタさんが、水産庁マグロ調査船「照洋丸」の話を持ちこんできた。私がその前に船医となろうとしていたことを知っていたからである。これがいわゆる「マンボウ航海」となる。

まだ居候をしていた兄の家でみんなに話すと、わずか六百トンの船で北ヨーロッパまで行くのは危険だと反対された。ただ一人、母だけが、

「男ってものは、若いうちはどんどん苦労をしなくちゃいけません。あたしは賛成です」

と励ましてくれた。母は祖父の血をうけて進取の気性に富んでいたし、男まさりのところがあったからである。

船医というものは患者が出なければ暇である。私は日がな世界地図を開いて、あれこれ

と夢想に耽ったものだ。日本製の地図であるから、日本は小さな赤い島国として描かれていた。それを見ると、私は自分が母国についてほとんど何も知らないことを痛感した。帰国したなら、日本の古典などを読もうと心に誓った。宇宙飛行士が地球を離れてはじめて母なる惑星のことを考えるのと同様、人は国を離れてはじめて祖国のことを考えるものなのだ。

偉そうなことを書いたが、私は帰国するとパチンコなんぞばかりしていて、本当に縄文・弥生時代のことを読みだしたのは中年になってからである。縄文文化がやはり日本の礎（いしずえ）といってよい。時代を経るにつれ、日本人の美点よりも悪しきところのほうが増えてきた。

私は、それまでに三つの小説を「新潮」に発表していた。無名の新人作家がちっぽけな船に乗ってきたというので、三つほどの出版社から航海のことを書かないかと依頼があった。しかし私は純文学だけを書いて行くつもりであったから、すべて断わった。そのなかの一つが中央公論社で、宮脇俊三さんが担当であった。彼だけは諦めずに、時々酒をつきあってくれながら、「もし気がむいたら書きませんか」というふうにやんわりと勧めてくれた。まるで女を懐柔するような悪辣な手段である。そのままだったなら私は本を書いていたかどうか分からない。だが、航海の終り頃から十二指腸潰瘍を病んでいて、『夜と霧の隅で』が難航し、潰瘍はますます具合が悪くなった。私は酒をやめたり薬を飲んだりしたが、結局ストレスが何より悪いと気がついた。それで宮脇さんの申し出を受諾することにし、その年の十二月から翌年一月末にかけて三百枚を書き下ろしたのである。

題名には苦労をした。江戸時代に「〇〇先生行状記」というような本が多かったから、「どくとる〇〇航海記」としようとしたが、その〇〇に困った。前に触れたが、結局、航海中にマンボウが一匹釣れたことと、語呂がよいので、「マンボウ」とした。ところが当時は踊りのマンボが流行っていたから、しばしばマンボと間違われたものだ。駄洒落のみがうまい田辺茂一さんが「マンボと言われりゃ何でも踊るか」と言ったことがある。これはくだらないが、「頭はザルでも名はモリオ」と言ったのはちょっとうまい。

私は自費出版の『幽霊』があまりにも売れなかったので、本が売れるということをまったく期待していなかった。ただ出版された時はさすがに胸がときめいたので、どこかの精神病院を見学に行った帰途、近くの小さな本屋に寄ってみた。すると自分の本が見つからない。店のおばさんに聞いてみると「いま、増刷中です」という。私はその言葉が信じられなかった。そこで新宿の紀伊國屋書店に行ってみた。そこにも見当らない。ただ、平積みの本の一個所が空いていて、そこに『航海記』の帯が落ちていた。それを見て、本当に初版は無くなったのだなと思った。もっとも、それは七千部である。

私は初版というものは誤植が多く、それを直したあとの版の方が大事だと思っていた。なにせ初版には誤植がやたらと多かったからである。のちに聞いたところによると、校正係の男が新婚ホヤホヤで、新人のゲラなんぞはろくすっぽ見なかったかららしい。そのため私は手元にあった初版本をみんな人にあげてしまった。かなり経ってやはり初版本が大切なことを知って、その頃つきあいだしていた女性、つまりわが女房さまに呉れてやったのを返してもらった。一冊きりではさみしいと思ったから、古本屋から中くらいの値段のを一冊買った。何より表紙の写真も私が撮ったものだったからである。昨年慶應病院神経科の教授になっておられたホウさんの退職記念会に出たところ、かつて心理室でロールシャッハ・テスト係であった女性が、「あの本が売れたのは私のおかげよ」と言った。何でも私は二枚の写真を持ちこんで、どちらがより好印象を与えるかテストしてくれと頼んだそうである。

ともあれ、私はこの本のおかげで作家業につくこととなった。兄の医院で週二日診察を続けるほか、怠け怠け書いていた。

『航海記』を出して一年後私は結婚し、それからおよそ半年後現在の家に移ったが、兄の医院での診察に際してもっとも難儀をしたのは生来の朝寝坊ぐせであった。夜型の私は作家業に入ってから決して勤勉ではなかったけれど、時には夜明けまで仕事をした。なかんずく『楡家の人びと』を書き出してからはよく徹夜をしたものである。

しかし翌日に診察にあたる時には、前の夜は早寝をする。なぜならノイローゼ患者、ことにヒポコンデリー（よく男のヒステリーと思っている人があるが、日本語で心気症、つまりどこも悪くないのに自分をなんらかの病気だと思いこむ神経症の一種）の患者などは医者が眠くて渋い表情をしていると、いくら、

「あなたは何でもないから安心しなさい」

と説明しても、自分はやはり重症で、この医者は安心させるために気休めを言っているのだろうと信じこむからである。それ故、精神科医は、患者によっては無理にも笑顔を見せたり、声色（こわいろ）一つにしても注意せねばならない。

ところが前夜いくら早く床についても、長年の習慣上どうしても早く眠ることが出来ない。午前三時近くになってまた眠剤を追加することは実にいやなものである。そして四時間ほどの睡眠で、はじめは満員電車に揺られ、市電に乗り換え、ようやく医院に着いて、患者の症状によってはしょぼしょぼする目で無理に笑顔を作って見せるのはかなりの労働であった。

私が入局した頃から精神科が神経科と呼ばれるようになり、とりわけノイローゼという言葉がマスコミで使われるようになってから、それまで内科へ行っていた単なる頭痛持ち

の人や不眠症の人などが安心して神経科を訪れるようになったから、患者数はずっと増えていた。その上、患者の訴えを聞き、説明をしてやらねばならぬ時間がずっと多いし、言葉一つに対しても気を遣うから一日の診察が終ると、それこそぐったりとなる。

たとえば不眠症の患者にしても千差万別である。昔は内科医はふつう一種の眠剤を与えていた。しかし二種三種の眠剤をまぜたほうが相乗作用でよく効くし、また習慣性を持つことも少ないものである。同じ種類の眠剤の量が増えていくのがもっとも中毒に陥り易い。今では精神安定剤の類いが主流になっていて眠剤中毒も少なくなっているが、それでもなおこうした薬に不安を抱く患者も多い。

私の父も不眠症の気味があって、よく眠剤を飲んでいた。かつて宇野浩二氏がある種の精神病になって、友人の広津和郎氏が父に相談した時、父は自分が飲んでいる眠剤を与え、

「これは私が飲んでいる薬だが、はじめての人には強いだろうから半量を与えなさい」

と言ったのは有名な話である。

私はこの逸話が念頭にあったから、不眠を訴える患者に眠剤を処方し、

「こういう薬を飲んで中毒になりませんか？」

と不安を訴える人には、こう言うことにしていた。

「いや、これはぼくが飲んでいる薬の半分の量だから大丈夫です」

すると一部の患者は安心したような顔をし、逆に一部の患者は、

「この医者は本当に大丈夫なのだろうか？」

と言った顔付をしたものだ。

その頃は、私が副院長格であり、兄の診療日の次に患者が混んだのは私の日だったと思う。ついつい私は顔付から声色までを人に応じて変えねばならぬノイローゼ患者よりも、単に注射や投薬をすればよい神経痛患者が来た時のほうがほっとするようになったのを憶えている。精神科医は出来るだけ優しい声を出すべきだが、すべてが同様であってもならない。たとえばならず者の麻薬中毒者などに「今日のお具合はどうですか」などと丁寧な言葉をかければ、医者はナメられてしまって、治療もうまくいかないものだ。

兄の医院に電車で通っていた頃から半年目、私ははじめて車を買った。コンテッサという小型車である。これで通勤するにも楽になるであろうと思っていたところ、ちょうどその頃から車のラッシュがはじまった。

道が混むうえに、当時は小型タクシーにコンテッサが使われることが多かった。それで私がノロノロと運転をしていると、道端で手をあげて呼びとめる男がいる。何だろうと思って停車をすると、男は乗りこんできて、「チェッ、タクシーじゃねえのか」といって降りていくこともあった。こんな風に再三タクシーと間違えられるので、せっかく車を買い

こんでも、兄の医院に着くまでには電車で通うよりも時間がかかる始末だった。ようやくのことで兄の医院の傍まで行くと、今度は駐車する所がなく、附近を三周ぐらいもしなければならなかった。九時の診療時間に十五分も遅れてとびこむと、もうカルテが十枚もたまっている。それを見ただけで何か情けないような気持がしたことを告白する。

逆にカルテが少なく、それもあれこれと気をつかわなければならぬノイローゼ患者のものもたまっていない時は、心底から安堵したものだ。といってそういう時でも、逆に困った場合もある。

私の診察日にいつもやって来た分裂症の破瓜型の女性患者がいた。この病気は際立った妄想や幻聴もなく、何だか怠け者になっていく長い年月のうちに、次第に植物状態になっていくものである。クロールプロマジン系の薬を与えてよくなる者はよくなるが、そのままじりじりと悪化していく者もある。精神療法はほとんど意味がない。私はこの患者が来た時に、投薬し経過を見たけれど、どうやら後者のケースのようであった。そこで一種の作業療法のつもりで、点字協会の場所を調べ、

「君はなんにもやらないのがいけない。点字というものは盲人の役に立つ。その協会に入って点字をやってごらん。そうすれば君の病気にもよいし、この世の役に立つから」

と指図してみた。彼女はそれに応じてくれた。しかし、なにせほとんどのことをやりた

がらぬ破瓜病患者のことである。それに点字というものは私が思っていたよりも難しかったらしい。一月も経つと、彼女はもうやる気がなくなったと告げた。あまり時間もかけられぬ外来患者のことである。私もそれ以上彼女に強要することは出来なかった。

その患者が、たまたま患者が珍しく来ない時に来ると、私としても口説療法（ムント・テラピー）は無意味だし、その後の彼女の日常を訊ねるくらいで、他に言うこともなくなってしまう。相手は口数の少ない無力な女性である。しまいには二人とも言うことがなくなって、お互いに困惑笑いをするしかなかった。特殊な患者ではなく、ありふれた投薬を続けるほか方法がない患者であるだけ、私にはなにがなし悲しかったのである。

私の少年時代、青山の病院でピンポンのバットを投げつけられて、その時だけは怖しかったNさんという女性患者のことを先に書いた。私が精神科医になった頃、兄嫁の父が経営していた精神病院に行ったところ、何という偶然か、そのNさんがそこに入院していたのである。私が「ぼくのことを憶えているかい？」と尋ねても、もとより彼女が記憶しているはずもなかった。彼女は昔のようにヘラヘラ笑いながら、向こうの方へ駆けて行ってしまった。いくら治療が進歩して来たとはいえ、一部の精神病者はこのように生涯を病院内で送らねばならぬのである。私の祖父ははじめは医学百般をやり、「人から感謝される医者」であった。それから精神科を主とするようになってから、「感謝されざる医者」となった。その跡を継いだ父は、治療法が未熟な時代であったから、「もっとも感謝されざる医者」であったと思う。現在は治療の面でこそ格段に進歩しているにせよ、精神科医はこの気持を決して忘れてはいけないと思う。

分裂病者の症状にしろ、時代によって変っていくものである。もっともありふれた被害妄想、たとえば誰かが自分の悪口を言っているという幻聴にせよ、私が入局した頃は天井裏に誰かがひそんでいて陰口をきくというようなものが多かった。それがテレビ時代になると、テレビで自分の悪口を放映するという訴えも多くなった。

都会の大学病院では、私が山梨の県立精神病院で体験したような、タヌキやムジナに憑かれたような患者はいなかったものだ。時代とともに妄想や幻聴や幻視は変化する。兄の医院には数室の入院病棟があった。一人の分裂病の老婆は、北極から電波が聞こえてくると訴えていた。その上、彼女の個室には白黒のテレビが置いてあったが、それを少しも見ないので、「どうしてテレビを見ないの？」と訊くと、白壁を指して、「こちらの方がカラーですから」と言った。彼女にはなんにもない白壁にカラーの画像が映っていたのであろう。

これは私が同輩から聞いた話であるが、もっとも奇妙な幻視の例として、米のめしの一粒一粒に人間の目が見えるというのだ。御飯を食べようとすると、たくさんの御飯の粒々から人間の目がにらんでいるので、どうしても食べられぬという。

私は兄の医院で診察するほか、小説を書き、ごくたまに慶應神経科に行き、ムダ話をして帰ってきた。そんなふうにして一年も経った頃、M教授が私を呼びとめて言った。

「君、ボツボツ助手をやめてくれんかね」

かくして慶應神経科としては、まさしく珠玉（？）を失ったのである。私は航海に出る前に有給助手の資格を他人に譲って行ったのに。少々大げさに言えば阪神タイガースがフィルダーを放出したがごとき愚挙といえよう。

この夏、私はユングの『精神分析と錬金術』という大著をざっと斜め読みした。ごく要点を記せば、人類はまた古代の人間のように神話や迷信の時代に戻ったほうがよいという、実に美しく、大切な説であった。この各章の末尾には、おびただしい参考文献がずらりと列挙されている。ユングは本当にみんな読んでいたらしい。まことに勉強家であり、精神分析学者の中でもっとも偉大である。

未開人はまだ純粋であった。人類は時代を経るにつれ、だんだんと堕落していって、二十世紀に入ってから文明、なかんずく科学なんてものが発達してきた現在となっては、大げさに言えば悪の権化と言ってもよい。人間なんて早く滅びてしまったほうがよい、と言った識者がいても、あながち不思議ではない。

もっとも、ホーキングが「知性体は或る文明の段階に達すると、滅亡する運命にあるかも知れない」と話したが、おそらくあれは当っていよう。それゆえ、およそ二十二億年後に太陽が膨張を始め、太陽系の星々をすべて呑みこんでしまうそのずっと前に、人類は多分死滅していることであろう。

私も人間なんかに生まれて損をしてしまった。せめて大好きなカナブンにでも生まれたかった。そうしたら、毎晩楢（なら）や櫟（くぬぎ）の甘い樹液を吸って暮していて、さぞかし幸せであったろうに。いや、それよりも珍種のオオチャイロハナムグリのほうがよい。このコガネムシは中学一年のとき、箱根で桜の高い枝に飛んできたのを、よじ登って捕えた。それから私はコガネムシを主に蒐（あつ）めだした。麻布中学の博物同好会のボスであったフクロウと渾名を持っている人が、気前よく自分のオオチャイロハナムグリをくれた。しかし、二匹とも戦災で焼けてしまった。私がまだ旧軽にある大正時代に宣教師が建てたお化け屋敷に住んでいた時、その家の木の壁にオオチャイロハナムグリがとまっていて、それは信州で採れた初の記録らしかった。何年か前、或る虫マニアの人に、戦後になって私が採集して三角紙包みにしておいた虫をすべてあげて、その代りコガネムシだけは標本に作って貰って返してくれと頼んだのに、返ってきた中に大切なオオチャイロハナムグリがついになかった。

マニアは「躁病」より「気違い」という意が最初にある。私は、ヘッセの短篇にある蝶を盗まれる話をふと思い浮かべたのである。もっともオオチャイロハナムグリに生まれたら、昆虫愛好家に寄ってたかって捕えられて、標本にされてしまうに違いない。それでも貴重品として大切に保存されるであろう。

また無駄話に入ってしまった。どうして私はこうもオッチョコチョイなのであろう。日本刀があったら、それこそサムライのように割腹自殺をしたいくらいだ。ただ、今は錆びたナイフしかない。あんな切れそうもないナイフではきっと痛いだろうから、やっぱりやめておこう。

入局して五年目、無給助手からやっと有給助手になれた。もっとも月給はたった九千円ナンボである。かなり前、なだいなだ君と慶應病院を見に行ったら、いつの間にか威風堂々たる建物となっていた。

なだ君も、

「あんな立派なビルが建てられたのは、ぼくたち無給助手のおかげなのに……」

とボヤいていた。

有給助手となった後半、暮にはボーナスが出ると噂に聞いたので、私はその金を当てにして酒を飲んでしまった。

ところが、いつになってもボーナスが出ない。私は憤慨して、神経科の中央二階のそばにあった事務局へ行って、事務長に談じこんだ。すると、ボーナスは有給助手となって一年以上経たないと出ないという返事である。

私が、

「なんたる前近代的、封建的制度だ！」

と、捨て台詞を言って去って行ったところ、事務長は仰天したらしく、そのあとでわざわざ神経科の医局にやってきて、教授に面会を求めた。M教授に会って、

「お宅にサイトウソウキチという人がいますか？」

とたずねたので、教授はこのときばかりは好々爺ぶりを発揮して、てっきり私の見合か何かの話かと思い、

「あれはなかなかいい男です」

とか言ったらしい。すると事務長は、

「あの男はきっとアカに違いない。危険ですぞ」

などと言ったらしい。

私はマンボウ・マブゼ国民で政治その他すべて中立を守っているが、元日本人としては、どちらかといえば右翼である。元日本人としてあえて言うが、なぜ日本国民の一部は、国

旗や国歌をかつての軍国主義と結びつけて反対するのであろうか。日の丸の旗は、世界じゅうでもっともシンプルなもので、ただ白い布に赤インクで描けば実に安上りである。

　国旗はどこの国だって、みんな喜んで掲げている。なかんずくアメリカ人は国旗が好きで、ビル街にはずらりと並べているし、一般民家にもよく掲げられている。もっとも「星条旗よ、永遠なれ」なんて迷信だ。永遠（エタニティ）などというものは、大宇宙にしかありはしない。

　フランス国歌は美しい曲だが、その歌詞はかなり軍国主義的だ。日本国歌は外国人の作曲であるが、実にみやびである。「細石（さざれ）の巌となりて」を非科学的だという者もいるが、昔の日本人は科学的でなく体験から物事を考えた。

　日の丸弁当は、一粒の梅干のために米の酸性が中和されて、その九十七、八パーセントの栄養が吸収される。

　昔の日本文化のなかで最初に外国に伝わったものは、浮世絵、これはだれでもわかる。もう一つが案外知られぬことだが、日本刀である。その頃は石炭さえもなかった。それゆえ、炭火で何べんもヤキを入れ、また水に入れ、これをくり返して、斬ってもなかなか折れぬ名刀が出来た。ドイツのゾーリンゲンはナイフなどで有名であるが、実はこの日本刀の技術を盗んだのである。

　ところで、星新一はもの凄い酒乱である。彼はビールだけで酒乱になる。その日の夕方、たまたま躁病になった私は自ら頼みこんで、吉行淳之介氏と対談した。彼は対談の名手である。しかし、私があんまりペラペラと途方もないことをしゃべくるので、「これは、ちとやりにくいな」と言った。最後に、「キチガイと言うと差別用語となるから、頭の構造がおかしな人、とでもしておくか」と呟いた。そこで私は、「わが躁病に敵なし」と思って、大きなバーへ行ったら、そこに星さんがいた。そこで凄まじい口喧嘩が始まった。そしたら逆にやりこめられてしまった。そのときの二人の口論をわきで目撃していたホステスの証言によると、私は口の片方から泡を吹き、大酒乱の星さんは口の両側から泡を吹いたという。その唾か何かが彼女の顔にかかってきて閉口したと言っていた。

私は初恋の人を秘密にしておいたが、明智小五郎より直感のするどい女房にみんなばれてしまった。しかし腐っても鯛、ちゃんと老いらくの彼女がいる。そして、今度は威風堂々、「今夜はデートしてくる」と言っておくと、あんがいバレない。もっとも食事をしたあと、彼女のアパートへ行って、ただなるだけベッド・シーンの多いビデオを見るばかりである。しかも彼女は笑い上戸なので、私が変な言葉を口走るたびにゲラゲラ笑い、ちっともロマンティックな雰囲気になれない。一度だけキスしようとしたら、手ひどく嚙みつかれた。もう私は、この世のすべての女性に絶望している。

ついでに、エイズについて触れておこう。昔は戦争や疫病によって、人口は自然淘汰されていたが、現在では環境汚染と共に人口増加がもっとも地球の危機につながる。エイズはそのための神の授かりものと言ってもよい。エイズのヴィールスはどんどん変化するから、いくらワクチンを次々と作ってもとても追いつくものではない。ただ、今はエイズにヴィールスが沢山見つかったから、その遺伝子をバイオテクノロジーで先取りしてワクチンを開発しているが、エイズの利口さにはかなわないかも知れない。

さて、これだけはガクのある躁鬱病について述べる。私は精神科医にして、また患者であるから、マニーとデプレッションについては、そこらの大学教授よりも体験を通じてずっとその認識が深いと妄想している。

ヴィンスワンガーというスイスの学者によると、躁状態のときは子供に返るということである。子供は新しい玩具を与えると、前の玩具を捨ててすぐ新しいものにとびつく。それから、この世の風物がものなべて美しく見える。

先年の夏、私の山小屋に遠藤周作夫妻と中村真一郎夫妻とが遊びにこられた。私はチャップリンのまだ見ていなかった無声映画を見ながら、みんなのおしゃべりなんか聞こうともせず、寝っころがってテレビを見ていた。チャップリンは無声映画の頃のほうがずっといい。後期のトーキーで、小学生でも分かりきったことを演説するようになって駄目になった。ただ「ライムライト」だけは女へのありふれた説教を除くと、さすがによい。

とにかく、テレビが終ったので起き上ってひょいと見やると、遠藤さんの奥さまがなんとも福々しく見えた。奥さまはもともと福々しい顔であったが、それこそ輝やくように私の目には映じた。しかし、それを言うといかにもお世辞のように聞こえるだろうから、黙って次にわが女房さまの顔を見ると、これまたその醜悪な顔がいやに美しく見えた。そこで私は我を忘れて、思わず、

「キミ子、お前は綺麗だねえ」

と言ったら、さすが物に動ぜぬ遠藤さんもおったまげ、椅子からころげ落ちそうになった。

ともあれ、躁鬱病になって本当に良かったと思う。躁は未来へ向かって突き進む、鬱は過去へ向かって沈潜する。従って、私には未来も過去も分かるのだ。古代人は過去ばかりを考えていた。ようやく二十世紀になって未来を考えるようになった。しかし、未来よりも過去のほうがより大切である。たびたび述べたように、近代人は未来ばかり考えているから堕落したのだ。

実はこのヴィンスワンガーの美しき説は、なだ君から教わった。しかし、先日、二階の書斎の戸棚を見ていたら、なだ君も知らぬヴィンスワンガーの著書が三冊も見つかった。

医局時代は貧乏であったから、おそらく作家になってからいつの間にか買ったものであろう。

私はまだ若い頃、自分に必要な書物はなにも求める必要はない、本当に必要なときには不思議な因縁によってめぐりあえるものであると書いたが、まさしくその通りであった。

しかし、私はそのヴィンスワンガーの本をこれから読む気持はさらさらない。これ以上知識を頭につめこむと、もともとおかしな頭がもっと変てこになって、それこそ精神病院に強制入院させられてしまうであろう。

私はユングがもっとも好きだ。彼はカントやショウペンハウエルの哲学を、心理学的概念に変えた。その暗い性格が、なかんずくショウペンハウエルの厭世哲学に共感したと「自伝」にある。ユングにはいろいろと名著があるが、わざと読まない。とにかくこれ以上ガクを持ちたくない。

そのかわり、今の若い精神科医に読んでもらいたい本を挙げておく。

ミッシェル・フーコーは偉大であるが、その『狂気の歴史』は古い時代の精神医学がいたずらに詳しいから、むしろ『性の歴史』を読むといい。

それから、安田徳太郎著『世紀の狂人』、これはてっきり私のことを書いたのかと思って買いこんだら、フィリップ・ピネルの生涯が詳しく記されてあった。ピネルは狂人を鉄の鎖から解放しただけではなく、初めてマニーなどの患者に優しい精神療法を行なった医師である。

もう一冊は、なだいなだ著『おっちょこちょ医』。これは子どもむけの童話であるが、一般のおとなの医師、または医者を志す学生たちに勧めたい。それから、アレキシス・カレル著『人間 この未知なるもの』。これは古い本だが、新しいもののみを求めるよりも基礎のほうがずっと大事だからである。

私は、精神医学は、主観と客観が一体化するべきだと思っている。それは不可能事とも言えるが、そもそも大宇宙、そしてそれから生まれた人間存在そのものが、曖昧で矛盾しているものである。人間の心、精神、それらは唯物論的学者によっては頭脳の有する電波エネルギー的なものと考えられているが、おそらく何世紀経とうとも、その正確な科学的解明はなされないことであろう。大宇宙がアインシュタインほかの天才たちによっても、未だそれを解く方程式がごく一部しか見つけられなかったように、人間の脳も半永遠的に不可解な謎に満ち満ちていることであろう。

医者は人の命を助けるために存在するが、人間である以上「生」よりもやはり「死」を見つめなければならない。これは何も哲学的意味のみではなく、生物学的にも医学的にもそもそも細胞の死がなければ「生」もないのである。ルネッサンスは燦然たる文化が花開いたと共に、カトリックとプロテスタントがお互いに殺戮しあった悲惨な時代であった。それでもモンテーニュのような人が現われて「人間を知るためにはまず死を考えなければならぬ」という意を書いた。これは私が二十歳の頃抱いていた漠とした考えと同じである。今の私は年老いて動脈硬化症を起こしているが、それでも常識というものを身につけた。つまり、生は偶然のものであり、死は必然なものなのである。医者は往々にして人の死に慣れているため、つい「死」のことを忘れがちになるのである。

こうした思索は、何も本を読んで得られたものではない。すべて私の直感である。躁病のときの私には恐るべき直感がある。鬱の時はじっと過去の時間にうずくまって無意識のうちにも何ものかを蓄積している。直感はよく左前頭葉の機能によるなどと説かれていた。最近ではむしろ右脳がひらめき、創造と関係があるという説が唱えられているが、人間の脳というものはそんなにたやすく解明されるような、単純で生易しいものでは決してない。

また、ゲーテは、「人間にとってもっとも大切なことは調和(ハーモニー)である」と書いた。

私は躁と正常と鬱とで、ちゃんと調和をとることができる。

それから昔の日本人は、シナの中庸ということを尊んだ。これまた調和とほぼ同義とはいえ、アリストテレスが使った用語に似て、もっと智恵にあふれた言葉だ。

ちなみに古代ギリシャでは精神病者を胆汁質と結びつけた。あれはまったくインチキではあるが、かなり前にアリストテレス全集を読んだところ、その講義には迫力があった。やはり、つまらぬあやまった学説にせよ、偉人たちのじかの謦咳(けいがい)に触れてみると人間について何かが学べる。

しかし私は、調和はとることができるものの、中庸のサトリにはどうしても達することができない。なにせ正常よりも、よりずっと異常のほうが好きであるから。

昔は癲癇がもっとも神聖な病いと称せられていた。たしかにドストエフスキイの癲癇の大発作の前兆は宗教的なものである。そのことは『白痴』の主人公ムイシュキンにその体験そのものが書かれている。ムイシュキンがいかにけだかき人間味溢れる人であったことか。

しかし、今ではやはり分裂病がもっとも神聖な病いだ。なんとかして分裂病者になりたいと思っても、躁病のための薬クロールプロマジンが分裂病にも効くから、どうしても患者になれない。もっとも、自分がナポレオンやヒットラーと信じこむ妄想病者となったらやはり危険であるから、無理をしてならないことにしておく。

それから梅毒からくる進行麻痺、あれは瞳孔と発音、血液や脊髄液を調べればすぐ分かるから、ヒヨッコ医者どもは相手にしないが、その或る者がいかにして誇大妄想を抱き、また或る者が抑鬱状態となり、また或る者がなぜにして兇暴性を抱くかは、全世界の学者の誰一人として究明していない。だが、私は自称他称清純作家であるゆえ、どうしても梅毒にかからない。

以上、長々とまことにお粗末な話を書いてきたが、末尾にこうつけ加える。

私にもついに孫ができ、赤ん坊のときはただギャアギャア泣くばかりで、おまけにみんなが寄ってたかってあやしてばかりいて、私の世話なんぞぜんぜんしなくなったから、憎くってたまらなかったが、一歳近くになると、だんぜん可愛くって可愛くって仕方がなくなってしまった。

娘が、子供用ベッドに寝ている孫に向かって、「ヒコーキ、ヒコーキ」と言うと、サッと両手をひろげて得意満面と言った顔になる。その姿はゼロ・ファイターそっくりである。私は将来神風特攻隊に仕立てて、もう一度真珠湾を攻撃させてやりたいと思った。

なにしろ知能抜群である。そのあと、また娘が孫を連れてやってきて、

「さあ、フミ君ダンスを始めましょ。キヲツケ！」

と言うと、ちゃんと不動の姿勢のふりをする。それから、「それ、フミ君ダンス、チャッチャッ、チャッチャッチャッ！」と言って孫をふりまわすと、ちゃんと手足をバタバタとふりまわす。

なんたる天才であろうかと思ったが、あとで考えてみると、これは娘が言葉を教えこん

だ単なる条件反射に過ぎないことが判明した。
しかし、私も父に似てすこぶる爺バカになってしまい、孫の大好きな汽車の玩具でも買ってやろうと思って、怠け者の私がこの夏は史上最高に仕事をした。自分でもあきれるほど書くので、どうしてこんなに働くのかと考えたら、別に金のためでもない。そこでつらつら考えてみたら、私の誕生日はメーデーであった。つまり、私は生まれついての労働者なのである。

ところで斎藤家は、代々解剖される運命にある。父は偉かったから解剖された。母は医学のためと遺言したから解剖された。しかし、私は解剖されるのは御免である。なぜなら、医局時代、ペニス短小コンプレックスの若者がきて、仕方ないから心理室へ連れて行くと、自らペニスを出してみせ、「ほら、小さいでしょ」と言う。私が、「いや、ふつうのサイズだ」と慰めても、「じゃ、先生のペニスを見せてください」と言いはる。私は自分のペニスを見せなかった。私のオチンチンは、彼のものより更に小さかったからである。しかし、私は自齢をとってきたら、ますます小さくなって、私はペニスまで鬱病になってしまったのかと嘆いたものだ。解剖されて、「世界最小のオチンチン」なんて展示されたら、末代までの恥辱である。

ふつうの人間のペニスはキノコ型をしている。どうだ、おれのペニスは立派だろうなどと威張っている者がいるが、あれは原水爆のキノコ雲のように非常に危険なものだ。私のペニスは流線型である。アポロ11号、宇宙船に似ている。一般人類より、それだけ進化しているわけである。しかし、あんまり小さいから、やはり解剖されるのは断わると遺言状に記した。その代り、脳髄だけは、世にも稀れなる不定型の躁鬱病の脳として、慶應病院の研究室に寄附すると最後に付記しておいた。

最後につけ加えると、私は医局のためには表面的には何ひとつ役に立たなかった。だが例えば、分裂病の境界線上と思われる少女が、ジョイスやプルーストについていくら高邁な話をしても、彼女の主治医にとってはまったくチンプンカンプンであった。私はその患者としばらくおしゃべりをし、その医師よりはもっとラポルトをつけて彼女を慰めてやれたと思っている。まあ、私の唯一の取り得はそのくらいのものであった。

また、私は現役の精神科医から屢々こう言われたものだ。

「昔は患者に、あなたは躁病です、或いは鬱病ですと告げると、ギクリとした顔をされたものだが、この頃は、ああ、北杜夫さんと同じ病気ですね、と安心する人が増えてきましたよ」

これは確かに私の一功績と称しても不遜ではなかろう。そして私が死亡して何世紀、十何世紀が経てば、そのごく特殊な脳ミソの解明も或る程度でき、かなり精神医学に貢献できると妄信しているのである。

あとがき

これは実に十七年ぶりの「どくとるマンボウ」ものである。「どくとる」とついている作品は、一定のテーマに基づいて集中して書いたものであるから、雑文を集めた他の「マンボウ」ものより自分なりの自負を抱くことができる。

私は大学の医学部へ入学した時、すでに将来ものを書いてゆこうと決めてしまっていたから、勉強もしなかったし、精神科医となっても決して優秀な医者ではなかった。

しかし、精神医学と文学はごく似ているものである。ドストエフスキイは無名時代、道を通る人間の身なり風体を眺め、彼らがいかなる職業を持つかをいつも考えたという。私も学生時代から、まず人びとの目つきを観察し、次には顔つき全体から、その人間がいかなる性格であるかを夢想するのを常とした。

それゆえ私は医者になってから、患者の顔を一目見ただけで、もはや診断がついてしまったものである。もっとも誤診率は八十パーセントくらいあったろうけれど。

この本は、医局時代の面白い逸話が中心になっているけれど、他の医者とはかなり異なる私流の精神病についての考察、ひいては、人間の本質自体についてもいささか述べたつもりだ。その点で、多少特色があるつもりである。

中年から私は躁鬱病患者ともなったが、長い目でみれば、そのおかげで生れつきの才能をかなり切磋することができた。一例をあげれば、最近の私は鬱状態になった時、薬の他に、特有の自己療法を行なうことにしている。よく心理学書には「腹を立てることは精神衛生に悪い」と書かれているが、私は逆の立場をとる。

父茂吉はもともと怒りっぽい男であったが、なかんずく論戦などの際、炎のように激怒して敵を打ちのめしたものだ。私はそのことを歌を作るうえで無駄な精力の浪費だと考えていたけれど、茂吉の才能の秘密はあの常軌を逸した憤怒にあることについに気がついた。以来、私は一種の「憤怒療法」を覚えたのである。

実はこの「医局記」はずっと前から頼まれていたものだが、私は些細なことで中央公論社と大喧嘩をやらかした。そのおかげで、本当は鬱状態にあった私は急速に元気になれたのである。私が担当のMちゃんに、

「もう完全に怒ったから、『医局記』も他社の雑誌に載せる」

と電話をすると、やはり怒りっぽいMちゃんはカンカンになり、

「そんなことをしたら、私は北さんを殺して、マンボウの干物にしちゃいます！」

と叫んだ。

私は先生と呼ばれるのが嫌いだから、他の編集者にはみんな「北さん」と呼ぶように頼んでいる。Mちゃんだけがドクターという意味で強情にずっと「先生」と呼んでいたのだが、怒りのあまり、この時以来やっと「北さん」と呼んでくれるようになった。それで私も機嫌を直し、ようやくMちゃんの長年の依頼を果たす気になったのである。

最後の回を書く頃にはまた鬱になってしまったものの、薬を飲むと共に、今度は妻と豚も食わぬ諍いをやらかして、どうにか完結することができた。

このような成立過程自体からして、私という人間、並びに本書の内容が、世の類書とはかなり異なっていることが読者にも理解して頂けるであろう。

一九九二年十二月四日

著　者

解説

なだ いなだ

北杜夫は慶應大学の神経科医局にほぼ十年間助手として在籍していた。当時多くの大学では、何科であるかを問わず大部分の助手がいわゆる無給医局員の身分で働いていた。有給のポストもあったにはあったが、古株の助手の一人か二人が、四、五年待った末にようやくありつけるほど僅かだった。有給といっても、北杜夫がこの医局記の中で書いているように、一般病院の給与の半分程度の額をもらえるだけで、ボーナスも最初の一年は出ず、出るようになるころには、自分の順番が来るのを今か今かと待っている後輩に、早々にポストを明け渡さねばならなかった。

それでもなお医局に入って助手をするものが多かったのは、こうして無給で奉公した見返りに、医学博士の肩書が与えられる制度になっていたからである。外国ではドクターとは医者の同義語だが、ドクターとは博士という意味である。日本では博士でなくても医者として働くことは出来るのだが、ほとんど医者の全員が博士であったから、持っていないとやぶ医者と思われそうで肩身が狭い。それだからこそだれもがこの博士号を欲しがったのである。こうして無給で奉公していたら、幾年かの後にかならず博士号が貰えるのならよいが、そう簡単にことが運ばなかった。なにしろ助手だって人間である。個人の事情もある。命令されたからといって、ハイハイとばかりはいっておれない。しかし思い切ってノーといって、下手に教授のご機嫌を損ねようものなら、博士論文を提出させてくれない。提出しても教授室の本棚にぽいとのせられ、何年も店晒しにされるケースも稀ではない。それだけではなかった。あいつは目障りだと、命令で地方の辺鄙な病院に飛ばされることもあった。

一般に出張は形式的には応募制だったが、辺鄙なところの病院には応募者がおらず、教授命令が出る。こうなると名指されたものはいやでもおうでも行かねばならない。いちど地方の病院に出張してきた者は、免疫が出来たと称される身になって、いちおう対象から除外される。しかしまだ出張したことのないものは、誰かに決まるまで、自分に当てられないか、まるでロシアンルーレットをやらされているみたいに緊張したものだった。

昔の医学部の教授が、このようにまるで専制君主のように振る舞っていたことはまぎれのないことで、それは教授がこのような制度の上にのった地位だったからである。

こうして慶應などの私立大学は、無給の助手を働かせる医学部のあげた収益で、他の学部までが授業料を安くして、余裕のある予算を組むことが出来たのである。しかし、それも遠い昔のことだ。今では大学病院が巨額の赤字を出し、他の学部から援助を受けるありさまである。さてかつてのこうした医学部の制度は、医学部を発端にした学園紛争の結果今はなくなり、暴君のような教授ももはや見られなくなった。ぼくの知るかぎりでは、それらはもや伝説の世界に属する。

当時は精神医療そのものが曲がり角にあった。精神医学は今でもそうだが、学問として成立してからまだ日が浅く、十九世紀もぎりぎりおしつまったころ、ようやく学問らしい体裁を整えた。分裂病とか躁鬱病のような診断名は昔からあると思われがちだが、一九〇三年にロンドンから帰国したばかりの夏目漱石を、家族の依頼で診察した東大教授さえ、彼に「追跡妄想」の診断しかつけられなかった。なぜなら分裂病などという病名はまだ作られてもいなかったからである。

一九五二年つまり北杜夫が、慶應神経科に入局したばかりのころ、精神科医は治療面でも電気ショックとインシュリンショック、それに熱療法以外に、後々批判を受けるロボトミーが脚光を浴びていたが、現在あるような治療法らしい治療法を持っていなかった。初めての向精神薬クロールプロマジンが日本に導入されるのは、一九五五年ごろからである。そのことから想像されるように、当時の多くの精神病院は、患者をただ鍵をかけて閉じ込めておくだけの収容所に過ぎなかった。北杜夫の出張させられた山梨の県立精神病院は、彼の筆で描かれたとおりのひどいところだったが、当時の日本では決して例外的な病院ではなかった。

しかし、他方で精神医学が、新しい局面を迎えていたことも事実である。ＷＨＯは当時の日本の精神病院不足を指摘し、二倍から三倍にベッド数を増やすべきだと勧告した。その勧告に基づいて、厚生省の指導で当時斜陽化していた結核病院の転換や、精神病院の新設増設があちこちで行われ、いわゆる精神科ブームが起きたのである（その二十年後、ＷＨＯは考えを変え、ベッド数は二分の一から三分の一に減らすべきだと勧告するのだから、かなり無責任な話である）。入院ベッド数が増えれば、当然精神科医も必要になる。こうしてそれまで日の当たらない小さな科（クラインファッハ）に過ぎなかった諸大学の精神科教室が、急速に需要が増えた医者集めに狂奔することになった。こういう時代に医局記に登場する躁病的なＭ教授はぴったりの人物だった。新しく精神病院を開設した院長たちは、医者を派遣してもらおうと、医局に不足がちな研究費寄付の申し出を手土産に日参する。もちろんＭ教授のところにもわれ先にと参上した。こうして神様のように敬われると、中小企業の社長が突然大企業の会長になったようなものだから、Ｍ教授ならずともますます躁病的になる。来るものは拒まずで誰でも医局員として受け入れ、どんな僻地の病院からの要請も拒まず、医局員の派遣を請け合った。その結果命令でいやがる医局員を、日本の隅々の僻地の精神病院に送り込むことになった。慶應は山形から宮崎まで、ほとんど全国に出張先があったから、突然東北や九州に出張を命じらることもあり得るわけで、助手としてははらはらのしどおしだった。北杜夫が泣く泣く山梨の県立病院に出張したのは、そのような状況のもとでであった。

医局記は北杜夫が医局員として生活していたころの回想である。それは彼が大学を卒業してから芥川賞を受賞し、エッセイ『どくとるマンボウ航海記』も馬鹿売れというほどの超ベストセラーになり、作家としての地位を固めるまでの時代に重なる。彼は彼の創りだしたユーモラスな饒舌的文体、法螺と思えば真実、真実と思えば法螺という、読む者をして牛若丸に翻弄される弁慶のような気分にさせる、いわゆるマンボウものの語り口でこの回想も書いた。だから読者が、ここに登場する人物も事件も、文体上の真実、つまりは作家的に誇張されたリアリティだと思われても不思議ではない。だが彼の三年後に同じ医局に入り、その時代を共に生きた仲間の一人として証言するが、この医局記には不思議と嘘がないのである。誇張も少ない。ぼくにもほぼこの時代の人物群像をモデルにして書いた「しおれし花飾りのごとく」という小説や「クレージイ・ドクターの回想」というエッセイ作品があるが、そこにも似たような荒唐無稽と思われる人物が登場する。ヒステリーの奥さんに顔をひっかかれて、それを猫のせいにしている医局長や、教授と同じ名前の医局員が交通違反で捕まって「慶應精神科のMだ」と名乗り、警察から大学にかかった電話にほんものの教授が出て「わしは交通違反などやっていない。そもそも車も免許すらも持っておらんわしに、どうして交通違反などできるか」と答えたところから起こった、てんやわんやの混乱の原因になった男など、すべてぼくの平板なレアリズムの文体で書かれても、かなりの荒唐無稽ぶりである。つまり対象の方が筆の誇張を越えていたのである。

精神科ブームの起こる前に、つまり精神科医が医者らしい仕事もできない、収容所の所長のような存在でしかない時代に入局した医師たちが、かなりな変人奇人ばかりであったのは当然だ。HO先生と書かれている先輩のような例外もあったが、一般には他の常識的な人間を必要とする科では、とうてい入局を許されそうもない常識音痴で、やむなく精神科にきたという落ちこぼれ的な医師が多かったせいもある。では精神科ブームが起こってからはまともな医局員が多くなったかといえば、すぐにはその傾向は改まらなかった。なにしろ数は力なりという、自民党田中派の原理を先取りしたようなM教授のもとにあっては、入局したい人間をいかなる理由からも拒むなんてことは考えられなかった。他の大学の医局から常識はずれで拒まれた変人奇人も、ここではどうぞどうぞと受け入れられたからである。しかし、天網恢々である。そのような変人奇人たちは、自分に相応しい活動の場を得たのだった。新しい病院の中には金儲けばかり考える怪しげな経営者たちの建てたものもあり、そこに出張させられた医者が理事長と対立するというケースもしばしばあった。よほどの変人でなければとうてい勤まらなかった。一見して、まともなお医者さんらしい風貌の医局員が見られるようになったのは、ぼくの五年ばかり後輩の時代からではないかと思う。ついこの間も、ぼく自身が三十年前に初診をした患者に会ったら「先生は南京豆をぼりぼり食いながらわたしの話を聞いてたでしょう。あれが診察だとは思いませんでしたよ」といわれて赤面した。本人は覚えがないが、それが本当ならいくらなんでもお行儀が悪すぎる。ぼく自身も最近になって少しまともになってきたということか。精神病院も以後大きく変化した。ただ閉じ込めておくだけの病院は減り、入院させず外来だけで治療するクリニック形式の精神科が主流になりつつある。医者も穏やかな常識的な、ごく普通のお医者さんタイプの人間が増えた。それでよいのだろうが、なにか寂しい気がしないでもない。

北杜夫は彼のいわゆるマンボウもののエッセイの中で、自分が駄目医者であるようなイメージを作り、それで笑いを誘ってきた。だがこの医局記を注意深く読むと、彼が精神科医としてもたぐいまれなセンスの持ち主であったことを知ることが出来る。時々引用される山梨の病院でつけていたというノートに見られる文章、中でも病棟の中で白衣を脱いで横たわっていると、これまで一度も口を割らなかった患者が、向こうから話しかけてきた個所など、彼の文学者としてのセンスが決して精神科医のセンスと対立するものでないことを示している。山梨の病院で患者が患者に殺されるという不幸な事件が起こったあと、責任者として被害者の家に詫びにいき、そこで殺気だった家族に囲まれるエピソードがあるが、その時に彼の示した臨床医としての正直さと誠実さなど、彼の臨床医としての資質を示して余すところがない。マンボウものの読者は、この本で北杜夫の実像を初めて垣間見ることが出来るだろう。

マーク・トゥエインは「三十年は永遠だ」といったそうである。そうであるとあいまいにぼかすのは、彼の言葉として引用してあったのを読んだのであって、彼がどこでそういったかを確かめていないからだ。

昔、つまりぼくがもう少し若かったころは、この言葉を単なる冗談と受け取った。千年だって有限だ。なのに三十年が永遠だとは！　だが、六十五歳を迎えるころになってから、ぼくにはこの言葉が単なる冗談と思えなくなってきた。なぜなら三十年前の話をすると「それって、私の生まれる前の話でしょ」と、それを千年前と同列に扱う人間が増えてきたからだ。生まれる前という点では、千年も三十年も同じこと。理解出来ないことではない。しかしぼく自身には、三十年前はつい昨日のことのように思い出される。それでいて三好達治の詩ではないが「帰らぬ日　遠い昔だ、なにもかも」という思いもする。誓ってもいいが、ここに登場する人間たちはほんとうにこのとおりの人間として、私たちのまわりにいたのである。すべて比較の問題なのだ。昔、個性と呼ばれていたものが、今では異常と見なされるようになったというだけのこと。別の見方をすれば、今の時代は個性を喪失した時代といってよいのだ。

（精神科医・作家）

対談

文学と狂気

武田泰淳
北　杜夫

文章と体臭

北　暮に入院なさったそうで……。もう、すっかりおよろしいですか。
武田　まだ、あまり良くないんですよ。老人病みたいなもので……。
北　わたしも、あちこち始終具合が悪くて。今日もやっと出て来ました。
武田　じゃ、病人どうしの対談ですね。（笑）
北　去年、完結なさった長編『富士』を読み始めたんですが、やはり圧倒されましてね。内容も内容ですから、つまり、精神病院が舞台で、それぞれまったく異なる患者が幾名も出てきますが、べつに精神病者をリアルに描くというより重たいモヤモヤした哲学小説ですから、かなり疲れちゃいました。しかし途中から非常に引き込まれまして、一気呵成に読んだんです。出だしのところは非常に日本的な繊細さで、リスのこととか、桜の花とか、唐紙へ映る湯気の影とか、日本語も繊細な日本的な美を追っていらっしゃるようなんですけれども、もはや五、六ページぐらいになると、武田さんのモヤモヤした、ドロドロしたものが出てまいりますね。

武田　フフフ……。

北　武田さんの文章は、たとえば一番極端な例を挙げれば、三島さんみたいな一つの文体もありますけれど、なにかそういう日本語の美しさってものを、わざと破壊なすっていらっしゃるという、そういう意識的な意図はおありなんでしょうか。

武田　いや、自然にそうなっちゃうんですよ、意識しないでね。自分じゃ普通に書いてるつもりでも、ヘンなことになってくるんですね。それほど計画的なもんじゃないですね、破壊とかね。

北　体臭とともに……。

武田　ええ、そうですよ。

北　人間自体から出てくる……。

武田　そうですね、書き始めると。

北　たとえば埴谷（雄高）さんなんかの場合、非常に難解な文章をお書きになるんですけれども、あれはやっぱり、日本語ってのがすこし曖昧なのを、無理に、なるたけ能う限り正確に論を述べると、ああいう難解な文章になってくると思うんです。

武田　あれを読み慣れると、ほかのものが曖昧になりますからね。

北　その意味で、武田さんがある単語を片仮名でお書きになっていらっしゃるのは、すこし意識的になすっているんじゃないかと思うんですが。

武田　ああ、それはありますね。それは北さんだってやっていらっしゃるでしょう、ユーモアのものを書く場合なんか。

北　ええ。ただ、これは水準が違いますから。ぼくが片仮名で書くのは、あれはたしか伊藤整さんのくだけたエッセイでおぼえたと思います。

武田　「センセイ」(先生)とか。

北　それを模倣したんだと思います。

武田　やはりあれを入れると、西洋……っていうかな、純粋な日本文学のやり方とすこし違ってくるんじゃないでしょうか。自由になるんじゃないんですかね。

北　なるほど、自由か。あのォ、ずっと昔に「文藝首都」っていう同人雑誌の会に、伊藤整さんにちょっとお話をなすっていただいたんです。そのときに「真心」という言葉をお使いになりまして、ぼくがそれを筆記していたんです。それで、どうも漢字だと本意が伝わらないように感じて、「マゴコロ」と片仮名で書きましたが、なんかやっぱり微妙な違いがあるような気がします。

武田　「真心」を片仮名で書いたら、だいぶ違うでしょうね。

北　その話の中では、わりに西欧的、近代的な意味になるような気がしたんですがね、わたしが感じましたのは。

武田　そういう気がしますね。

北　武田さんはよく昔から、みんなから「休火山」というようなことをいわれていらしたんじゃないんですか。お書きにならないときなど。

武田　ええ。

北　『富士』って小説は、はっきりいって、ぼくの頭ではなかなか理解できない小説で、ただ非常に圧倒されましたけど、なんか休火山が爆発したといっても、華やかな爆発じゃなくて、いつまでもドロドロ鳴動していて、熔岩が流れ出してきても、その熔岩というのもバーッと、シャーッとほとばしるような液体ではないんですね。昔、ぼくが読んだのに、『動物物語』という大島正満という人の子供向きの本があるんです。ある火山が爆発しまして、熔岩の流れが麓からだんだんと流れてくるんですね。それが非常に速度がのろいんです。人の足で歩くぐらいのテンポなんです。その行く先に村があって、方向を変えないと、村が全滅するというんですね。しかもその熔岩が液体でなくて、皮みたいのをカブってるんですが、ジリジリと進んでくるのを、村びとたちが鉄棒なんかで横を叩いて、熔岩の進路を新しく導いて村を救ったという、そういう熔岩を連想させるものが武田さんの小説でしてね、非常に圧倒されました。（笑）

武田　精神病っていうのは、ぼくなんか、まァ苦手なんですけどね。精神病のことを考えたのはね、梅崎（春生）さんが生きてるときなんです。梅崎さんも書こうとしてたんですね。そのとき、ぼくはまだ『富士』なんてことを考えないで、ただ精神病のことをちょっと書いてみたいなと思って、文献なんか集めてたんですよ。それで梅崎さんは、ぼくが書こうとしてることを知ってるもんでね、どんな本を持ってるか、といってね、本を見たら、ぼくの版が新しいんでね、気にしてたんです。

北　あの小説では、狂人というものを、リアリズムを問題にしないでお書きになっていらっしゃるようですが、また、ある面、相当くわしくお調べになっていらっしゃいますね。ぼくが感じたんですけど、てんかん患者の大木戸の日記なんてものも、たとえば「大盛りを二回もいただき、かたじけなかった」なんてありますね、あの日記を読んで、ぼく、これはタネ本の日記とか、カルテとか、なんかあるんじゃないかという気がしたんですが。

武田　そうなんです。

北　そうですか。じゃ、ぼくには、まだかすかに精神科医の眼力が残ってますね。（笑）

武田　ええ、残ってますよ。「精神科医三羽烏」って、ぼくはいってますがね、なだいなださんと、加賀乙彦さんね、三人とも明らかに精神科の先生でしょう。

北　はァ。ただぼくはもはや脱落していて、いまニセ医者問題が起っていますが、ニセ医者よりもひどくなってまいりました。

武田　北さんは早く卒業しちゃったんですけども、但し、親子二代……三代ですか。

北　精神科を始めたのは祖父で、一応、三代目ですが。

武田　そうですね、三代ですね。それで、ぼくらから見ると、非常に不思議に思うんですよね。というのは、お医者さんであるということはね、まァ普通の内科とか、外科の場合ですと、わりあいにやさしいと思うんですけどね。精神科医っていうのは、難しいでしょう？　普通の人からいえば理解しにくい病人ですよね、対象が。それに対して全部やさしくするということね。三人を見ると……北さんはお医者業をあがっちゃったけれどもね、三人とも、やさしい安心させるような表情してるでしょう。

北　いやァ……。（笑）

武田　口のきき方でも、とてもやさしいですよね。よくああいうふうにできるな、と思うくらいやさしいですよ。

北　いろんな場合がありまして、たとえばある患者さんには非常にやさしく応対しなきゃならないし、またヤクザ者の薬品中毒者なんかに、「今日はどうですか」とか「どうでございますか」なんていったら、バカにされちゃってダメなんです。

武田　どならなくちゃ……。

北　ええ、そういうところ、本当の精神科医は、人によって言葉まで変えなくちゃならないんですけど、どうもぼくは片っ方しかできませんね。

武田　それからやさしくするとおっしゃいますけれども、『富士』の中の院長なんか、その典型ですが、あれを読んでて、ぼくはとても辛かったんです。あのとおりなんで、薬なんかで治療が進歩して、相当程度、治るようになってますけれども、ある患者さんは、これはもう治らないと医者自身でも信じてるくせに、「君、もうじき退院できるよ」とか、「もうすこしの辛抱だよ」とか、それしかいえないんですね。それをあの小説が痛烈にあばいているんで、すこし辛かった。

北　いや、あれは昔の話ですからね、いまは進歩してるでしょう。

武田　戦後、薬の面ではものすごく進歩しました。

北　これは昭和十九年の話だから……。

精神の質・量の変化によって

北　現在は、たしかに治癒率というのは非常に高くなりましたけど、分裂病なんかは、まだ再発が多いですね。それから、あるところまで進行しちゃったやつは、なかなか治らない。

武田　てんかんはどうなんですか。

北　てんかんは、発作を抑える薬でほとんど抑えられてますけど、絶対とは限りませんね。

武田　てんかんっていうのは……ぼくの書いた『富士』のなかの大木戸っていうのは、一月に数回起きるように書いたんですけどね……そんなにあるんですか。

北　あります、ハイ。

武田　そんなに起きますか。

北　ええ。いまだったら薬を投与しておけば、抑えられるということは多いですが、やっぱりたくさん起きる例はあります。あまり発作が多いと、ある年数経つと、だんだんボケてきますね。逆にドストエフスキーの時代なんて、薬もろくすっぽなかったんでしょうけれども、ああいう天才もいるわけで。

武田　ドストエフスキーは、発作がそんなにたびたびじゃありませんね。

北　ええ、ありませんね。ただ、てんかんの発作の起きる前に、アウラ……前兆っていいますか、ヘンな感じとか、あるいはにおいを感ずるということがしばしばあって、その中に非常に宗教的な恍惚体験っていうようなのがあるわけですね。それは教科書なんかにもよく出てきますけど、ドストエフスキーの場合は、まさしくそうなんですね。

武田　普通の人もドストエフスキーみたいな……もう一分経ったら自分はもう堪えられないだろう、というような……あるんですかね、そういうてんかんは？　興奮状態のかたちが……。

北　ドストエフスキーのような典型的な例は少ないと思いますね。ヤスパース（Jaspers 一八八三〜一九六九。ドイツの精神病学者。また実存哲学の代表的学者）なんかでも、百人の分裂病者を診るよりも一人の優秀な患者を診たほうが、はるかに勉強になると書いてますけれども、ドストエフスキーのてんかんは、やっぱり特殊ケースだと思います。

武田　どうも、ふつう、てんかん病者はガンコで窮屈で、きちょうめんで、ドストエフスキーのように、ああいうふうに無限に考えられるような体験者ではないように思いますね。

北　これは非常に一般論ですけど、てんかんの場合、医者として見ていて、その発作をとめるぐらいで、どちらかといえば、つまらないケースが多いですね。分裂病は、ときたまハッと驚くような、人間の深淵を覗かせるような、そういう体験をしますけれど……。

武田　それから黙ってるという気違いですね。

北　はァ、はァ。

武田　ああいうのは非常にわかるんですね。なぜ黙ってるかというのが。黙ってるのが当り前だという……ネ。よくわかるんですがね。口をききたくないということね。われわれでも、まァ、口をききたくないことがあるんですから。

北　ただ、武田さんが、そういう人たちの気持を非常によくおわかりになるというのは、武田さんの中に、かなり分裂気質が多いということだと思うんです。ぼくは躁鬱といっても、根は分裂気質が相当にありますし、その意味でわかるんで、一般人はなかなかわかりません。もちろん、おおむね正常者として理解するという以上に、本当の分裂病となりますと、たとえばノイローゼなんかってのは、量の変化なんですね。分裂病っていうと、質の変化ということになって、まったく了解不可能とヤスパースなんかいってますね。で、質の変化であああいう不可思議な世界へ入ってしまうんで、その途中のケースはまだ判断できるんですけど、最後にほんとにドンヨリ沼の底に沈んだような患者は、外界と無反応になりますね。自分ひとりきりの世界に閉じこもっちゃって。〝自閉症〟という言葉がこのごろさかんにいわれて、これもヤスパースの定義だと思いますけれども、分裂病の本質というのはアウテスムス（Autismus）――これを昔、〝内閉症〟と訳してました――それと

〝自閉症〟とおなじだと思うんです。ただこのごろ、子供のそういうケースがわりに出てきてるんで、〝自閉症〟という言葉を使い出しているようなんですが、武田さんの『富士』の中に、〝黙狂〟という言葉をお使いになりましたね。あれはなんか教科書かなんかにあったんでしょうか。

武田　いえ、そうじゃない。埴谷さんのに〝黙狂〟という言葉が出てくる。

北　あれはいい言葉だと思いますね。ひたすら黙ってるんですね。

武田　埴谷さんの中に〝熱狂〟というのが出てきて、それは政治的運動なんかと関係があるんですけどね。だけど黙狂の人が、ノートをつけてるのは、非常に論理的なことを書いてるんですね。書いてるのはすごいですね。

北　やはりそういう分裂病の一部の人は、相当優秀ですね。それから特徴として抽象化、哲学的になりますね。抽象的、観念的になって……。ただ全部が全部、そうではなくて、これはもうハシにもボウにもかからないようなのが、ずいぶんおりますけれど。

武田　そうですね。そういうのは多いでしょうね。

北　『富士』の中の黙狂の少年……岡村少年が、地面にいろいろ図を描いてるようなところがありましたね。ああいうことは実際にノートに書くのもよくありますし、あれはやっぱり武田さん、実例みたいのがあったのですか。

武田　ええ、そうです。実例がありますね。

北　だから、さっき申し上げたように、『富士』はリアリズムなんてのと全然離れた世界なんですけど、個々の症例を非常によく調べたと思って……。

武田　ええ、わりあいにくわしい。ただ、みんな、実際には違う病院にいたんです、その人たちは。そしてお互いに話し合ったこともないし、顔を見たこともない。そういう人たちを一つ所に集めて、しゃべらせているというようなところに面白味……自分じゃ、面白味があったですね。

北　これは第三者からも非常に面白かったんですけど……。じゃ、いくつかの病院なんかを参観されたんですね。

武田　そうです。それから年代的にも、新しい患者と古い患者がまじってるわけです。それから、一条っていうね……。

北　ええ、虚言症の……。

武田　あれは有名な患者だそうですね。

北　遠藤周作さんや村松剛さんをだましたという、あの人じゃないんですか。

武田　そうですよ。（笑）

北　その話を聞いていたんで、そのへんからヒントを得たんじゃないかな、という感じがしてたんですけれど。

武田　ええ。

北　遠藤さんたちは、ウソを書く作家のくせに、もっと上手（うわて）という感じで、うまうまとだまされていた。その患者をうやまったりして。かれらがだまされたのはユーモラスな話ですけれど、そこからとった一条という患者は、『富士』の中で一番重要な役目をしてますね。あれは非常にうまく書かれていると思うんです。あの虚言症は、コルサコフ病（Korsakoff's disease）などの虚言症と違って、ヒステリーの虚言症であって、プソイドロギア・ファンタスティカというんですが、空想的な虚言症で、これは非常にうまく描写してると思います。こういう患者は、たとえば「お前は宮様じゃない」なんていうと、分裂病の妄想患者で、自分を宮様と思ってるんだったら、猛然と抗議したりするんです。それがヒステリーの虚言症だと、悠然とかまえて、「そりゃア、あなたが宮家の習慣なんかを知らないから、そうお思いになるんでしょう」とか、実に巧妙にいうらしいですね。

武田　はァ。北さんのお兄さんの斎藤茂太さんが、いろいろエッセイを書いてられますね。その中で、お父さんの茂吉先生がですね、一つ、変ってたんじゃないかと。非常に変ってたんじゃないかということを書いてますけどね、それは多少、精神病理学的な意味でいってるんでしょうかね、茂太さんは。

北　ええと、まァ、よくいま病跡学なんてことをいいますけど、そういう目で見ると、ほとんどの人間が……（笑）。つまり、いろんな精神病がありますね、そのほかに精神病質というのがあるんです。これはむしろ性格異常という分野に入りますけど、これには、ある学者が二十何種かに分類してるんですけどね、やたらと気が弱くても、また攻撃的であっても、その何かに入るわけなんです。その反対もそうなんです。

ですからいろんな精神病を除いても、この人は普通よりもちょっと変ってるなと思うと、精神病質に入れられちゃうわけですから、ほとんどの場合、精神科医が強いて……強いてですよ。分類すれば、精神医学の本の中のどっかに無理やり突っ込まれちゃう、ということがあると思います（笑）。父の場合は、非常に癇癪持ちだったり、執念深かったり、てんかん気質が非常に著名ですから、強いていえば、気質学的な意味では、てんかん気質が顕著だということがいえると思いますね。

天才と狂気

武田　文学者の例でいうと、漱石はどうなんでしょう。

北　ぼく、その病跡学とか、そういう本をほとんど読んでないんですけど、『漱石の病跡』という本は一応読みまして、あれでは鬱病説になってますね。ただ、ぼくが疑問に思うのは、漱石の場合、関係妄想とか被害妄想というのが、一時、非常に強く出てます。あれは分裂病に一番よく出るんですが、その後はそういうものが消えているので、分裂病とは思えません。鬱病でもそういう症状が出ることはありえますけれども、ロンドン時代でも、ほかの日本人とは遮断して生活してますけど、ナンとかいう工学士とは一緒の下宿で親しくつき合ってるんですね。鬱病がひどくなると、親友とでも顔をつき合わしたり、言葉をかわすのも辛くなると思うんです。ですから、ぼくは鬱病とだけは考えられないんです。それから漱石のエッセイで、空と自分のことを書いた……くわしい内容は忘れましたけれど、第六感みたいなもので、非常に分裂気質が強いような感じを、ぼくは受けましたね。

それから易感性関係妄想というのがあるんです。これは病気というよりも、ある症状名なんですけれど、それでもそういうものが出るんで、漱石の場合、ぼくは易感性関係妄想なんじゃないかなと、そのとき感じましたけれども。もちろんよく調べてないから、はっきりとはいえません。ただいえることは、よくこの人はヒステリー気質だとか、この人はてんかん気質だとかいいましても、性格の中にいろいろ神経質とか、分裂気質だとか、循環気質だとかありまして、循環気質がひどくなれば躁鬱病ですね。それがどんな個人の中にも、みんないろいろまじってるわけですね。循環気質が三で、ヒステリー気質が五で、あとは二とか三とか、みんなあるわけです。その中で特にヒステリー気質が八ぐらいに顕著な場合に、ヒステリー性格といえるんで、よく、「あいつはヒステリーだ」といっても、その中にはいろいろまじってるのが実情だと思います。

武田　ヒステリー一本ということはないんですね。

北　まァ、比較的ヒステリーにはありますね、ヒステリー気質ばかりバンと出ている人が。

武田　ともかく漱石が向うから引き揚げてくるときにね、患者だから注意しろ、というふうな手紙が、奥さんに行ってるわけでさァね。

北　そうですね。江藤淳さんがたしかめたんですけれども、ぼくの祖父が、偶然にその船に乗っておりまして、それが精神科医だったので、漱石はいよいよ発狂したんじゃないかというような……。

武田　偶然ね。

北　はァ。

武田　たしかに探偵が見張ってるから、常に警戒しなきゃならないというような精神状態があったんですね、漱石は。

北　ええ、ロンドン時代と、それから帰ってきて一時期が非常に強かったんじゃないんですか。なにかトイレの所におカネがおいてあったのが、自分に対するあてこすりだ、というようなね。これは被害的関係妄想ですね。

武田　ああ、そうそう。
北　天才と狂気っていう説は、ロンブローゾ（Lombroso 一八三六～一九〇九。イタリアの犯罪学者）時代のちょっと極端な説なんで、その逆は真じゃないですからね。
武田　フフフ、そうそう、そう。逆は真じゃないということが、この場合は非常によくあてはまるね。だからそれをゴッチャにされると非常に危険だな。
北　はァ。天才というような人は、いろいろ、まァ量的に……最大公約数の人間よりはちょっと変ってますから、これも精神科医の手にかかると、どっかにあてはめられるということは事実でしょうね。

〔抄録〕

（「文學界」一九七二年四月号／『武田泰淳全集』別巻二〈筑摩書房〉）

武田泰淳（たけだ・たいじゅん）　一九一二（明治四十五）年、東京生まれ。旧制浦和高校を経て東大支那文学科を中退。四三年、『司馬遷』を刊行。四六年以後、戦後文学を代表する作家として『富士』など多くの作品を発表。七三年『快楽』で日本文学大賞、七六年『目まいのする散歩』で野間文芸賞を受賞。七六（昭和五十一）年十月没。

『どくとるマンボウ医局記』
単行本　一九九三年一月　中央公論社刊
文　庫　一九九五年三月　中央公論社刊
文庫改版　二〇一二年六月　中央公論新社刊

本書は『どくとるマンボウ医局記』（二〇一二年　改版）を底本とし、巻末に対談「文学と狂気」の一部を収録した新版です。明らかな誤りは訂正し、読みにくいと思われる箇所にはルビをふりました。

本作品の本文、引用文、および対談中には、主に精神障害やその患者に関して、人権擁護の観点から差別的かつ不適切と思われる表現や語句が多く見受けられます。ただし著者が故人であること、また著者が精神科医として精神障害についての理解を求める考えを示しており、差別の助長を意図するものではないこと、また文学的価値のある作品であることに鑑み、原文のままといたしました。読者の皆さまには当時の社会における人権意識、医学研究の状況などをご理解いただいたうえでお読みくださいますようお願い申し上げます。

また、現在は使用されなくなった病名や治療法が多出いたしますが、その後研究が進み、治療方法、医薬品、そして治癒状況は飛躍的に向上していることを申し添えます。

（編集部）

中公文庫

どくとるマンボウ医局記
——新版

2021年7月25日　初版発行
2022年1月30日　再版発行

著　者　北　杜　夫

発行者　松田陽三

発行所　中央公論新社
〒100-8152　東京都千代田区大手町1-7-1
電話　販売 03-5299-1730　編集 03-5299-1890
URL https://www.chuko.co.jp/

ＤＴＰ　嵐下英治
印　刷　三晃印刷
製　本　小泉製本

Published by CHUOKORON-SHINSHA, INC.
Printed in Japan　ISBN978-4-12-207086-8 C1195

中公文庫既刊より

各書目の下段の数字はISBNコードです。978-4-12が省略してあります。

き-6-3
どくとるマンボウ航海記　北　杜夫
たった六〇〇トンの調査船に乗りこんだ若き精神科医の珍無類の航海記。北杜夫の名を一躍高めたマンボウ・シリーズ第一作。〈解説〉なだいなだ
200056-8

き-6-16
どくとるマンボウ途中下車　北　杜夫
旅好きというわけではないのに、旅好きとの誤解からマンボウ氏は旅立つ。そして旅先では必ず何かが起こるのだ。虚実ないまぜ、笑いうずまく快旅行記。
205628-2

つ-3-30
完全版　若き日と文学と　辻　邦生／北　杜夫
青春の日の出会いから敬愛する作家、自作まで。親友の二人が闊達に語り合う。ロングセラーを増補、全対談を網羅した完全版。〈巻末エッセイ〉辻佐保子
206752-3

い-2-7
浪漫疾風録　生島治郎
『EQMM』編集長を経てハードボイルド作家になった著者の自伝的実名小説。一九五六〜六四年の疾風怒濤の編集者時代と戦後ミステリの草創期を活写する。
206878-0

い-8-8
青春忘れもの　増補版　池波正太郎
小卒の株仲買店の小僧が小説家として立つまで――。著者の創作のエッセンスが詰まった痛快な青春記。短篇小説「同門の宴」を併録。〈解説〉島田正吾
206866-7

う-37-1
怠惰の美徳　梅崎春生　荻原魚雷 編
戦後派を代表する作家が、怠け者のまま如何に生きてきたかを綴った随筆と短篇小説を収録。真面目で変でおもしろい、ユーモア溢れる文庫オリジナル作品集。
206540-6

え-10-7
鉄の首枷　小西行長伝　遠藤周作
苛酷な権力者太閤秀吉の下、世俗的野望と信仰に引き裂かれ、無謀な朝鮮への侵略戦争で密かな和平工作を重ねたキリシタン武将の生涯。〈解説〉末國善己
206284-9

え-10-8
新装版 切支丹の里
遠藤周作
基督教禁止時代に棄教した宣教師や切支丹の心情に強く惹かれた著者が、その足跡を真摯に取材し考察した紀行作品集。〈文庫新装版刊行によせて〉三浦朱門
206307-5

し-8-5
わが青春無頼帖 増補版
柴田錬三郎
苛烈な戦争体験、目くるめく女性遍歴――故郷出奔から直木賞受賞までの無頼の日々を綴る回想録。私小説的短篇五篇を併録。随筆二篇を増補。〈解説〉縄田一男
206933-6

た-13-6
ニセ札つかいの手記 武田泰淳異色短篇集
武田泰淳
表題作のほか「白昼の通り魔」「空間の犯罪」など、独特のユーモアと視覚に支えられた七作を収録。戦後文学の旗手、再発見につながる短篇集。
205683-1

た-13-7
淫女と豪傑 武田泰淳中国小説集
武田泰淳
中国古典への耽溺、大陸風景への深い愛着から生まれた、血と官能に満ちた淫女・豪傑の物語。評論一篇を含む九作を収録。〈解説〉高崎俊夫
205744-9

た-13-8
富士
武田泰淳
悠揚たる富士に見おろされる精神病院を舞台に、人間の狂気と正常の謎にいどみ、深い人間哲学をくりひろげる武田文学の最高傑作。〈解説〉堀江敏幸
206625-0

た-15-10
富士日記（上） 新版
武田百合子
夫・武田泰淳と過ごした富士山麓での十三年間を克明に描いた日記文学の白眉。昭和三十九年七月から四十一年九月分を収録。〈巻末エッセイ〉大岡昇平
206737-0

た-15-11
富士日記（中） 新版
武田百合子
愛犬の死、湖上花火、大岡昇平夫妻との交流。昭和四十一年十月から四十四年六月の日記を収録する。田村俊子賞受賞作。〈巻末エッセイ〉しまおまほ
206746-2

た-15-12
富士日記（下） 新版
武田百合子
季節のうつろい、そして夫の病。山荘でともに過ごした最後の日々を綴る。昭和四十四年七月から五十一年九月までを収めた最終巻。〈巻末エッセイ〉武田 花
206754-7

各書目の下段の数字はISBNコードです。978－4－12が省略してあります。

つ-3-20
春の戴冠1
辻邦生
メディチ家の恩顧のもと、花の盛りを迎えたフィオレンツァの春を生きたボッティチェルリの生涯――壮大にして流麗な歴史絵巻、待望の文庫化！
205016-7

つ-3-21
春の戴冠2
辻邦生
悲劇的ゆえに美しいメディチ家のジュリアーノと美しきシモネッタの禁じられた恋。ボッティチェルリは彼らを題材に神話のシーンを描くのだった――。
204994-9

つ-3-22
春の戴冠3
辻邦生
メディチ家の経済的破綻が始まり、フィオレンツァの春は、爛熟の様相を呈してきた――永遠の美を求めるボッティチェルリと彼を見つめる「私」は。
205043-3

つ-3-23
春の戴冠4
辻邦生
美しいシモネッタの死に続く復活祭襲撃事件……。ボッティチェルリの生涯とルネサンスの春を描いた長篇歴史ロマン堂々完結。〈解説〉小佐野重利
205063-1

つ-3-25
背教者ユリアヌス（一）
辻邦生
血で血を洗う政争のさなかにありながら、ギリシア古典を学び、友を得て、生きることの喜びを見いだしていくユリアヌス――壮大な歴史ロマン、開幕！
206498-0

つ-3-26
背教者ユリアヌス（二）
辻邦生
学友たちとの平穏な日々を過ごすユリアヌスだったが、兄ガルスの謀反の疑いにより、宮廷に召喚される。皇后との出会いが彼の運命を大きく変えて……。
206523-9

つ-3-27
背教者ユリアヌス（三）
辻邦生
皇妹を妃とし、副帝としてガリア統治を任ぜられたユリアヌス。未熟ながら真摯な彼の姿は兵士たちの心を打ち、ゲルマン人の侵攻を退けるが……。
206541-3

つ-3-28
背教者ユリアヌス（四）
辻邦生
輝かしい戦績を上げ、ついに皇帝に即位したユリアヌス。政治改革を進め、ペルシア軍討伐のため自ら遠征に出るが……。歴史小説の金字塔、堂々完結！
206562-8